王利群 著

珍藏一段时光

那一段时光啊,就像春天,
在心底草长莺飞,
轻轻珍藏在岁月的盒子里,
只有你知晓。

陕西新华出版传媒集团
太白文艺出版社·西安

图书在版编目(CIP)数据

珍藏一段时光 / 王利群 著. —西安:太白文艺出版社,2020.12(2023.2 重印)

ISBN 978-7-5513-1829-7

Ⅰ.①珍… Ⅱ.①王… Ⅲ.①散文集—中国—当代 Ⅳ.①I267

中国版本图书馆 CIP 数据核字(2020)第 156055 号

珍藏一段时光
ZHENCANG YIDUAN SHIGUANG

作　　者	王利群
插　　画	石寒松
责任编辑	付　惠
封面设计	秦呈辉
版式设计	雅　风
出版发行	陕西新华出版传媒集团 太白文艺出版社
经　　销	新华书店
印　　刷	三河市嵩川印刷有限公司
开　　本	880 mm×1230 mm　1/32
字　　数	205 千字
印　　张	9.75
版　　次	2020 年 12 月第 1 版
印　　次	2023 年 2 月第 2 次印刷
书　　号	ISBN 978-7-5513-1829-7
定　　价	49.00 元

版权所有　翻印必究

如有印装质量问题,可寄到出版社印制部调换

联系电话:029-81206800

出版社地址:西安市曲江新区登高路 1388 号(邮编:710061)

营销中心电话:029-87277748

春鸟秋虫自作声

陈嘉瑞

上帝造物，常常遵循公平原则：你能飞，却会短于跑；你能游，却会与飞无关。大学中文系里，有教授教了数十年写作课，但他没成为作家；声名显赫的作家，要让他在三尺讲台授业传道，也可能是茶壶里煮饺子，有嘴倒不出。如此情形，初中、高中也有。有中学语文老师带了一辈子作文课，自己却创作不出一篇文学作品。把理论和实践结合起来，敢写、能写，并且能写出名堂，最终写成了作家，这样的人不多，王利群就是其中之一。

教师是一种怎样的职业？有人形容教书是一场暗恋，你费尽心思爱一群人，结果却只感动了自己；教书是一场苦恋，你费心爱的那一群人，总会离你而去；教书是一场单恋，学生虐我千百遍，我待学生如初恋。数十年在讲台上教书育人的王利群，送走了一届又一届的毕业生。呕心沥血，桃李已然成蹊；春去秋来，迎日出送晚霞。喜欢文字的他，从来没有放弃自己的写作爱好。

文章怎么写？鲁迅的文章里提到说："从前教我们作文的先生，并不传授什么《马氏文通》《文章作法》之流，一天到晚，只是读，做，读，做；做得不好，又读，又做。他却决不说坏处在那里，作文要怎样。一条暗胡同，一任你自己去摸索，走得通与否，大家听天由命。但偶然之间，也会不知怎么一来——真是'偶然之间'而且'不知怎么一来'，卷子上的文章，居然被涂改得少下去，留下的，而且有密圈的处所多起来了。于是学生满心欢喜，就照这样——真是自己也莫名其妙，不过是'照这样'——做下去，年深月久之后，先生就不再删改你的文章了，只在篇末批些'有书有笔，不蔓不枝'之类，到这时候，即可以算作'通'。"鲁迅的先生教他们写作，无有他法，就是不断地读写、读写。由此可知，文学从来没有什么秘诀，只是不断地读写。读是左脚，写是右脚。读登一级，写登一级。一读一写，左脚右脚，一步步地，一个人就会登上写作的高峰。当下的许多写手并不潜心读书，只是闭门在键盘上"滔滔不绝"。这样流出来的文字，不可能是血，只能是水。

对于文学创作，贾平凹的体验是：文学是一道门，叩开了是一层薄纸，叩不开就是一道铁门。叩开叩不开，全在一个"悟"字上。纵观各种职业门类，深入体验并实践以后，最终都会有一个共同的指向：任何艺术都是需要天分的。文学是一切艺术的母体，热爱文学的精神可嘉，文学的天分却很重要。王利群无疑是具有文学天分的。还在上初中的他，当时就在上海的《少年文艺》上发表了作品，从此喜欢上了文学。当年十元钱稿费，相当于他住校一个月的生活费了。他用这笔稿费，给自己买了一本《现代汉语大词典》。此后数十年，这本词典如圣经一般陪伴着他。

巴金说："我之所以写作，不是我有才华，而是我有感情。"散文的写作，"真感情"是其灵魂。当下，虚假的感情、做作的感情、装饰的感情、假借的感情泛滥成灾，唯独缺少自我的真感情。这样的无病呻吟、"为赋新词强说愁"，催生了大量的口水散文。散文要写好，唯有说真话、说实话、说自己想说的话。2019年9月1日，陕西省散文学会"终南性灵社"成立之初，就提出了性灵散文的创作宗旨"有我写作，直抒胸臆，不事雕琢，神韵灵趣"，提倡散文的真感情。真感情的写作，在王利群的散文中比比皆是。《不说再见》中，作者写一位班主任兼带课的老教师，最后一次去班上上晚自习。他第二天就要告别学校、离开他熟悉的学生了！几十年司空见惯的情景，那一晚他却像小孩子乍见新鲜东西似的，痴痴地在教室外面瞧着。这一篇里心绪复杂、离别难舍的情感，被作者写得泣诉难抑、真挚动人。这种"捧着一颗心来，不带半根草去"的红烛精神，奠定了这篇文章动人的感情基础。同样真情书写的例子，还有他的《榆树》。在榆树下长大的他，几十年后写故乡的这棵榆树，笔笔都不需要伪装。文章结尾写道："可我清楚地记得当十二岁的夏末离开乡村时，我曾依偎着榆树，将脸蛋紧贴在那粗糙朴实、沉默平凡的树身上。"

"日暮堂前花蕊娇，争拈小笔床上描。绣成安向春园里，引得黄莺下柳条。"写作就好比刺绣，一针一线都不能马虎。王利群的散文，常常可见观察的细致，描写的细腻。麻雀是常见的鸟儿，常见到人们不知道该如何写它。王利群对麻雀的观察很细致，说麻雀自从被捕获的那刻起，生性自由的它便开始绝食，

"或昂首向天，或闭目不语，一动不动，毫不屈服"。 即便有美味在侧，它也"视而不见，不屑一顾，哪怕饿死"。 最惊心的一次，误入会议室的麻雀，试探了很久无法突围，最后"突然像箭一样冲向前方，自杀似的砰的一声撞在透亮的玻璃上，嘴角渗出血来"。 这个星球上最为强大的动物——人类，可以驯服狼虫虎豹，可以豢养猪狗牛马，却对最普通的麻雀无可奈何。 人类可以捕获并杀死它，却不能改变其坚贞不屈的生命意志。 最后作者总结道："与邻睦，不屈从，是麻雀的性情；不自由，毋宁死，是麻雀的信仰；靠自己，不食嗟来之食，是麻雀的品格。"这时，文章是在写麻雀，又不仅仅是写麻雀了。 散文的传神，还于在语言的生动凝练上。《文家包子》中的男人，健壮、臂长，一双奇大的手"伸开如蒲扇，收拢如铁锤"。 这样的手包包子，不擀皮，揪下一团面，在案上压扁，在掌上托起，往薄皮里装馅，接着几个手指头灵活捏拢，噌噌噌地，包子在笼里迅速排好队。 这样的包子，他一人一天可以包一千多个！

"风云三尺剑，花鸟一床书。"多少年了，藏书、读书、写作，成了王利群最大的嗜好。 守着一条江，伴着一座古城，就着烟雨迷蒙的周末，沏一杯热茶，从书里那些写人记事或品味赏析的文字里，可充分感到王利群是个热爱生活、寄意山水、手不释卷的人。 他的诗文品鉴颇具新意，他的山水游记饶有趣味。 我们常会随着他的文字沉醉在如诗如画的四季景致里，沉浸在诸如《老街》《读海》《拜佛》的意境里。 他的笔化作羽翅，在秦岭汉江的山水间飞舞，于唐诗宋词的韵致里翱翔，激起我们的心灵共鸣，引起读者的浮想联翩。

斗转星移，时序更迭，变的是岁月，不变的是信念。多少年过去了，王利群收获的，是秋后荆筐中冒尖的果实。《珍藏一段时光》中收藏的散文，共分五个部分，"感恩一路相伴""江山入胸来""烛花心语""耕园拾穗""珍藏一段时光"。读者可以从这些名字中，窥见他散文的分类、涉笔的广泛。他的这些文字，基本都在报刊或网络平台上发表过，有的还入选了中学语文试卷，被学生广泛阅读。

王利群是个多面手，他不仅写散文、小说，同时还写有大量的诗作。虽然文学不能当饭吃，尤其是在当下，但文学却可以滋养精神、慰藉灵魂。真正喜爱文学的人，常常有着信徒一般的虔诚。他们孜孜不倦地在文学的田野里耕耘，伴着辛勤的汗水，用自己种植成熟的一个个汉字，构筑自己灵魂的殿堂。这个殿堂建起来了，热爱文学之人的灵魂才有了最终的归依之处。

王利群，一个不断构筑灵魂殿堂的劳作者。

"春鸟秋虫自作声"，文学是精神的呢喃。

欢快鸣唱的鸟儿，又有几只仅仅是为自己呢！

2020.4.20 于长安采兰台

自　序

　　我与文学的交情应是从识字读书开始的。

　　小时候爱听故事，喜看连环画，用节省的零花钱买过一本又一本，识字多了就痴读小说，由短的过渡到长的、大部头的作品，经常会被书里的故事情节所吸引，为人物命运所牵念。随着阅历和知识的增长，我就想把一些经见到的和心里所想的用文字表达出来，于是就开始写点青涩的文字。想必这时起，我就喜爱上文学了。

　　上学期间我多次担任语文科代表。1981年读初中时，老师把我写的一篇记叙文推荐给《少年文艺》编辑部，意外刊登。记得稿费是十元，那时真值点钱。我高兴地在学校食堂犒赏了自个儿一份红烧肉，请师生们吃了水果糖，买了一本《现代汉语大词典》，周末回家还给父亲孝敬了一盒烟。紧张的学习之余，读写是我精神上的最好抚慰。之后，我在省级、国家级作文竞赛中获了奖，在当地报纸副刊发表了文章，中考和高考时语文科目都拿了高分。进入大学，宿舍挨着图书馆、资料室，我一边尽兴大量阅读，一边也把狂热熬夜写下的文章寄给报刊，有作品被《衮雪》《汉中日报》《陕西青年》《诗潮》《教师报》《陕西日报》等刊登。1992年——我大学毕业那年的七月，《芳草》发表了我的小说，武汉大学主办的《写作》节选并附了黄益庸先生的评论。 毕业分别在即，我去书店买了十本，分送给要好的同学。

我希望坚持爱好，就带着一沓发表过的作品先去报社自荐，但最终没有消息。 于是持派遣证去教育局报到，几日后本该去市内一所中学上班的，却被调整分配到郊区一所学校。 当老师就好好教书呗，虽然有过徘徊、犹豫、迷惘，但还是坚持了下来。

命运有时会捉弄人，但时光不会亏待人，总会给过往留下点印记的。

一路走来，难免趔趄。 幸得贤士同人之诚待，也得世态炎凉之馈赠，为人眼入心诸多况味所触动，即信手写之。 时光流转，二十余载平凡生活中渐有沉淀，俯身于教圃栽培，也算充实。 其间常闻书声与外界嘈杂，在理想与现实冲突中，亦可张弛有度，静观世相演变以磨砺心志。 久之，胸臆间便有那积聚酝酿意欲喷涌的思绪，如历经日月风雨的垂顾而落地萌芽的种子，仔细过滤掉荒芜的杂质，带着梦想和地气陆陆续续钻出来，便成了笔下这些烙印着时光深浅、释怀人生冷暖的文字。

不论躬耕于杏坛，还是执着于自己的爱好，我始终崇尚平实而优雅、朴素而随意的文艺与生活。 尽管世态纷繁复杂，人格独立者尚需保持一些本色和纯粹，于漫长的人生旅途中存留可以充饥的精神养料。 比如文学——读书或写作什么的，无疑是与你同行的美好伴侣，是平淡生活里的亲密知音，更是滋养灵魂的甘泉。 为此，当怀一颗干净的朝圣之心去真诚寻梦，去自觉探察并感悟那博大又细微的现实与未知。

文学是愚人的事业。 当心思驰骋、提笔码字时不忘提醒自己：那曾经追求的纯粹和朴素还在吗？那生命之泉的一泓清澈和活力还在吗？那光阴里的专注和宁静还在吗？

喜欢文学艺术的人，无须空谈其高大上。所谓享受读写，是要用心神去触摸灵魂和语言的。那些打动并感化我们的挥之不去的文字，是流过我们干涸心灵的清泉，是让我们思想再次飞翔的翅膀，是慰藉我们荒凉精神的安魂曲，是伴随我们一路向前的美好而难忘的时光。

作为一名教师，我是一个既传统又开明的人，痴心教学但不拘泥于成规。平常工作之外，拾起自己的爱好，坚持读书与写作。感谢光阴的温情眷顾，我习惯于夜阑人静、思绪奔腾时收敛身心，端坐案前，如净手礼佛一般，听笔尖在纸上轻快摩擦或手指敲打键盘的声音。完稿，有时会读给家人，有时一放就是几个月甚至数年。我不愿强迫自己违心写作，赶吃"快餐"，也不给自己规定数量任务，什么时候动笔，一般由心境来确定。写好的文字，有的发给纸媒，有的"E"给网络。说实话，在小说上花的精力不少，可当作"陪练"的散文和诗歌却发表较多。当然，这些"插柳"之作也带给我无限快慰。近些年，发表于报刊及文学网络平台的一些散文、小说、诗歌等，有的引起读者的关注，有的入选多种文学选本。原本计划推出散文集《珍藏一段时光》和中短篇小说集《大河奔流》的，但是，由于庚子疫情延迟了它们与读者见面的时间。好在我也可静心、耐心地进一步细致打磨。

选进本书的作品时间跨度较长，有青葱纯真的中学时光，有昂扬激情的大学时代，有中年后的平静感怀。这些文字基本是我在课余闲暇及寒暑假写成，题材多样。其中多数在报刊和网络媒体发表过，也有构思初稿后便搁置很久的。书稿付梓之际，感慨良多。所谓蚌病生珠，当看惯风雨，淡对得失。也许我只是苍茫大地上一个稍微留意的拾穗者，只是浩瀚星空下一个有点痴迷的仰望者，然后满含热忱地记下所历所思的点滴痕迹。

　　山高水长，光阴结绳。在此，我将精心选编的这本书敬献给热爱生活、心存美好、亲近文学的人们。同时，还要真诚感谢那些一路上曾经帮助、支持、鼓励我的善良睿智的师友，慧心严谨的编者，以及那些一直默默关注我文字的可爱可敬的读者。谢谢你们，期待您的雅阅与指正。

　　生活是本大书，我当恭敬品读，满怀谦卑与挚爱去续写。唯有虔诚以对，方可不负一路经历的风景。

2020 年春

目　录

❖ 感恩一路相伴

三本词典	/ 3
路	/ 9
不说再见	/ 13
孩子王	/ 18
复旦随想	/ 22
烙印	/ 27
相伴如发	/ 33
掰手腕	/ 36
重阳忆母	/ 39
迟到的追思	/ 43
一缕奶香	/ 48
文家包子	/ 50
余香	/ 53
永远的温暖	/ 57

❖ 江山入胸来

与秦岭相会	/ 63
汉江流韵	/ 69
五月赞歌	/ 72
榆树	/ 75
油菜花开的时候	/ 78
老街	/ 81
大坪峪游记	/ 85
在桑科草原	/ 89
情系上元观	/ 93
江上早春	/ 97
小巷	/ 101
山城印象	/ 104
美丽苗乡行	/ 112
读海	/ 117

❖ 烛花心语

漫谈学语文	/ 125
莫让信义贬值	/ 131
生活需要仪式感	/ 137
梦的启示	/ 141
善待咱们的孩子	/ 144
致儿子的生日	/ 148
书香寻梦	/ 152

四十而不惑　　　　　　　　　／156

会晤张良与诸葛亮　　　　　　／162

传递爱的火炬　　　　　　　　／166

❖ 耕园拾穗

作品会说话　　　　　　　　　／173

千树万树梨花开　　　　　　　／179

曾经沧海难为水　　　　　　　／184

此情可待成追忆　　　　　　　／189

烟笼寒水月笼沙　　　　　　　／195

同是天涯沦落人　　　　　　　／202

风流桃花宴　　　　　　　　　／210

晚岁当为邻舍翁　　　　　　　／216

山水在胸，快意人生　　　　　／221

师古而不泥古　　　　　　　　／229

弦断有谁听　　　　　　　　　／233

怎一个情字了得　　　　　　　／237

❖ 珍藏一段时光

你好，汉中　　　　　　　　　／245

但愿人长久　　　　　　　　　／250

过敏记　　　　　　　　　　　／256

观云烟　　　　　　　　　　　／260

槐花香来　　　　　　　　　　／262

寻找秋韵　　　　　　　　　　／265

回归 /270
年味 /274
风雨人生 /277
拜佛 /286
向麻雀致敬 /290

后记：铭谢岁月 /294

感恩一路相伴

三本词典

我有三本汉语大词典，它们如同知己伴随着我平静流逝的岁月，与我时常交流谈心。

第一本是在1982年买的。

当时我正上初中，在《少年文艺》发表了一篇小故事短文《亮光》，也算处女作吧。稿费十元，差不多相当于当时住校一个月的生活费了。我想了想，买了一本《现代汉语大词典》，用去了五块五毛钱，然后花五毛钱要了一份食堂的红烧肉犒劳自己，又花一块钱买了一袋水果糖给舍友分享，再用五毛钱买了一盒香烟给父亲，兜里居然还剩下两块五。父亲欣喜，一边笑眯眯吃着烟，一边用钢笔在词典扉页上写了"知识就是力量"几个大字，还写上了我的姓名。

父亲虽平常工作忙，但闲时爱读书也好书法。这本词典距今三十五年了，硬质封套已损坏，内页已发黄，装订也有点松散了，并有缺页，其间还给我的孩子用过，早已翻烂了，不过，我一直舍不得扔。虽然父亲不在了，但题字的那页还在，见了就能回忆起往事，便觉得格外亲切。迄今它还待在书架上，虽基本用不上了，但一直默默注视陪伴着我。

工作之后，我又陆续买了两本汉语大词典，几十元一本。

一本在家里书房案头，便于我读书写作时查阅；一本在单位，既自用又公用，当同事或学生遇到不解之处，或因某个字词发生争论时，只要翻开词典查证，大家便立时没了争议。

长期以来不管忙与不忙、有事没事，我养成了每天必须阅读的习惯。

家里较乱，原因之一是书放得到处都是。写字台、沙发、茶几、餐桌、床头、阳台上都有书，想看就随手拿起来。这可苦了妻子，每每打扫房间就得重新整理一次。有时读写找不到书籍资料，我还冲她抱怨发火呢。但放词典的位置是不会动的，读写中一旦遇见生僻或模糊不清的字词，需要立即用词典查实。多年来词典就像我的助手和挚友，与我朝夕相处，心念相知了。

现在许多人不爱翻词典，怕麻烦、图省事、走捷径，可能忽略了一些基本的东西。这如同学书法要从点撇钩捺练起，学武术要从站桩运气练起一样，没有扎实的基础、谦逊的态度，学的招式再多，也许净是花架子呢。

读书求学的过程中，我自己也写点东西，20世纪80年代末至90年代初在《汉中日报》《衮雪》《教师报》《陕西青年》登过一些小文章。想起大学时，有次我去群艺馆拜访作家李汉荣老师，讨教读书、创作的感受与路径。言语不多的李先生建议我，多读中外经典名著及那些有品位的作品，注意对生活观察思考，再把心里想的尽力表达出来。之后，我回校发愤阅览了不少书籍，可书海浩瀚，仅仅是蜻蜓点水。那会儿比较狂热，也比较浮躁，时常彻夜读写。写下的东西寄出去，有的上了报刊，有的石沉大海。难忘的是大学毕业的1992年7月，《写作》节选了我的小说《心泉》，我激动地跑到邮局买了十本，分送给亲友。

那个秋天我工作了，本来要分到市内一所重点中学的，却被调整到郊区。稍后停薪留职去了广东，之后如浮萍般漂泊江湖十余载，直到数年前返校重站三尺讲台。

岁月的滚滚河流总会冲激起一些深埋于河床的东西，沿途的风景又会令人感慨万千。近几年来我又与梦中的情人——文学，亲密触电了；闲暇读写，又开始与熟悉的老友——词典，频繁接触了。

有人说：舍得是处世之道，也是高妙的人生境界。窃以为该放的放下，该拿的拿起就不错了。上学时语文老师把文学讲得很神圣，真正的追求者应有一颗朝圣的心。我中途搁笔多年，在红尘中东奔西走，现在回想，其实是生活在给我上课呀。生活也在给我们所有人上课。生活在等我们醒悟，历史和现实在等我们思考。正如案头厚重的大词典，陌生的释义须研析理解，熟稔的字词要常用创新。

现在阅读渠道众多，传统的纸媒以外，网上阅读方兴未艾，我们都不自觉地卷入这股潮流之中。如微博、微信等，不但信息海量，而且传播速度快捷。与人知，与人趣，与人乐，也与人怨。万紫千红里有凄风苦雨，百舸争流中也裹挟着泥沙俱下。纸媒日益被冷落，不少人渐渐疏离了书籍。

我于茫然之际也欣然开始电子阅读，甚至时常兴起，动动指尖，浏览、点评、上传心得，且有不少文字被多家传媒推送，自己也下意识沉浸在被刷屏的喜悦中。

其实不只是我，周围很多人也参与其中。还有各种各样的交流群，要么主动加入，要么被拉进群中。群主一般都很热情，暗中调度，大家在群里畅谈、沟通、点评、发泄、议论，俨然一个知无不言、言无不尽的小世界。这样一来，似乎用不着词典了，有什么疑问进电脑、手机"百度"一下就 OK 了。

不过，我的词典没有蒙尘，因我动笔写，写好要时常修改，放一段时日还要展开看看。一次，女儿说我最初的那本词典太旧了，平时又不用，就给扔了。我找不见，便大动肝火。母亲悄悄把它从废品箱里捡了回来，拭净递给我，我仿佛又见到了久违的亲人。

可惜，我亲爱的母亲四年前也走了。

母亲没甚文化，但先前我在报刊上发表了拙作，捧来给她轻声读时，她总是静静地听，面带微笑，不让他人在一旁说话打扰。母亲仿佛听得懂并理解其中的内容似的，还叮咛孙子们好好读书学习。

母亲生前经常擦拭我的词典，尤其是那本最旧的留有父亲字迹的词典，拂过灰尘之后，她总要久久凝视一番。

母亲已与父亲在地下相会了。

她屡次擦拭的词典还亲切耐心地伴着我，正如母亲不厌其烦给我讲的一些陈年旧事，就像精选且封藏许久的老酒，还在我心底沉淀。虽然这一点也不时尚，但却是我情感的酵母、精神的源泉，不论何时何地，它都在我心里酝酿着做人做事的品质，浸染着一路走来我眼中的风景气象。

俩孩子接连考上大学后，我特意给他们准备了新的汉语大词典，叮嘱读书遇到疑难就勤快查阅。当然，对求知的学生我提议多读纸质书，尽量加强深阅读，哪怕备一本简单的《新华字典》。

国学大师王国维借研究诗词把人生概括为三重境界。"昨夜西风凋碧树，独上高楼，望尽天涯路。"这是第一重境界。世事芜杂，大凡明白人来世上走一遭，应知道做点什么。

"衣带渐宽终不悔，为伊消得人憔悴。"这是第二重境界，是实现初心、坚持不懈、以苦为乐、朝目标艰苦奋斗的过程，是考验意志和行动的重要阶段。我做得差远了，只能算勉强为之。

"众里寻他千百度，蓦然回首，那人却在灯火阑珊处。"这是第三重境界。孜孜以求的理想，功夫到处豁然开朗，美景引人入胜，灵感妙思顿生。我和此境地还相距遥远，不可企及，唯勤奋踏实贯之，披星戴月赶路而已。

经常读写翻阅词典，我的词典受时光熏陶、人脉感应，似有了灵性。前晚给我托一梦来，曰："诗文作品，有很多种类、很多层次。看过毫无印象，只是拼凑语言和结构，读来味同嚼蜡者为庸作。披览之中有好句段、思维闪光点，但支离破碎、有脂粉味而无气象者为矫作。一读即被吸引，读过之后还想再读，每读有新意，如观灵秀山水，如闻浑然天籁，如赏精彩纷呈的艺术，如品醇正的佳酿香茗；有股精气神存在，既悦爽耳目心魄，又在脑海萦绕，绵绵回味畅想不尽者便为佳作（此类诸如曹雪芹、沈从文、汪曾祺、阿城、贾平凹、铁凝、张炜等的文字,国外大家则不胜枚举)。"

末了,词典君还说:"读书、写作,不论做什么,如能以平常心待之,当快乐事去做,分享给大家,别太计较结果,不是很惬意吗?"

梦醒,顾盼屋内,微言大义的词典如佛端坐于书案。

无数的词汇恍若斑斓的蝴蝶从其中翩翩飞出,熠熠闪现。我隐约看到了过去父母的寄语、恩师的指点、挚友的诤言,以及生活的教诲忠告。

静望窗外,旭日升腾,蓬勃粲然的生命之光,淋漓洒向树木花草及远处的山川河流。

路

过了青峰店,再往前就是 108 国道,距客运班车站点不远了。

他停住老式的二八自行车,父亲从后座下来。他把车子交给父亲,说:"爸,你回吧,前面就到站了。"父亲迟疑了一下,点点头,把背包递给儿子。

"路上注意安全。"一向话少的父亲叮咛。

"嗯,爸保重身体。"他看着两鬓染霜的父亲说,"您早点返回,那我走了。"父亲倚着自行车,脸上的褶皱含着笑,眼里不易觉察地泛起温暖而晶莹的泪花,朝儿子挥挥粗糙的手。

走了几十米,他倏地转身,望见父亲骑着他的自行车刚刚隐入一个山道的弯儿。班车还没来,时间充裕。他在一棵枫树下站定,回头望着曾经走过的路,看着路旁秋阳下红黄绿相间的绵延树草,不禁感慨万千。

这是条崎岖狭窄的路,蛇一样盘旋于山岭草木之间。绕着逼仄的羊肠小道行五十多里,有一片不太整齐的巴掌大的坝子,那就是他生长的地方。村里好几辈人都恋着那块地方不肯远离,尽管人们的生活很是清苦。他却一直想到山外去,特别是当他读了不少书以后,这种欲望更强烈。他觉得家乡宛若酣睡在偏僻之地的襁褓中的婴儿。他在无数个夜晚，甚至白天，躺在山梁上做过很多精彩的梦。

这是条坑坑洼洼的路，碎石沙土铺垫，凹凸起伏，一旦下雨，轻则泥泞不堪，重则滑坡塌方。人们一般无事便懒得外出，因此，村里先前还没出过正儿八经的大学生。他的小学是在几间低矮的土坯房里度过的，有时遇到停电，还得点煤油灯或燃桐籽借光。教书先生是几个上了初中或高中后回乡的农家子弟，虽尽心尽力，可他像个饥饿的乞丐，老觉着学到肚里的东西不够，脑袋里装了很多问题等待解答。

这是条曲曲折折的路，S形的盘山弯道满眼皆是。看见人在不远的那边，而实际隔着山谷溪流，你却在很远的这边。脚步快的人可以一早踏上羊肠似的山道进城，赶着日头落山前返回。沿途冈峦上野生着青冈、板栗、土槐、马尾松、山茱萸，河湾散布着水杉、芦苇、艾蒿、箭竹、麻柳。绿树红花，依山傍水，参差错落。记得那年柿子成熟的时候，他有幸考上了县城的重点中学，村里人都说他有出息。从此，无论春夏秋冬、刮风下雨，每月的最后一个周末总有一个年轻的后生在这条路上行走，回时揣几本书，去时扛一袋可抵伙食的粮食。走出好远，每每回头还能望见母亲瘦小的身影伫立在村口，于是他毅然掉过头疾走，直到视线被重山挡住。

这是条刻骨铭心的路，沿途布满了来来往往的足迹。路上有他和村民的脚印、鸟兽的脚印，还有日月星辰的垂顾、风霜雨露的吻痕。一次去学校的路上，突遭滂沱暴雨，泥石流滚滚而下，他一脚踩空，滚了几米，幸亏一把死死抓住崖畔的一株古藤，才没有坠入浊浪汹涌的山涧。一个周末回家的黄昏，走到半途，茂密的树丛里蹿出两只黄褐色的豺狗，试探前进，凶残地盯着他。他虽心里怕，但血气方刚的他从父辈的描述里知道这是遇弱即强、遇强即弱的小野兽。他随即抄起路边的一根结实的树杈，挥舞着怒吼着勇敢地迎了上去。豺狗被他威武的气势吓退了，猗猗着夹起尾巴跑向了山洼。他愤愤地扔出好几块石头，然后紧握着树杈，像士兵持枪一般迅疾走过险峻的垭口。

　　这是条蜿蜒不断的路，其中有的路段与溪水平行或相交。时常可见跌宕起伏的溪流跟随，那是从深山峡谷里汩汩流淌出来的，一股一股汇聚，叮叮咚咚哼着歌跑跳着，扑进平川宽阔大河的怀抱，而后流到很远的地方。春夏秋冬，他走在路上常常在脑子里做题，匆匆的脚步使他把许多困难和辛酸忘却。高中三年他只穿过两套衣服，风雨早替他洗白了衣衫。他一般不买学校的菜，开饭时安静待在一边，吃从家中带的咸菜和泡菜。同学中的富家子弟有偷偷笑他寒碜的，他淡然处之，从不放在心上，只管专心苦读。家里兄弟姊妹四个，他是老二，因要全力供他，两个学习不错的弟妹只得暂时辍学。为此，他悄悄地哭过。他很用功，学习成绩也是顶呱呱的，班里很少有人能与他争雄。

　　看着无数次走过的路，那一山一石、一木一叶、一花一草都像在为他送行，与他话别。他胸腔里涌起阵阵波澜，记起高考前一周，穿着土气、黝黑的脸上刻着许多皱纹的父亲去学校看他，给他带去二十个煮熟的鸡蛋。木讷的父亲坐在他床上待了不到十分钟，虽没叮嘱他什么，但离去时那热热的深沉的眼光，让他感到了期盼和力量。看着父亲渐渐走远，他又想起在老家山村的母亲与弟妹们。高考结束，他打起铺盖卷儿回到家里，人们猜测纷纷，他平静地跟父亲下地干活，早出晚归。他记得那天，一向傲气的团支书——村主任的千金——小跑着高兴地给他送来大学录取通知书，接着广播了三次他考上大学的喜讯。他瞧见母亲悄悄撩起衣襟拭泪，而自那天起，父亲微驼的脊背逢人说话也似乎挺直了。

路，在脚下延伸。回望过去的路，他眼眶忽然变得湿润。考上大学是高兴事，可学费却如一道难题摆在了面前。暑假，知情的校长安排他在学校基建工地打零工，干了一个半月，加上父母辛苦积攒的微薄收入，以及卖了两只羊的钱，终于凑够了去省城读大学的费用。就要开学了，母亲弹了棉花，给他缝了新被子，姐姐给他置了一身新衣服，小舅大方地送他一块机械手表。他背着行李终于上路了。困难是暂时的，也是可以慢慢克服的。以后的路虽然漫长遥远，亦不可知，但他心里对未来充满了自信与向往。

天气晴朗，山脚下，小河一路流淌，闪着粼粼波光，哼唱着活泼欢快的曲子；形态万千的白云悠悠地从头顶漫步而过；地平线上，一只苍鹰展开翅膀飞过波涛似的山岭。举目远方，山外的世界如一幕大剧正徐徐拉开幕布。他紧一下背上的行李，提着棕箱，昂起头，朝车站方向精神抖擞地迈开大步……

三十年后的一个秋日，已是世界某知名公司大中华区CEO的他飞抵古城，将与当地部门洽谈一个大型合作开发项目。

不说再见

夜幕渐渐四合，一弯月牙从东南方那苍黛的山顶上升起，处于郊区的校园安静了下来。

一个有点佝偻的身影走过操场，缓缓地登上教学楼梯。他的步履略显沉重，仿佛鞋里灌了铅，每登上一级台阶都要稍作停留。三层楼四十级，他竟然用了十五分钟！

此时，他靠在三楼走廊旁的栏杆上，嘘口气，透过玻璃窗习惯地观察他的高三（1）班。教室里灯光明亮，坐着一排排专心自习的学生。几十年来司空见惯的情景，今晚他却像小孩子乍见新鲜东西似的，痴痴地瞧着。几乎没有人知道作为班主任的他明天就要告别学校，离开所带的班，离开他熟悉的学生了。

他已年过花甲，身体又多病，按理可以早点赋闲，因他教学经验丰富，带班一流，高考上线率很高，学校便极力挽留。醉心教育的他也舍不得离开学校、离开讲台。本来，他有和睦温馨的家庭，有活泼可爱的孙子，可以舒舒服服地尽享天伦之乐。然而直到今年春末，他动了一次手术后感到精力越来越不济了，更怕耽搁了学生，才写了退休申请。

走道上没有人，窗户里透出的柔和光线斜照着他。他轻移脚步从前门走到后门，停在第四个窗口外，静静地侧身伫立，凝视那一张张熟悉的面孔。他忽然有点踌躇，不想进去打扰教室里全神贯注学习的孩子们，虽然每晚他都会来查看。这些朝夕相伴的学生不久将奔赴考场，去实现他们努力追求的梦想。

　　三十多年前，大学毕业、风华正茂的他走上了教学岗位。备课、讲课、带班，辛苦中有愉悦，单调里有乐趣。曾想转行，可他渐渐爱上了学校这一方净土，爱上了教学这一平凡的岗位。三尺讲台是他挥洒才情、抒写春秋的圣地。在平淡又充实的时光里，学生们如一茬茬的庄稼，落地生根发芽，毕业了又如蒲公英的种子奔向四面八方，接着又会迎来一批怀揣梦想的新生。岁月悄悄地流逝，皱纹不知不觉爬上脸庞，发间零零星星地出现了银丝。看着一个个被知识武装起来的孩子，他问心无愧，平凡憔悴又何妨？课堂互动，课余辅导，登书山，游学海，领着学生们投入知识的怀抱。和学生们在一起，他的心永远是年轻的。

　　每周一，他跟学生们一起唱国歌、升国旗。每天清晨，他与学生们一起跑步、做操锻炼身体。然后，他走进教室，在琅琅的读书声中踱步巡视，就如同走入明媚的春光里。随着"起立！老师好！"的整齐响亮的喊声开始上课，他的心里便蓄满了甜蜜而暴涨的热情。晚自习，端着一杯茶走进教室，讲完话，亲切地看着学生们做作业、温习功课，他觉得教书是如此美妙，生活平实而富有诗意。当所带的学生取得进步、考试获得好成绩时，他幸福得就像啜饮醇香的美酒。和生气勃勃的学生们在一起，他觉得自己仿佛有使不完的劲儿。

"就这样下去该多好呀!"他情不自禁地自语着,轻轻地推开了门。

学生们在自习,还和往常一样安静。他端着茶杯在教室里慢慢走着,走过小组之间均分的三个过道,经过一张张熟悉的课桌。从背影他就可以识别出自己的学生,能准确叫出每一个学生的姓名,他甚至了解每一个孩子的性格、特点。他惬意地悄无声息地看着他们,学生们专注于学习,有的抬头刚好与他的目光相遇,就朝老师微笑一下,又赶紧埋头在课本中。有个学生的书掉到地上,他拾起来有点颤抖地交给那个学生,学生感激地看他一眼,顺便请教了老师一个小问题。最后,他轻轻踱到教室后面,安静地坐在一个请假学生的空位上。

这请假的学生是个单亲家庭的孩子,父母在她小时候离异,都去了外地打工,她只能跟着爷爷奶奶生活。所幸她坚强上进,聪明勤奋,学习成绩一直名列前茅。她平常连周末都不回家,今晨忽然来请假,吞吞吐吐地说父母突然回来了,想见她一面。了解情况后他有点矛盾,怕孩子情绪受到影响。思忖一下,他在请假条上签了字,但叮嘱她尽量早点返校。这会儿他环视四周,全班四十五人,现在只差一个女生,她请了一天假,也许明天才能回班呢。这孩子让他禁不住牵挂。而明早,自己就要离开这个大家庭了。念及此,他心里涌起隐隐的伤感和缺憾。

除了学生们翻书、写字的细微声音,干净的教室里一片静悄悄。他凝神聆听,同时仔细看着眼前的一切——黑板上方有他毛笔手书的"一分耕耘一分收获"的横幅,书柜一角上放着他写的"知识就是力量"的题字。这里是学习知识、寻求真理的地方,他要求孩子们做到"进班即静,入室即学",当然也不排除合作探究的活跃氛围。在他的引导和熏陶下,学生们大都养成了良好的习惯,进到教室就认真上课,专注地看书或做作业。平时在校不论早晚,只要学生有什么问题或需求,他都会第一时间来解疑。

他慈爱的目光扫过每一个学生。这个伶牙俐齿、思虑缜密的女孩以后可能做一名律师,那个爱好绘图的男娃将来也许会从事建筑设计,身旁这个感情丰富、细腻、敏感的学生也许会成为一个作家,还有……他嘴角漾着欣慰的笑,暗自为许多学生构想、描绘出一幅幅美好的蓝图。他甚至还想到,高考之后,学生们拿着大学录取通知书来向他报喜的高兴劲儿。他抿一口茶,又想起住院期间学生们来看他和接他回校的情景。这是一群多么可爱的学生啊,就像是自己精心呵护成长的孩子。墙上时钟的指针无声地走着,他慈祥而温暖的目光慢慢移过每一张课桌、每一个学生,耳中充溢着他们写字时笔尖划过纸面的春雨般的沙沙声。看着、听着,他恍惚觉得自己也是其中不可或缺的一分子,心里隐约泛起一波一波难以名状、难以割舍的思潮。

时间一分一秒地流逝,他看一眼表,快下晚自习了。他站起身来,尽力站稳且挺直身板,像个神情庄严的将军。灼热的目光又一次依依不舍地检阅讲台、黑板、学生,还有那个空位……他觉得喉咙有些发痒,嘴唇在轻微颤抖,似乎想说点什么告别再见的话,但他努力克制着心中的层层波澜,终于忍住了。他镇定地抚一下花白的头发，迈开有点僵硬的腿，毅然决然地拉开门，轻轻走了出去。

老师天天会来的。学生们并没有感到异样，仍在安静地学习。

在楼梯口，他恰好碰到了那个提前返校的请假女生，她甜甜地叫一声"李老师"，便走向承载她青春梦想的教室。他会意地点点头，舒心地笑了。

月色朦胧，点点繁星在广袤的夜空闪烁，静美的校园弥漫着柔和的清辉。

孩子王

伴随孩子成长时间最长的不是父母,不是兄弟姐妹,而是老师。

从你把孩子交给老师,孩子从懵懂无知到学有所成,对其发展影响最大、陪同孩子一路走来的是老师。

老师无疑是"孩子王"。

我们这个大家庭里,从事教育的人比较多。哥哥是本市有名望的特级教师,两个外甥女在教书,侄儿师范毕业刚刚走上讲台,加上我,还有已退休的大姐,共有六个教育工作者。

哥哥教语文,我除了语文还曾教过历史。俩外甥一个教生物一个教英语,侄儿教数学。知情者打趣:你们是书香之家啊,各科基本齐全,如果联合起来可以办所学校了。

不过,我有点小遗憾呢。我想让自己的孩子以后从教,可一对儿女却不愿做教师。

儿子已大四,以他当年的高考成绩足以上北师大,他却选了理工大学,把师范、医药、外语类排除在外。儿子小时爱做手工,无师自通,手工折纸书看看就懂,一会儿就能按图折出样来;建筑类的玩意儿再复杂也能鼓捣成型。别的小孩闹,他能稳稳地画画写字,或把一本书静静地翻完。没辙,儿子内敛而倔强，学工科只能遵从他的意愿了。别看他平时沉静，可有时冷不丁幽默一句或客串个模仿秀，能把你逗得前仰后合笑出泪来。

儿子不愿做教师，我便把希望寄托在女儿身上。

女儿现上高三，偏文。她幼时是娃娃头，爱带着小伙伴玩游戏、讲故事。她敏感而热情，今天跟你生了气，第二天就雨过天晴，照样"猴"在你身旁笑嘻嘻的。有一次我和妻出差了，当晚，她的一个女同学跟家里闹矛盾，半夜偷偷跑到天桥上徘徊并给她打来电话，女儿一骨碌从被窝爬起，不顾风雨交加，打车赶去广场立交桥，劝解同学并将其接到家里住。翌日，那孩子的家长觉醒登门致谢，既震惊又后怕。她却呵呵一笑，没事儿一般。

女儿口才好，伶牙俐齿，善于辩论。她认为有理的，就能说得一套套的，且配合表情、手势，能把对方驳得张口结舌、无言以对。我建议她将来报考师范、法律、外语类专业，女儿却不屑，说以后要快快乐乐周游世界。然而，女儿鬼灵多变，说不定到时候又心意忽转，听从我的建议呢。

两个外甥女都比较内秀，大的在北京从事翻译和科研工作，经常在国内外穿梭；小的已拿到硕士学位，在一重点中学任教。她们年纪轻轻就深得学生的爱戴，被评为最受欢迎的老师。侄子自幼爱读书，电脑玩得贼精，还喜表演口技，亦庄亦谐，喜欢教育这行当，传承了哥哥的衣钵，将来应当是个好老师。

接下来说说家兄。他从小嗜书如命，曾插过队，恢复高考时复习两个月即考上大学；中文系毕业分到一老牌中学教书至今，光高三就已带过快三十届，可谓桃李满天下。哥哥痴迷于教学，满腹才华，语文课上得精彩纷呈，常博得满堂喝彩，受到校内外广泛好评。

至于大家庭的其他成员及所从事的行业，在此就不一一赘述了。

教育乃国之根本，民之所望。自己身在三尺讲台，面对那些纯真无邪、渴求知识的孩子的眼神，便觉着自己做着比较踏实和有意义的工作。

我呢，在教坛已耕耘多个春秋，教过的学生也是一茬接一茬。虽然二十几年的教学生涯里有过激情，有过彷徨，有过委屈，甚至也遭到过个别学生及家长的误解，但都已雨过风吹去。

既然选择上了教书育人这条船，那就无怨无悔地坚持撑下去。

有次经过菜市场，有人叫我老师。我转头，是个摆鱼摊的小伙子，有点面熟又记不太清楚。他主动介绍自己是××届的学生，随之又讷讷地说："老师，当年我调皮捣蛋没好好学习，现在混成这样子给你丢脸了。"我闻之动容道："哪里的话！行行出状元。你能自食其力，有何不好？"买了鱼，他给我刮鳞掏腮收拾干净。我坚决付了钱，走时心里暖洋洋的。我教过的学生不少，有出类拔萃者，有平凡普通者；有偶尔相遇的，有时常相伴的。但有教无类，学而平等，师生之间是一种纯粹、幸福、无可替代的关系。

圈里曾传过一段话："教书是一场暗恋，你费尽心思去爱一群人，结果却只感动了自己；教书是一场苦恋，你费心爱的那一群人，总会离你而去；教书是一场单恋，学生虐我千百遍，我待学生如初恋。"是也。教者如此，不求回报，无怨无悔；学生如子，终将别过，任意天涯。

现在教书是累，备课、上课、批改作业、课题研究，各类计划、总结、培训和迎检，周而复始缠绕着你。起早贪黑，既要传道、授业、解惑，尽力使学生成才，还要关注、爱护、疏导，尽心使他们成人。这些工作经年累月忠实相随，你的神经得特别强大。

可一走进教室，一捧起书本，那些不良情绪便烟消云散。听着琅琅读书声，看着弟子们逐级升学毕业，然后分散到各地各行各业，心中就有些许宽慰。

作为学生，应该感谢生命中相遇的每一位老师；作为老师，应该关爱生命中相遇的每一位弟子。

子在川上曰："逝者如斯夫，不舍昼夜。"我一边得继续赶路，一边仍将欣赏沿途的风景。

打起精神，传经布道，这"孩子王"还要快乐地当下去。

复旦随想

年少读书时,师长激励我们努力上一所理想的大学。复旦,也曾在我的梦里出现过。然而,因力有不逮,梦想中的学府可望而不可即。

三十年后的这个暑假,受上海朋友的邀请,身为教师的我便打算去复旦大学看看。

先前虽到过上海,但出差办事停留不长,亦无暇游玩。这次来逛了豫园、城隍庙、南京路与世博园,女儿与友人的孩子还去新建的迪士尼乐园嗨了一天。不过,我们的感受大致相同:热闹、人多、累!尤其那晚本打算坐船游览外滩夜景的,但到后竟发现堤岸上人潮汹涌,便放弃了,悄然返回。

此刻,当我来到复旦大学位于杨浦区邯郸路主校区的门前时,这个一窥堂奥的愿望终于可以实现了。

校门并不大,更谈不上轩昂宏丽,普通得如一所中学的校门。红砖白缝的柱子,横额上是毛泽东主席极富个性的手书题字——复旦大学。学校是开放的,门卫没有阻拦盘问,我便随三三两两前来参观的学生及家长一同进入。

校门两侧橱窗展列着 2016 届优秀毕业生和选调生的资料,没有别的花里胡哨的介绍,可见学校对人才培养的关注。信步在校园内，扑入眼帘的是一片片的绿色，苍翠的树木、葱郁的草坪，以及掩映在绿树中的校舍。学校的建筑并不密集，有相辉堂、人文馆、老校门、博物馆等古色古香的历史遗留建筑，还有小白楼、逸夫楼等典雅精致的建筑。校内的一切都无声地透着一种岁月的沉淀，一种深邃的内涵。

校园路上行人不断，大多脚步匆匆，但周围出奇地安静。我发觉有不少复旦学子在道旁、草坪静静看书。虽是假期，他们仍在贪婪地汲取知识的营养。那专注的神态，似已忘记了尘世的喧嚣。在"日晷"模型前，我知道了这所大学校名与《尚书大传·虞夏传》中的"日月光华，旦复旦兮"的关系。在苏步青雕像前，我了解了复旦大学筚路蓝缕、创建发展的非凡历程，以及马相伯、于右任、邵力子等创始人以及苏步青、周谷城、童第周等许多学者、大师在复旦的光辉足迹。这所创办于1905年、由中国人自主创立的第一所高等学校，距今已有一百多年的历史，其教育强国的宏愿仍在一代代复旦人心里生根萌芽，枝繁叶茂着。

走着瞧着，不觉来到复旦大学的标志性建筑——光华楼，这座高一百四十二米、三十层、双塔造型建筑，乃全国大学第一智能化教学高楼。其巍峨矗立、恢宏大气让人仰视，令人震撼。这样雄伟漂亮的教学楼与名校相得益彰，国家对教育的重视值得点赞。想必有人见过不少国内的"烂尾楼"，死气沉沉的"鬼城"，又有什么实际价值？教育的投入是长期的，产出效能是惊人的。重视教育，才是人类战胜愚昧和黑暗的明智之举。楼前绿毯似的大草坪上，依然有聚精会神读书的学生。他们和绿草相互映衬，与天地融为一体，在知识的海洋里尽情畅游着，与气概不凡的光华楼一起构成了复旦大学美丽的风景。

我与近旁的一个学子搭讪，得知他是去年某省的高考状元，我问："你当初为什么选择来复旦大学读书呢？"他答曰："自由而无用的高贵灵魂。"稍加琢磨，我恍然大悟：自由，是对知识学术的无限追求；无用，则是不被功利思想左右的精神坚守。据说这是复旦师生一直默默信奉的理念。眼前的学子年轻、帅气，目光中透出睿智，让我不由得想起曾经在这所大学浸淫、而今活跃在政、经、文、理等领域的复旦佼佼者（诸如李源潮、王沪宁、朱民、吴敬琏、陈天桥、张首晟、梁晓声等）。我想，这些"牛人"与复旦"博学而笃志，切问而近思"的校训、与"文明、健康、团结、奋发"的校风是分不开的。无疑，复旦的师生深谙其道，我们也应有所觉悟。

不过，明亮耀眼的太阳也有黑子。我脑海中忽地闪过几年前发生的震惊全国的复旦大学医学院研究生投毒案，至今悬而未决的清华大学朱令中毒事件，还有更远的药家鑫、马加爵案。无辜生命的殒灭、人生的剧变，让人痛惜，更让人深思。其中不乏成绩优异、才华横溢者，却在风华正茂的年纪，因扭曲的人生观、变味的价值观而走上迷途，害人害己。

悲剧不是一夜之间发生的。应反思我们培养孩子的态度、方式及成长通道是否存在弊端和偏差，学生除了比拼学业是否忽略了别的方面呢？

读书求知是需要谦卑、踏实的作风的，为人处世更需要不掺假、不含杂质的灵魂。教育不能急功近利，不应只看重分数，更不能将升学率、就业率当成筹码去招揽生意。还教育以本真，才能开智慧于大道。教育的本质就是"用一棵树去摇动另一棵树，用一朵云去推动另一朵云，用一个灵魂去唤醒另一个灵魂"。雅斯贝尔斯的妙语，让我们顿悟教育艺术的真谛与魅力。学子们健康的人格，优秀的品学素养，来自老师春风化雨的吹拂润泽。那些受到滋养熏染的灵魂才能变得纯洁而美丽、自由而高尚。唯其如此，我们所从事的教育工作才有意义。

看着想着，不觉走进一片茂盛的杉树林。挺拔的树干整齐排列，直刺苍穹。其间的林荫道幽静、干净，叶落无声，光影交错，充满诗意，给盛夏带来一丝凉爽。林间的椅子上，两个女生在读书，全神贯注。我轻轻走过，真怕打扰了她们的清静。

返回时，同行的上海友人感慨：但愿我的后人将来能进这样的学府深造，以悦享书香及告慰先人。闻之，心有同感。大实话啊！只有尊重教育并敬畏知识的人才可能有这样的肺腑之言。谁不愿自己的孩子获得优质的教育资源呢？毕竟这是成才与通往成功之路的最佳选择。他们（包括我）都曾为学生，上过大学，走过青葱岁月，经过世事沧桑，通过努力打拼，取得了某些方面的成就（友人是一家外企在亚太地区的CFO），心中对未来的憧憬、对后辈的期待是真诚的，是日月可鉴、永不会过时的。青出于蓝而胜于蓝，天下所有人莫不对人生怀有美好的念想。斯宾塞说教育就是"为完美的生活做准备"。我们应矢志不渝追求这样的目标。

走出校门时已是正午，因天热我们没去参观枫林、张江、江湾三个校区，可心里已装着满满的收获。那被四周繁华围绕着的复旦大学，宛若一颗冰清玉洁的莲子，是那样宁静、淡泊，历经风雨而宠辱不惊。

烙印

——追忆母校陕西武侯中学

往事犹如燃过的炭火,看似熄灭,但只要岁月的风轻轻吹走浮尘,又会露出滚烫而明亮的记忆。

那年八月末,我们沿着陕西勉县城外狭窄的旧公路大约行了五里远,从舒同手书的"武侯中学"的牌匾下穿过油漆斑驳的厚重木门进入勉县一中。当时,校园与武侯祠没有分开,有两个圆门相通。那时校舍比较简陋,一栋米白色的两层办公楼,一幢红色的三层教学楼,其余全是灰瓦平房。

我们新生一开始住在武侯祠的一个四合院里(当时武侯祠尚未对外开放)。院子中央就矗立着那株全国独一无二的苍郁而神秘的古旱莲,旱莲的北面是学校食堂,旱莲西南侧的旧房就是我们的宿舍。木板连成的通铺,一人九十厘米宽的床位,可以容纳不同班级的几十个学生。虽是初秋,天气仍燠热。晚上蚊子肆虐,嗡嗡作响,偶尔还从浓荫的树间传来猫头鹰的唳叫。我睡不着,就与几个同学悄悄溜出宿舍。我们转到一棵柚子树下,被成熟的果香吸引,一边有人瞭望放哨,一边便有同学猴似的爬上树去,敏捷地摘下几个大柚子,再耗子般匆匆溜回宿舍,兴奋地与还没入睡的同学分享。

黎明，在铃声的催促下，我们飞快地起床、洗漱，然后到教学楼前的小操场集合，接着在校园内锻炼，也曾一度去校外的马路朝水磨湾方向跑步，或到后面的汉江边跑步。长龙似的队伍迎着曙光，沐浴着朝霞，在苏醒的校园内外奔跑，释放青春无敌的能量。

而一天的高潮自然是课堂。我们不但结识了新同学，而且迎来了期待中的老师。

从高一起，数学分为代数和几何。教代数的是年轻的赵振宏老师。他与家兄是一起分到勉县一中工作的，他们支两张木床住一个房间。赵老师爽朗而帅气，上课认真又有激情。记得讲排列组合时，他让我们以不同的队形变化来演示。他温和的笑语、没有架子的教学方式深受同学们的欢迎。可惜我的数学基础差，有点跟不上，考试成绩总是拖后腿。为此，他曾含蓄地提醒我应全面发展，不要偏科。后来高考我果然受到影响，真是有负他的教诲。赵老师后来走上了领导岗位，可我们对他的课依然记忆犹新。

第一位教几何的是程锦老师，时间不长。只记得他上课不带尺子圆规，需画图时，转身对黑板凝神几秒，手指挥动，标准的图案就呈现出来。他的这一绝招真让我们目瞪口呆。后面接替他的贾必信老师虽个头不高，但目光炯炯，留着毛泽东式的发型，头发一丝不乱地梳向脑后。他思维缜密，逻辑严谨，耐心地启迪学生理解，将公式法则及运用一步一步由浅入深推导出来。

教地理的是李振亚老师，当时已满头白发，据说他在新中国成立前干过地下党，"文革"时曾受迫害，喂过猪，但出现在我们面前的他始终精神矍铄，乐观豁达。他对所教的知识烂熟于胸，上课有时给我们聊点"离题千里"的故事，风趣幽默。他常年一人，以校为家，时而喝点小酒，晚自习时端着茶壶到教室巡视，微笑着东瞅西瞧，我们偶尔能嗅到一丝酒味。他不服老，戏言要倒在讲台上。后来读大学时，我听同学说李老师突然发病走了，当时很伤感。我早期的一篇《惜别情》就是以李老师为素材写的。

教历史的田文伟老师，"文革"时也经历过磨难，腰疼得厉害时要拄着拐杖进教室。他大多数时间是坐着讲课的，手撑着脑门，不大看书，也不太批评下面纪律涣散的学生，眼睛半睁半闭，只管条理清晰地按自己的思路讲下去。他退休多年后的一天，我经过教师小区前的十字路口，他坐在小区门口老远叫我的名字，亲切地询问我的情况，还说我当年历史学得好。田老师一脸慈祥，依然健谈。

教政治的张福全老师很有意思，虽瘦小但嗓门大。讲得投入得意时，他忘我地撸起袖子，甚至将脚蹬在讲桌上，下意识地挽起裤腿。教物理、化学的老师课讲得都不错，可惜我打算学文科，所以上课基本在下面偷偷看小说，也不写作业，为此还挨过批评。英语老师走马灯似的换得频繁，有吴惠萍老师、张青林老师、于金波老师、程琳老师、代柏龄老师。他们各有风格，在此就不一一赘述了。

体育课是我们最盼望的。王跃昌老师结实而黝黑，皱纹纵横的脸上常带着笑，上课总是热情洋溢，不厌其烦地教我们做操、跑跳、打球等各种运动技能，而不是把运动器材一发简单了事。

也许你会问，怎么不提语文老师呢？我任过科代表，且容我慢慢道来。

高中开始给我们教语文的是王建平老师。他是我兄长，早先插过队，恢复高考后考上大学中文系。那时我尚在读小学，他假期给我带回的书籍便成了我痴迷的精神食粮。我狼吞虎咽地读了中国古代四大名著，还有《青春之歌》《红岩》《林海雪原》《朝花夕拾》《呐喊》《家》《寄小读者》等，当然，也认识了外国小说里的保尔·柯察金和冬妮娅、基督山伯爵、鲁滨逊、堂吉诃德、大卫·科波菲尔等生动的人物形象。阅读之余，我偶尔写点青涩的文字，他有空就点拨一下我。初中时我在《少年文艺》发表了处女作。家兄博览群书，曾热衷于文学创作，工作后却毅然放弃了自己的爱好。王老师（学生也是这样称呼我的）上课趣味横生，常常妙语连珠。他不拘泥于书本教条，在课堂之外，为有兴趣的学生开展文学讲座，指导我们写作。他从诗经楚辞、先秦散文、汉赋、唐诗宋词元曲、宋元话本、明清小说，以及现代中外文学宝库中精选名作，引导我们品读鉴赏。听他的讲座一度成了不少学生期盼的事情。他痴心教学，无怨无悔三十多年，时至现在，光教过的高三及复习班就有快三十届。当然，他的付出也获得了应有的荣誉与尊重。

分科后给我们教语文的是和蔼可亲的鲁世平老师（兼班主任）。他讲话轻声细语，有板有眼，于收放有度的慢条斯理中让我们感知体会。他思路清晰，循循善诱，与学生相处非常融洽。鲁老师外表安静，但私下很爱与我们交流，积极组织并参与学生的课外活动。记得一次春游后,他让我们写一篇感想。我尝试写了近十页触景感怀的叙事诗。鲁老师阅后高兴地找我谈话,在作文本上龙飞凤舞地写了批语,鼓励我多读书练笔,力争以后在文学上有所造诣。至今想来,言犹在耳。我们班爱好文学的多,这与鲁老师的助推是分不开的。去年见到鲁老师,他依旧朴素平和。想起他的寄语,我深感工作后懈怠荒疏,蹉跎岁月搁笔多年,恐怕要辜负老师的期望了。

勉县一中的几年,是我人生旅途中难忘的时光。虽然后来阅历诸多风景,许多过往已渐渐模糊淡忘,但是那些曾经同行的师生、与师友共度的时光,常常浮现在脑海里,仿佛我又走进了昔日的校园与课堂。

记得高二时,学校在操场西边新修了宿舍楼和餐厅,我们就搬离了朝夕相伴的旱莲园。通常第四节课时肚子已咕咕作响,心不在焉地挨到下课,便以百米冲刺跑到食堂排队等待。饭菜粗淡,但也能吃得津津有味,有五毛钱一份的红烧肉就能开心不已。饭量大的同学除了米饭,有时还得加一个馒头或一碗面皮。紧张的学习之外,诗朗诵、歌咏赛、演讲赛、运动会、重要节日的文艺演出也是定期开展的。彼时师生踊跃,自编自导,大家参与其中,其乐融融,妙不可言。

20世纪80年代的正式高考前先要预选,几近刷掉三分之一的人。面对突然空荡而寂静下来的教室和宿舍,心情惆怅又倍感压力。铆足劲儿拼到火热的七月,最后才忐忑走进考场。那时大学录取率低,不少同学是经过高考失利又复习再战才圆梦的。几年同窗共读,忽然有一天而各奔前程,心中真是莫可名状。春夏秋冬共书香，喜怒哀乐皆文章。记忆的底片上镌刻着同学们一起走过的时光，留存着你我他在母校的故事。许多年后，大家仍记得充满书生意气的指点江山，仍记得心领神会的字条悄传，仍记得真诚说过"苟富贵，勿相忘"的誓言。那些曾经激荡且沉淀于心渊的清澈涟漪，最终由岁月蒸馏成纯净而温馨的回忆。

时代嬗变。勉一中旧校区后来与武侯祠分开，新校区扩展到公路北边。有些老同学、学长学弟学成后回到母校执教，薪火相传。还有许多同学把自己的孩子送到一中继续学习，传承一代又一代人的梦想。近悉，勉一中校名又恢复为原本的武侯中学。白云苍狗，弹指刹那。母校——曾用青春编织未来的地方将永远烙印在我的灵魂深处。

而今，武侯中学（勉一中）桃李遍天下，四海美名扬。当年教过我们的老师有的已作古，许多已退休，少数仍在贡献余热。每每想起这些当年的老师，我便顿生思念与敬意，祝福他们愉快安康。

如今，当年的同学已步入中年，大家天各一方，有的尚有联系，有的会偶然邂逅。即使难得相聚，即使不常联系，我们仍心存默契，彼此惦念。老同学，你好……一切尽在不言中。

一日为师，终生为师；一日做同窗，终生是学友。母校是高山大海，过往的学子就是其中的一花一草、一桨一帆。无论何时何地，光阴煮酒，足迹成诗，我们的初心不变。

往事并不如烟，虽历经岁月的磨洗，谁能忘那份人生中珍藏的际遇和缘分、温暖与纯洁！

相伴如发

头发是咱们亲密而忠实的伴侣。头发对身体而言，就如枝叶依附树干，从生到死，一面忍受着人们的剪、吹、烫，一面与无情的岁月勇敢抗争。

上学时我的头发还算横竖有型，可工作后便愈来愈少，至今已比较稀薄。有人建议做个发套戴上，我却执意不从，偶尔揽镜自照不免唏嘘，母亲在一旁安慰说：假的哪有真的好？贵人不顶重发！

也许好头发是女性的专利吧。我环顾四周，不禁感慨母亲头发的顽强生命力。八十多岁的母亲虽然体弱多病，可半数头发居然还是黑的，这让那些头发早早花白者羡慕不已。母亲饱经风霜，但有个习惯，她坚持天天早晚用木梳细细梳头，每每梳过后，总是小心翼翼地把掉落的头发绾好，不让一根发丝遗留在水池和地上。平时，还注意收捡儿媳、孙女剪下的头发，积攒得多了便会交给走街串巷收头发的人。

母亲对头发是敬重的、理解的。我的头发虽然稀疏，可让我自豪的却是妻的头发。

妻的头发浓密厚实，有点儿卷，拿在手上沉甸甸的。特别是刚洗了头时，瀑布似的披在肩上，走动时就如层层黑浪翻滚起伏，妻的同事都说她的头发比别人多几倍。确实，我很少见过头发比她多的女人。妻一天忙忙碌碌，操持里外，爱给人帮忙，走哪儿都是笑声朗朗。她有时看着我的头怜惜道："把我的头发分些给你吧。"

我才不愿老婆的头发减少呢。但最让我骄傲的还数女儿的头发。

女儿生下时头发少且黄，我和妻起初有点暗自神伤，但从不在孩子和人前流露怨言。上学前一直给她留着小子一般的短发，她一天乐呵呵的也不计较。随着时光推移，浑然不觉中，女儿的头发如田野里吸收了天地灵气的庄稼呼啦啦生长。现在的她拥有一头无可挑剔的秀发，黑漆漆的、直直的、密密的、顺顺的，衬得小脸格外白皙。姨妈手巧，闲时要么给女儿编一条溜光水滑的蝎子辫垂在脑后，要么给女儿编几十条小辫盘在头上。而女儿自己最爱扎个马尾，松松散散地搭在背上。曾有人打趣："你这头发不会是假的吧？"女儿洒脱地甩甩靓发，嗔怒道："你摸摸，不会瞧清楚点嘛！"女儿喜欢跳舞，她跳起舞来头发飞扬、飘逸洒脱，散发着芳草般的气息，比那电视里广告模特的头发还要漂亮呢。当然，女儿也很爱惜自己的头发，有次美发师多剪掉了一些，她对镜噘着嘴责怪对方，要美发师给她接起来呢。

何其幸哉！头发忠诚地陪伴我们一生，栉风沐雨。

何其美哉！头发温柔地跟随我们一世，不离不弃。

感谢父母恩赐的头发，感谢头发对我们的眷顾，不管厚薄疏密，世事变迁都始终伴随。密密的人流中，随意看去，头发要么黑得蓬勃，白得沉着；要么黑得靓丽，白得优雅。无论跌宕起伏，转折升沉，头发如饱蘸光阴之墨的笔，记录着成长经历，折射出人生况味。无论世态炎凉、喜怒哀乐，头发都与你血肉相连，休戚相关，又默契地融合在一起。

从古至今，典籍与现实多有写照。发可以明志，可以寓情，可以见证，可以代笔。历史上曾经上演过"以发代首"的智慧、"留发不留头"的残酷，还有"待我长发及腰，少年娶我可好"的浪漫。人们对头发有时不甚在意，有时视若珍宝，有时甚至会"牵一发而动全身"。看似纤弱的头发不但浓缩了生命的信息密码，而且昭示着你的生存状况，并把真、善、美与假、恶、丑这些元素体现于一身。所以，有情有义的头发不仅是血气运行的外延形态，而且是蕴含着生命的鲜活和深沉的存在。你敬重头发的价值和去留，头发便回赠你生活的真谛与公平。

头发是有灵魂的，至柔能俯首帖耳、缠绕指端；至刚则怒发冲冠、敢舔刀剑。如一泓春水时，可软化世间坚硬的心肠；如一把烈火时，可决绝了断人生的恩怨。

当你轻抚头发，仿佛人生的轨迹会丝丝呈现，心路历程变得渐渐明晰；当你轻抚头发，回首过去、面对现实、走向未来时便多了一份淡定从容。

我常想，凡事顺应自然，心向美好善良，苍天必不亏负矣。

掰手腕

我年轻时有过不少爱好，诸如球类、棋类、游泳等，随着时光流逝或条件所限，许多已不再坚持，渐渐生疏了。

可有一项简便易行的活动我一直比较喜爱，且男女老少皆宜，这就是众所周知的掰手腕。比赛时两人相向而坐，各伸出一只手握住对方，肘不能离开桌面，脚不准随便移动，摆正后彼此同时用力，直到把一方的手背完全压平至桌面为止。

看似简单的掰腕子，动用的可是全身的力量。需气沉丹田，脚蹬实地，腿腰配合，肩臂运劲，手腕发力。除此，还要比斗志和耐力，当然也离不开正确的战术和心态。学生阶段，我们男生空闲时喜欢玩玩掰腕子，我也是爱好者之一，参与过多次"战斗"。

至今印象深刻的是大学时看过的一场比赛。那是在运动会进行期间，大家想找点儿乐子解乏，便怂恿李东华与张强掰手腕。李东华是中文系的，个儿不高，长得结实精干，掌宽指长，骨节突出，听说自小练过武术。学体育的张强则生得人高马大，掌肥厚而指粗壮。两人篮球打得好，常常在场上缠斗碰撞，你追我赶表演运球进球，所以都有点不服对方。在同学们的围观下，两人在一棵枝繁叶茂、浓荫匝地的雪松旁的大理石桌上伸出手摆开架势。做临时裁判的我检查一下他们的肘部，然后把双方握在一起的手拉到中线，喊声："开始！"

两只手剧烈晃动了一下，各自使劲儿握紧对方，忽左忽右，好一阵都在中线徘徊。因张强臂长手大，起初稍占上风，一度将李东华手腕掰到距桌面四十五度的倾角，但李东华死死支撑着，竟然又一点一点地掰回中线。张强大口喘着粗气，李东华抿嘴咬紧牙关。渐渐地，两人额上沁出了细密的汗珠，手背上青筋暴突。围观的人则屏住呼吸，瞪大眼睛盯着他俩的手缓慢移动。其间，张强又差点儿把对方的手压到桌面上，却被对手顽强地顶住攻势。一会儿，李东华反将对方的手掰向一侧，但又被张强拼力抵住。僵持良久，李东华暗自长吸一口气，手掌猛地收紧，关节噼啪作响，指头陷进张强的虎口，逐渐压向对方一侧。张强的手微微颤抖，满脸涨得发紫，连耳朵脖子也红了，但没能扛住对方的绝地反击，手最终被按到了桌面。李东华赢了，鼻孔竟渗出血丝；张强瞪眼喘气，揉着红肿的虎口。他俩皆汗出如雨，背心湿得能拧出水来。这场比赛居然耗时近十分钟。两人笑笑，甩甩胳膊，钦佩地看着对方。

闲暇时，男生聚集掰手腕，女生偶尔眼馋也爱凑凑热闹。胆大活泼的居然敢伸出粉掌来较量。但大多掰不过时便双手齐上，包夹对方手掌做三角支撑状耍赖，大家也不计较，只当轻松逗乐罢了。

一般情况下，非正式比赛场合人们兴之所至，点到为止而已，很少会拼尽全力。平时口头说的掰手腕，已成了比试、较劲儿的代名词。但作为比赛，毕竟要检验双方的力气、意志、技巧和策略，还是不能轻言放弃的。平时如运用得当，掰手腕不但可以锻炼身体，陶冶性情，还能够活跃气氛、增进沟通。

记得那年我接手一个新班，班上有几个男生上课浮躁好动。下课后我让他们推举两个力气大的跟我掰手腕（我平时坚持锻炼，臂力器、哑铃常常练，心里有底）。我不动声色，悄然运力做好准备，谈笑间连续掰倒对方代表。学生见状又有几个踊跃加入，我故意拖延时间应对他们的车轮大战，左右手交换互有胜负。只此一下就拉近了我与学生们的距离。打这以后再进班，课堂气氛生动活泼，秩序井然。

假期，上大学的儿子回到家里，有时与我较劲儿起来，便会撸起袖子伸手跟我掰两把，我也乐于趁此检验一下他的实力。瞧着他青春的脸庞和胳膊上紧绷的肌肉，父子俩的手紧握在一起，那感觉真是妙极了。

重阳忆母

重阳节适逢母亲的生日，我们习惯性地在餐桌上给母亲摆一副碗筷，静静回忆她的音容笑貌，冥冥中总觉得她老人家依然在我们的身边。

记得5月23日中午，我正准备去学校上课，突然接到二姐的电话，她泣不成声地说妈不行了。急匆匆驱车赶到疗养院时，病床上的母亲已陷入深度昏迷，呼吸时重时轻，若有若无。我俯在她耳边连声呼唤，她的眼皮微微动了动。握着母亲渐渐冰凉的手，我的眼里满是泪水。一小时后，母亲安详地走了。她脱离一切的病痛折磨，脱离一世的吉凶祸福，脱离一生的酸甜苦辣，脱离凡间的纷纷扰扰，灵魂飞向圣洁的天国。

母亲六岁时外婆就不在了，在缺失母爱的无助中长大。她先是在老家照管年迈的婆婆，直至奶奶入土才离开故乡随父亲在一起。母亲拉扯我们兄弟姐妹四个，跟父亲辗转多个地方，在风雨兼程中共撑着一个温暖的家。记得在困难年代，母亲总是让我们吃过后自己才将就吃点儿；记得每逢过年，母亲总要用平时节省下来的钱给我们做身新衣，而自己一直穿着朴素；记得无数个寒冬清晨，母亲总是关切地把自己一针一线缝好的棉衣棉裤烘暖后送到我们床头；记得多少次我和哥哥在外贪玩或淘气忘了回家，母亲总要眼巴巴地站在房前屋后久久张望，或是去路口街头声声呼唤我们的名字。我小时候淘气，常惹祸，不是打了人就是被人打，有时别人寻到家里或是自己挂了彩不敢回家，母亲就不停地找我，直至找到我，然后再温言劝导安慰。一次傍晚，我没打招呼就跑到十里外的一家工厂去看电影，完后扒拖拉机回来已是子夜。母亲一把搂住我，泪水涟涟，她一直等着我并在锅里留着饭。后来，我才知道她发动了很多熟人到处寻觅我，担心我遇到了什么不测。

我们在母亲的身边渐渐长大又相继工作。家境开始好转，可退休后的父亲却不幸中风瘫痪了，母亲又义无反顾地侍候起父亲。整整九年，无怨无悔，直到把父亲送走。母亲衰老了，岁月如刀，在她脸上刻下深深的皱纹；时光如霜，染白了她的缕缕头发。母亲该歇歇了，该享享福了，该与儿孙共度天伦之乐，该平平安安颐养天年了。

母亲在2011年深秋摔跤前，过了十几年相对安闲而幸福的生活。那期间，她在成家立业的儿女家中轮流居住，脸上写满知足，言谈充溢自豪。在母亲的眼里儿女再大也是孩子，儿女上班要送到门口，儿女下班她从楼上望见就站在虚开的门后等着。儿女刚一落座，她就把接好水的杯子送到儿女手上。闲时，她爱给我们讲述陈年往事，次数多了，许多情节我都能倒背如流了。

母亲晚年信佛，敬天地神明。到过的地方有寺庙道场，只要方便她都会去烧香祈祷。可夕阳虽好，怎奈已近黄昏。我无法想象，那个黑夜母亲跌倒后是怎样硬撑着从卫生间回到卧室的，她没吭声，甚至连灯都没开。我恨自己的疏忽，当晚咋睡得那么死，母亲摔倒时居然毫无察觉，为啥没听到一点动静呢？母亲是半夜起床时摔倒的，但她当时没有喊我。

那天早晨，母亲穿着整齐坐在床沿上没像往常那样下地活动。她把我叫到跟前平静地说："妈昨晚摔了一跤，走路有点困难。"

"妈，你咋不叫我?!"我惊出一身冷汗，母亲已是八十多岁高龄的人了。

"我——不想打扰你们休息。"

"妈——"我握紧母亲的双手。

"也许是扭伤了，敷点药，歇歇就好了。"母亲露出一丝苦笑。

"你扶我起来试着走走。"

我昏头了，没有多想，竟然搀着她走到了客厅。

"你看，可能不要紧——你去上班吧。"母亲坐在沙发上，忍住疼嘘口气说。

我信以为真，可是我彻底后悔了，因为母亲的痛楚日益加剧。其实，母亲一摔倒就骨折了。送到医院诊治拍了 X 光片，结果清楚地显示出——股骨胫骨折！更为痛惜的是，因为年龄大，且有冠心病和高血压，母亲竟做不成手术，只能保守治疗。母亲说她是该走的人了，叫我们不要伤心难过。她打着牵引躺在床上，虽能与我们正常说话，可再也站不起来了。由于平时工作忙和距离较远，我每周只能去看她一次。上回临别时，母亲也许是预感到了什么，她依依不舍地拉着我们兄弟姐妹的手，哽咽着说："你们都是妈的宝贝，妈不要紧，你们——别再牵心妈了……"我们忍住泪让她好好休息，说过几天再来看她，没想到这竟成了永诀。

母亲此生遭受了太多的不幸，厄运一再无情地降临到她头上；母亲此生付出了太多的心血，她照顾了婆婆、丈夫、儿女、孙子四代人；母亲此生承受了太多的不公，她从小失去母爱，却把海一样的深恩留给我们。即使到了很虚弱的时候，她还嘱咐我们少去看望她以免影响工作。哦，母亲，她一生透支了太多心神，耗损了太多精力，就像窗外树枝上那片久经风霜的枯叶，被一阵风残忍地吹落了。

母亲去世的当夜，雷电交加，大雨滂沱。翌日安葬，晴须臾，又暴雨如注。风雨中，我恍若听到了母亲那熟悉而亲切的念叨。

母亲走过近一个世纪的沧桑，她老人家确实累了。安息吧，母亲！您安眠的地方后有青山，前有流泉，周围花草环绕，四季作物为伴。纵然世事变迁，光阴流转，您的子孙定会来看您，相会在重阳。

登高而望远兮，茱萸芬芳。临江以酹酒兮，思念悠长。

岁岁重阳，永志不忘。

迟到的追思

临窗坐在书房，新沏的绿茶散发着清香，半阴半晴的天气，一缕忽明忽暗的阳光在窗前闪现，我听着《父亲》的旋律，思绪随明灭的光线开始穿行。

今儿是清明，父亲离开我已十八年了。漫长的岁月里，我没有写过关于父亲的文字。这期间曾无数次想起过他，但一想起就会觉得心酸、沉重，于是心里积存了很多的惭愧和歉疚。

孩子没见过我的父亲——她的亲爷爷。瞧见人家爷爷带小孩玩时，女儿总会天真地问我："我的爷爷呢？"

这时，我的心里会浮起一丝莫名的悲凉。女儿那年快要出生时，父亲猝然离世。多年前，当我翻出父亲的相片给女儿看时，她久久盯着，竟然流下了晶莹的泪珠！我急忙惶恐不安地对女儿说："等回老家时带你去看爷爷。"

父亲安葬在汉江南岸的一座山下。那是个三面环山的坝子，山上长着郁郁葱葱的松、竹、桑、槐、青冈及橡树，中间是沃野，北面开阔，流淌着一条清澈的江水。父亲年少时就生长在这里，他曾念过私塾，中断几年后，渴求知识的他成了河对岸离家较远的五年级插班生。小学毕业后，寒微的家境已无力再供父亲继续上学，他只好在师生的惋惜中辍学回家，劳作的间隙,父亲利用一切可能的机会借书阅读学习。他博闻强识,尤喜书法,据说每当年节,父亲就在院里支起桌子为近村邻寨的乡亲写对联。新中国成立之初,父亲头一个走出村子考上了西北财院,在乡亲们的啧啧赞声里远赴西安。三年后,父亲放弃了可以留在省城工作的机会,为了就近照顾年迈体衰的爷爷奶奶,毅然回到家乡从事财税工作,几十年风雨兼程,辗转陕南好几个地方。

记得小时候父亲不常回家,往往几个月才能与我们相聚一次。父亲一回来我就跟前跟后,进进出出跟他黏到一块儿。见我淘气把身上弄脏了,父亲会打一盆水,洗净我的手脸,剪掉我的长指甲。夏夜,邻居们在院子里纳凉摆龙门阵,我搬了凳子紧挨父亲而坐,听他讲国内外发生的那些大事、新鲜事。不过,我最难忘的是缠着父亲讲故事。他曾教过一段时间书,讲起故事来有板有眼、声情并茂,诸如桃园结义、千里走单骑、三打祝家庄、孙悟空三借芭蕉扇、刘姥姥进大观园、木马计、皇帝的新装、诺亚方舟等,至今我仍印象深刻。

父亲上班走时,我便爱撵路,拽着他不松手,有时还悄悄地跟随。有次尾随到车站,眼看着他上车走了,我还不甘心返回,下趟班车来时,我咬咬牙硬着头皮挤了上去。到县城终点站下车检票,那个售票员居然说我混票,把我狠狠剋了一顿,其实当时我才六岁。父亲前脚进单位,我后脚即赶到。他见到我很吃惊,我一头扑进他怀里,涕泪横流地大哭起来。父亲轻抚着我的背,喃喃着:"瓜娃子,这多危险……是我不好,没带上你。"那时,通信不便,据母亲后来说,她和哥哥找了我一下午，直到傍晚接到父亲的电话才放心。

在那之后的一个春天，父亲接我去城里上初中，途中过河乘船，但因码头失修船无法靠岸，需蹚水而过。我正要脱鞋，父亲却已抢到我身前，赤脚、裤腿挽起老高，不由分说把我背上走下河去。乍暖还寒，河水一定很冰，水底还有光滑的鹅卵石，父亲尽力稳稳地走着，不免些微晃动，但他极力保持着平衡。在父亲坚实的背上，我既感到宽厚温暖又无地自容。因为我看到了父亲鬓边的白发、听到了他沉重的呼吸。那一刻，漫长得仿佛过了一个世纪。未及到岸我便匆匆挣扎下来，然后嘟囔一句："以后我自己过河！"父亲先是一愣，继而冲我赞许地点点头。

我那时性子倔，打过不少架。一次，一个高年级的男生欺负我，我回击，用石头砸破了他的头。那孩子的父母找到我家里，从没动过我一指头的父亲严厉地教训我，铁青着脸让我跪在地上认错反省，并用尺子打了我的手掌。

父亲将要退休时，姐已工作，哥刚大学毕业，而我才上高中。生活不总是平静顺畅的，后来为高考的事我竟和父亲"结怨"了。当年我本可以上一所师范大学的中文系，可父亲见到通知书后不支持我去报到，要我复习。那时我有点心灰意冷，曾想放弃出走。再后来，父亲看我确因偏科考不上理想大学才肯迁就。耗费了时间还是读了师范，于是我有点埋怨父亲。可父亲身体突然垮了，患了中风，偏瘫在床一躺就是九年，直到瘦成一把骨头去世。父亲临走的时候唯独我不在身边，从单位赶回来的我只能无声地长跪，流下了悔恨交加的泪水……母亲说父亲一直念叨着我的名字……其实先前对我是寄予厚望的……那一刻,我觉得天空倾斜,日头昏暗,自己瞬间变得孤独,那年是我的而立之年。

其实,工作后我就醒悟了。那时我年轻,心高气傲,有的是大把的时间奋斗。而父亲要我复读,耐心选择,既不想让我以后怨悔,更考虑磨砺我的心性,懂得为人做事需要诚恳踏实。成才还得成人,大凡有为者莫不是经历磨难而厚积薄发之人。

今年的清明,我与哥哥姐姐相约回乡下扫墓。父亲的坟上已青草萋萋,四周的荆棘也蔓延过来,墓后的峭壁上树木成荫,风过掀起松涛阵阵。拔掉墓周的荒草,铲几锨潮湿新鲜的泥土,献上鲜花,洒几杯酒于墓前,恍若与父亲又在叙话……

父亲生前一贯俭朴,为了一家人的生活,为了四个子女的学业,他吸的便宜烟,喝的便宜酒。等我们工作后挣钱有条件了,他却一病不起了。亲人们伫立静默,良久,一阵钟声悠悠传来,转首回望山侧,那曾经熟悉的苍柏旁,仍有一泓泉水泛涌幽淌。丽日煦风中,烂漫的金色油菜花和青青麦苗交织在一起铺展开去,簇拥着安宁纯朴的乡村。远处,汉江如练,绕山迢迢而去……

"碑上为啥没我的名字?"女儿的声音又在耳侧响起。确实,父亲的碑上没有他孙女的名字,前次扫墓,女儿就执拗地要求把她的名字补刻上去。这次,在家人亲戚的注视下,女儿的名字终于端端正正地被补刻上。父亲,十八年过去了,如今,你的孙儿在高校深造,你的孙女已亭亭玉立,我们也一切都好。我知道若父亲地下有知，已和他的子孙心灵相通、血脉相连，一如山崖下的那汩汩清泉，年年岁岁不休，生生息息不止。

养儿方知父母恩。老话说得在理。要尽量减少"子欲养而亲不待"的遗憾，所以，更应珍惜当前的时光和拥有的生活。

人一生都在为目的赶路，不停地跋山涉水，沿途遇到形形色色的人，反而可能忽视了那些默默关注和守望你的目光——不论是亲人、爱人、友人、陌生的人或是讨厌的人，他们都在冥冥中与你相遇。你所见的一山一水、一草一木、一花一叶，或一只曾爬上你脚背与你同行的蚂蚁，或一只暗夜里曾飞到你眼前的萤火虫，或一缕照亮你前进之路的星光，皆是你生命旅程中的如约出现，是陪伴你人生的一段难忘插曲，也是你今世的缘分。

"爸爸，开饭喽。"不知什么时候，女儿在书房门口冲我粲然一笑，将我从沉思中唤醒。窗外，天已彻底放晴，金子似的阳光照在玻璃窗上，书写着音符和诗意；几只小鸟在护栏内外呼朋引伴，无忧无虑地飞跃啁啾。

"爸爸。"女儿进来给我揉揉肩，推着我走出书房。妻子递上手机，在外地读大学的儿子打来问候电话。餐桌上已摆好丰盛的午餐，香味四溢。

与去日作别，过好现在和将来，也许是亲人之间最大的欣慰吧。

家是温暖的，而传承更温馨。

一缕奶香

"打奶——"

每晚八点半左右，先是传来一阵熟悉的摩托马达轰鸣，接着就会响起打奶的吆喝。

"打奶了——"声音高亢而响亮。

听到的人们纷纷从不同的单元楼出来，拿着小锅、小盆去交叉路口打奶。

送奶的是个女的，三十来岁，身高不到一米六，头盔下是张黝黑的圆脸，眼睛扑闪扑闪的。身旁停着辆跨骑式的摩托车，车后座的两侧各挂着一个铁皮奶桶。人们陆陆续续地走近时，她客客气气地与主顾打着招呼，忙而不乱地揭开桶盖，用提子盛奶，然后收钱。有时找不开零钱，她就让下次付；有的人路过忘带家什，她就拿自备的塑料袋给装好。

这晚下雨，她站在楼檐下一边等顾客，一边哼着歌，有位邻居去打奶，跟她聊起来：

"看你挺自在快乐的嘛。"

"我不能闲着，不然会犯困打盹的。"

"怎么会呢？"

"从上午开始，我一天要跑几十个小区哩。"

"就你一人，跑得过来吗？"

"差不多，除了吃饭，基本不停歇。"

"啥时收工?"

"一般都晚上十点了。"

"家远吗?"

"在上水渡，离这儿好几里地哩。"

"咋不让家里人送呢?"

"孩子小，老公也忙得顾不上。"

"养了多少奶牛?"

"几十头哩。"她很健谈，"有空去我们那儿转转，看看奶牛，环境可好啦。"

"有竞争吗?"

"有是有，主要是包装奶。不过——"她笑笑，"我们这是新鲜天然，无添加。"

"你挺逗。"邻居感慨，"真不容易，辛苦吗?"

"当然辛苦，现在干啥都不容易。"

"骑车慢点儿，注意安全。"

"没事，我这已换第四辆车了。"她还说明年打算扩大养殖，到时也可能雇个人。

她说着收拾好东西，轻巧地跨上摩托车，突突突地发动了起来，一溜烟儿地骑走了。

真是个快乐的女人！闻着奶香，想象着她来来回回从郊外到城里的路程，在城内街巷小区穿梭奔波的身影。无论春夏秋冬、阴晴雨雪，这个普通的农妇总是及时把奶送到家家户户手中，而很多家庭也喝惯了鲜奶，为健康等着每天打奶的这一时刻。

文家包子

搬到城南后,我没事就爱去附近转转。

记得那日清早出去散步,至一小巷口,发现一包子铺前有许多人排队。门头招牌不大,上书"文家包子"四字。

附近吃食众多,有的饭庄和酒店还经常转手、关闭哩,何以这个包子铺人气爆棚呢?我遂好奇地过去凑凑热闹。蒸好的几笼包子刚一端出来,就被前面交过钱的人一抢而光。没买到的还在耐心等。多数人买了拎走,少数人在店里吃。碰巧空出一个位子,我就赶紧进去坐下。

小饭馆也就十几平方米吧,摆了四张小条桌,靠墙有立式消毒碗柜,里面隔出一个操作间,可以看见宽大的案板。因室内狭窄,几个炉子放在玻璃门外的台阶上。大炉子的锅上搁着五六层的蒸笼,冒着蒸汽,小炉子上搁着盛有玉米糁、红豆稀饭、花生稀饭和卤蛋的锅。墙上的执照显示经营者叫文明。这会儿,店家一男两女都在忙活着。

"艳艳,时间到了,揭锅!"一个洪亮的声音从里间传出。

"哦——"系着围裙的女人应声而出,揭开笼盖,一层层取下蒸笼。热气腾腾、香味扑鼻的包子就呈现在人们面前。店家的包子有素荤两种,蒸好的包子皮薄馅多、模样端正,食之软糯可口、唇齿留香。

来店里的不少是回头客。包子出笼,操作间里的男人得空会出来瞅瞅,顺便与熟人搭讪几句。他浓眉大眼,五十岁左右,个儿不高但健壮,臂长,一双手肥厚且奇大,伸开如蒲扇,收拢如铁锤,好像什么东西都能拿捏在掌心似的。他就是店主文明文老大,两个女的一个是他老婆,一个是他妹子。

初尝味道不错,渐渐地,我也成了这里的常客。

文家包子味道好,当然跟馅儿有很大关系。牛肉包子是嫩牛肉和萝卜搭配;大肉包子是五花肉与粉条为伍;素菜包子是红薯粉条和豆腐,另加韭菜或青笋、白菜、豇豆、芹菜、地软等时令鲜蔬,再配以恰当作料。他们不用发酵粉,坚持用传统的酵头发面。而且上笼后特讲究火候,时间不多不少,掐得很准。

一天下雨,店里客人较少,包子即将卖完,我便与他攀谈起来。得知十年前他所在工厂破产,为生计着想,幸亏有点手艺,就开了包子店。

我问:"生意这么好,每天都不够卖,你为何不扩大经营呢?"

他摇摇头说:"钱永远挣不完,守住自己的一亩三分地就行了。"

"一天大概做多少包子呢?"

"平均一千多个。"他揉着手自豪地说,"全是我一人包出来的。"

"这么多,咋就你一人包呢?"我扫一眼配合的那俩女的,其实,我早已发现这个特殊情况。

"她们给我打下手。"他笑道,"主要是顾客吃她们与我做的,会感到口味不同。"他张开大而灵巧的手:"再说,我这双手包出来的大小基本是一样的。"

"这样不觉得累吗?"

"累。"他活动一下筋骨说,"每天三点起床,和面、洗菜、备料、调味。五点半后就有客人来了。"

"你是怎么吸引住顾客的?"环顾着他的小店,我又问了个多余的问题。

"做饮食靠的是质量和良心。"他起身道,"包子看似简单,但最讲究真材实料,口味地道。"文老大走进操作间又开始忙碌了。

我发觉一个秘密,他不擀皮,揪下一坨面,用手在案板压成扁圆样,一掌托起,往薄皮里装馅,接着几根指头灵活捏拢,眨眼间,一个包子就包好了。这分寸掌控,手劲功夫,绝不是一朝一夕练成的。"噌噌噌",包子在笼里迅速排好队,又快又准。每天一千多个,难怪不让别人插手呢,这真不是吹的。

经营十几年,能将普通的吃食做到极致,也不简单了。

有时来迟的人没买到,但瞅见食匣里有,就嚷着要。她媳妇说,不好意思,这是给人家预订留下的。有时熟人忘了带钱,她递过包子说,先拿去吃,下回再给也行。

今儿晌午,两个残疾人拖着音箱趴在道旁唱歌讨钱,文老大瞧见,端了一盘包子给他们送去。回来时,他自己也乐呵呵地哼上了。

余 香

听说花姨处理掉房子要走了,小区的居民挺不舍呢。

其实人们惋惜的倒不是她的房子,而是她养的那些花儿。

她住一楼四单元东户,原本姓方,因爱花出名而被这么称呼,时间长了,真姓反倒渐渐被忽略了。

她的房子一百二十多平方米,三室两厅两卫,却常是一个人住,这让小区那些老少几口凑一块儿的住户羡慕不已。不过,最令人关注的还是她种植的花花草草。南北阳台摆满了大大小小的盆景,连护栏窗台外墙根也排列着一溜儿。经过她家时便有丝丝缕缕芬芳跟随,且一年四季都有鲜花次第开放,养眼养心。

花姨早先在苗圃工作过,老公去世好些年了,可直到退休她也没再找伴。花姨中等个儿,微胖,肤白,穿着素净,留着整齐的短发,说起话来笑眯眯的。据传也有丧偶的干部、自我感觉不错的男人绕着弯儿想接近她,可花姨不乐意,她说一个人自由惯了,再者,也不愿意去伺候、迁就别人。花姨有一儿一女俩孩子。女儿在郊县医院,因工作忙,只偶尔来看望她。儿子几番跳槽后,辞职去了江苏打工。外孙女上小学时曾陪她住过几年,她精心照管,还骑自行车接送。可外孙女后来回父母身边上中学了，花姨又成了一个人，有时就显得孤零零的。

花姨爱花，她养的花是小区里最多最好的，时常有过往的人驻足观赏，啧啧称赞。侍弄花草时，她面含微笑，神情专注，能一眼看出花的问题及需要。花姨不光自个儿栽花养花，她也鼓励邻居们种花。谁家有空花盆，拿过来，她把自己的花给你剪枝栽一盆。如果你家的花萎靡了，也查不出原因，别着急，让花姨给你查看一下，或干脆给花姨端过去，她施些自制的肥料，浇上水，放些时日，那花就渐渐恢复了生机。花姨便高兴地说："好了，可以端回去欣赏了。"

我住三楼，好几次养的花长着长着就蔫了，妻子抱到楼下，花姨先把盆里的花小心取出，再把土刨出来，然后把板结的土块砸碎研细，又拿筛子筛一遍，随后放花、培土、浇水。过些天，奄奄一息的花又给救活了。花姨说，一楼接地气。而且，她一般不用刚接的自来水浇花，她用大桶里积存的雨水或淘米水、剩茶水浇花。她让我们把一些过期的药片，比如阿司匹林等溶解后给花"服用"，还告诉我们哪些花喜阳，哪些花喜阴，隔多长时间浇水、上肥为宜。

在花姨的带动下，小区的许多住户养了花。从一楼到顶楼，高低错落，几乎家家有花。平凡而熟悉的日子里，春天有杜鹃、绣球、鸢尾、君子兰、海棠、马蹄莲、牡丹、郁金香等靓丽登场；夏日里芍药、月季、蔷薇、仙人掌、栀子花、茉莉花等赶着热闹绽放；秋风起时，便会看到菊花、美人蕉、牵牛花、朱顶红、玉簪、木槿花、虞美人、百合花等缤纷绚烂；冬天也不寂寞，又有蜡梅、山茶、蟹爪兰、水仙、香雪球、风信子、仙客来等欣然作陪。此外，还有许多不开花的绿植，诸如吊兰、龙须树、绿萝、橡皮树、文竹等长期伴随大家。生活在这里，业主们心旷神怡，小区也连续多年被评为"示范花园小区"呢。

知情的人打趣说，花姨爱花成痴，是护花使者呢。曾有外来的车辆倒车时轧碎了她道旁的花盆，花姨大怒，捧着残缺的花骨朵，心疼地斥责司机莽撞。小孩玩野了攀折花枝，她瞧见了也会立刻制止他们，说这么漂亮、惹人爱的花，怎么就不知道爱惜呢？

然而，当小区谁家真有需要时，她又会大方地从自己的盆栽里选择开得茂盛的花送给别人。一次，邻居家儿子接亲时突逢暴雨，婚车引擎盖上一簇娇艳的花登时毁了。花姨见状毫不犹豫，马上将自己花盆里美丽的玫瑰剪下一大把，用丝带束好捧给了焦灼而又幸福的新人。

因闲暇较多，除了养花，花姨还参加了老年合唱团，周末去唱唱歌，平时也和一些大妈早晚约了去跳广场舞，还喜欢与老姐妹拉家常。说起子女，看到人家儿孙满堂，花姨就牵心自己的儿子，念叨他在外挣钱辛苦，年龄不小了还没成家，买不起房，娶不上媳妇。

"咋不叫儿子回来呢？"有人问。

"想在外发展，儿大不由娘哦。"花姨叹息。

就在她的牵挂中，儿子突然回到了老家，居然带了个模样漂亮的女子，逢人还说要接他妈过去住，好好享福呢。

不久，有中介领着客户来看花姨的房子。过了半月余，花姨突然放出一个口信,要把自己所养的花送给小区的人。邻居诧异询问,她喜滋滋地说:"老幺终于找了个对象,要在外地安家。"

"好事呀,这下你可以放心了。"邻居恭喜道。花姨眼里闪过一丝不易察觉的惆怅说:"是好事,但我得把这里的房卖了,支持儿子购房——随后也过去。"

"你这里的房多好,现在形势看涨,卖了可惜哩。"

"没法嘛,要给孩子们凑钱。"花姨黯然道,"唉——儿子也不忍心,可女方催得急。那边的房价涨得更快,时间不等人呃。"

花姨走前,她养的大部分好看的花让左邻右舍搬走了。交钥匙的那天,花姨又给挑剩的几盆花细心松土、修枝、浇水,说留给新的房主。

儿子在一旁嘟囔:"妈,你送人呀,还侍弄它干啥?"

"就是,也不嫌麻烦。"准儿媳附和。

"不麻烦,我养它们好多年了。"花姨白一眼自己的孩子。

新房主也是一对准备结婚的青年。"阿姨,不好意思。"他们抢走了花姨手里的工具,"我们也喜欢种花,自己来。"

花姨点点头,嗅嗅熟悉的花,瞅瞅小区,跟熟人和门卫打招呼告别,携一身清香微笑离去。

永远的温暖

小雪、大雪已过,仍不见雪的踪影。

黑夜一天天压缩白昼,气温越来越低。冬至不远,上苍可爱的使者还会来吗?

人行道旁的梧桐早已抖落了干枯的黄叶,光溜的银杏树下是萎靡匍匐的衰草。活泼的鸟雀少了喧哗,躲进香樟、松柏依旧茂密的枝叶中,躁动的耗子也藏入墙洞、草丛里了。远望秦巴山与汉江时常云雾笼罩,即使天晴,也显得山寒水瘦。冬天的舞台如少了雪这个极其重要的角色,便觉得这部大剧缺乏了应有的意境和韵味。

院子里传来小孩的嬉笑声,他们在追逐打闹。可惜,没有浪漫的雪花作背景、作道具,来满足孩子的热望。一个稚嫩的声音喘吁吁地问大人:"爸爸,什么时候——下雪呀?"

"快了吧。"那位父亲仰望天空。也许,他想起了自己小时候与同伴们在雪地里堆雪人、打雪仗尽情疯玩的情景。父亲给穿得厚墩墩的儿子一串红艳艳的糖葫芦,摸摸他的小脑瓜。

目送大手拉着小手边说边走,我也仿佛回到遥远而熟悉的童年。早在立冬前,母亲就抽空给我们做棉袄棉裤。她于夏天已拆洗了旧棉衣,并准备了新棉花和布料。晴天闲时,她便铺开裁剪好的布样，轻柔地将棉花一片片、一层层地铺上去，然后盘腿坐下，戴上顶针，穿针引线，细心地缝起来。因棉衣厚，针尖易钝，母亲时而还要拿针在鬓边发丝里划拉一下。过去家里孩子多，忙不过来时母亲还得请亲戚来帮忙。除了棉衣，母亲还给我们兄弟姐妹做棉窝窝呢。这些冬天的装束虽不时尚，但穿着舒服，身上和心里都是格外暖和的。

记得有年冬天特冷，厚厚的白雪覆盖了原野，房顶戴着臃肿的白帽子，屋檐下吊着长长的晶莹剔透的冰凌子，树枝上凝结漂亮的雾凇。但这困不住活跃好动的我们，私下几个胆正的孩子相约，悄悄走过街巷，来到小学后的水塘。晶莹的塘面像一块巨大的镜子，闪耀着神秘诱人的光泽。敢不敢上去走走？几张冻红的脸蛋面面相觑。搬一块石头砸过去，石头球似的在塘上骨碌碌滚动，冰面只留下一道浅浅的白印子。红脸蛋们欢呼着小心翼翼踩上塘面，转而放纵地溜起冰来，即使摔得鼻青脸肿也开心不已。玩得太高兴了，我的棉鞋都开裂了，还差点掉进了冰窟窿。偷偷伪装回家，终于还是被母亲发觉了，烧热水让我洗手烫脚，责骂我不注意安全。晚上，母亲把我浸湿的棉裤棉鞋又在炉子上烘干。

那时的冬天，大多数孩子没有苹果、梨，也没有馋人的糖葫芦吃，但我们可以吃到柿饼及柿皮。别小看它们，这两样经霜熬雪后的小吃，披一层薄霜，肉色金红，柿饼柔软，柿皮筋道，入口香甜。偶尔还能吃到拐枣。拐枣虽然灰不溜秋、肉少味涩，可慢慢咀嚼也不错。

据天气预报，近日冷空气将横扫全省大部分地区，伴随雨雪南下。也许，那个期盼已久的天使会很快降临。

户外寒风凛冽,夹杂着阴沉的雾霾,还是回家去吧。进屋,室内有暖气,忽觉春意融融。飘窗前的菊花、蜡梅竞相绽放,茶几上铁线莲与仙客来朵朵含笑,绿萝和吊兰在博古架上簇簇葱绿。静坐书房,文竹、君子兰和水仙在书橱旁悄悄吐幽送香。妻端来一杯热咖啡,我随手持一卷翻阅,陷入冥想。脑海里渐次浮现"忽如一夜春风来,千树万树梨花开"的壮丽奇境,幻化出"燕山雪花大如席,片片吹落轩辕台"的绝妙浪漫,还有"千山鸟飞绝,万径人踪灭"那独钓江雪的超尘凄美,以及"晚来天欲雪,能饮一杯无"的温馨欢愉……无疑,雪是为大自然布景的绝顶高手,是冬天的挚友知音,也是我们的大众情人。信手一翻,那一幅幅"柴门闻犬吠,风雪夜归人""梅下寻诗骑马滑,松梢索酒倚楼寒""会拣最幽处,煨芋听雪声"的画面便纷至沓来。能让这个世界纯美冠绝又诗情画意的是雪,能使古往今来的英雄豪杰及文人骚客既热情奔放又风雅安静的是雪。寒冬,想起雪、看见雪,心里就充满了无比的欣喜与无尽的遐思。

合上书,眼前恍惚闪现年少时在寒冷的教室学习,窗外大雪纷飞,一边搓手哈气,一边上课考试的情景。忆起多年前与她在雪花飘舞中携手漫步,默契交谈川端康成的《雪国》,畅想严冬过后春天的景象。轻踩着地上洁白的雪毯,走过路旁一行行玉树琼枝。雪在脚下咔嚓咔嚓地响着,像哼着一首清亮而梦幻的曲子。

雪,来了吗?你那里下雪了吗?盼雪的日子里,大家关注这个冬天特有的主题,在心里千呼万唤那个美妙的精灵,殷切期待与那个飘洒俊逸的天使相会。

然而，雪常常寂然无声造访，绝不喧嚣，自由自在，静静地飞来，静静地飘落，静静地消失。她素心对待一切生命，简简单单，朴实无华；所到之处，以神圣的洁白去抚平凹凸，统一驳杂；以无疆的大爱伟力去均贫富、等贵贱；以极致的柔情去滋润浮躁焦渴的心田。雪，是大象无形的仙者；雪，是大道之行的君子；雪，是众生心头的圣洁菩提。

冬天无雪似乎不算过冬，过冬无雪便少了诗情画意。何况，还有"瑞雪兆丰年"的吉兆。所以，大家都期盼下一场痛快淋漓的雪。

是的，麦子、油菜渴望你的润泽，冬眠动物感谢你的庇护，生活滋味贫乏的人们赞叹你的浪漫。通常，寒流紧跟而至，雪后气温骤降，祈愿那些体弱多病的老人能挺过严寒，那些无家可归的乞讨者能安全越冬。岁寒知松柏，患难见真情。美丽生动、赏心悦目的雪是冬天的一道精神大餐，怀一颗温暖、勇敢、慈悲、纯净之心去迎接雪的到来，真诚拥抱寒冬的考验，尽力使所有的生命都能顺利等到春暖花开，那该多美。

起身，与妻共同包饺子。窗外，暮色渐起。呼啸的寒风从楼群间掠过，似乎裹挟着零零星星的小雪花，树枝疯狂摇摆，路灯在瑟瑟发抖。细看，仅是打前阵的雨点和雪粒，期待中的雪花还没有发起强大的攻势。

吃罢晚饭，我走近阳台观察，还未见到雪的真容，心说不要急，雪一定会接受天地众生的盛邀来赴约的。明天，可能就是一个银装素裹的世界呢。

翌晨，窗外白亮亮一片，耀眼得很，忽听到一声惊喜的欢叫：下大雪了！

江山入胸来

与秦岭相会

巍巍秦岭，横亘华夏中部，屏障南北，是我国重要的地理分界线。

秦岭乃昆仑之余脉，起自甘肃白石山，昂然向东，经陕西，至鄂豫皖的伏牛山与大别山，长一千六百公里，宽处达两百公里。其主体位于汉江谷地与关中平原之间。

从陕南去关中，由关中至巴蜀，须穿过秦岭才能到达。几十年来，我已途经多次，与秦岭算是老相识了。

先前，如乘火车从汉中去西安，要经阳平关、略阳、宝鸡等站，在秦岭群山里摇摇晃晃，绕来转去，第二天黎明才抵达；如坐汽车，不管经留坝、太白、眉县，还是过洋县、佛坪、周至等地，都要在崇山峻岭里忽上忽下，转来绕去，需消磨好多个小时。路途颠簸，时间漫长，但那时并不觉得枯燥乏味，因为一路有秦岭做伴，大可欣赏秦岭美景，一饱眼福。

春天的秦岭百花盛开，争奇斗艳；夏天的秦岭青翠欲滴，郁郁葱葱；秋天的秦岭五彩斑斓，浓淡相宜；冬天的秦岭白雪皑皑，冰雕玉砌。秦岭是本厚重的书，路过秦岭，你会被由一座座山、一道道岭、一个个峡谷、一条条溪流组成的书页所吸引，而其中丰富的动植物、历史遗迹便是一幅幅精美的插图，让你目不暇接，流连忘返。

进入秦岭，你会忍不住放慢脚步，友好地与这里的山山水水和生灵们打个招呼。或许你兴冲冲地走到一棵高大的树下与它站成风景；或许你乐滋滋地走到一丛奇异的花草旁与它们合影定格。你可以来到清幽的碧潭，看天光云影在潭中徘徊。当你想喝口泉水解乏时，兴许你一低头就和难得一见的娃娃鱼照面了。兴许一抬头就能幸运地碰见大熊猫、金丝猴、羚牛、朱鹮等秦岭国宝，善意地对视之后，再目送这些久违的朋友消失在林莽。当然，遇上好客的山民，也许会邀请你去挂着玉米、柿饼、豆角、腊肉的院坝小憩，热情地给你介绍木耳、香菇、板栗、核桃、土蜂蜜、山茱萸等特产。在山里，你会时常遇见结伴同行、露宿野营的快乐驴友。山道旁的丹青妙手和摄影行家，即兴把眼前的景色绘入画中、拍进镜头。有时传来淳朴的山歌，一转弯，发现那歌声来自半山腰打柴挑担的樵夫，或崖壁上攀登采药的郎中。山洼里有稀稀落落的人家，溪旁树丛枝叶掩映着捶布浣衣的女子。自古秦岭多隐者，不经意间还会听到山野茅屋传出的诗文吟诵声和琴箫声，瞥见松下泉边的石桌石凳和棋局。幸甚至哉！去静静观赏或参与一盘惬意的手谈吧。

一次去秦岭深处，有幸目睹"太白积雪六月天"的奇观。银光闪耀的山峰庄严、神圣、雄伟，三千七百多米的海拔冠绝神州中部的山脉。凝视矗立天地间的秦岭主峰，顿生高处不胜寒之感，崇拜和敬畏之感即刻从足底涌遍全身。"太白与我语，为我开天关"，口诵李白《登太白峰》诗，站在山巅，极目环顾，千峰竞秀，万壑藏云，身旁峰岭峡谷如波涛般起伏绵延。北望八百里秦川、黄土高原，南眺秀美小江南汉中、四川盆地，崇山间银线一般的河流分别汇入黄河和长江。秦岭两侧，南北气候景物迥异，风土人情大相径庭。站在这分水岭上，立于天地之间，牵手南北两地，那种纵横天下、一分为二的独特感觉真是奇妙。所经之处，可见苍茫秦岭大家族中的终南之壮，华山之险，骊山之秀，天柱之峻，紫柏之奇……

秦岭是博大精深的，伴随你的脚步，那不可胜数的历史遗迹叠印出的传奇故事便纷至沓来。

层层叠叠的群山迎送，叮叮咚咚的泉溪招引，林海中若隐若现的驿道和风吹雨打的古庙向你撩开神秘的面纱。伏羲、黄帝以秦岭为繁衍生息之地，始有中华发祥。西周兴起于岐山，积蓄实力而东进灭商。伯夷、叔齐采薇首阳山，老子著书讲经于楼观台。秦惠文王时以"石牛粪金"做诱饵，始有"地崩山摧壮士死，然后天梯石栈相钩连"之便道，秦川与蜀地才得以相通，从而扩大了后方基地。及至"六王毕，四海一"，秦始皇虎视天下，便有"阿房如云连秦岭、楚人一炬成焦土"的剧变。刘邦"明修栈道，暗度陈仓"终能反攻入秦，逐鹿中原而得天下。"六出祁山，九伐中原"的孔明、姜维利用栈道方能进退自如，保蜀汉勉强苟延残喘。"安史之乱"时马嵬坡的悲歌是唐明皇和杨贵妃永远的痛，南宋吴玠、吴璘据守大散关，挡住了金人南下的铁骑。元、明、清时期，北上或南下欲平定天下，一条重要的军事路线就是翻越秦岭迂回穿插，最后实现江山一统。

置身秦岭的怀抱，耳闻鸟语，手抚松竹，眼观山顶舒卷的白云，清风流水给人带来无限的遐思。我仿佛看到李白吟着"蜀道难，难于上青天"，意气风发地翩然而来；我仿佛看到王维隐居辋川，悠闲自在地"行到水穷处，坐看云起时"，空翠湿衣地逍遥而至；我仿佛看到韩愈勒缰踟蹰于山前，感慨"云横秦岭家何在，雪拥蓝关马不前"的苦闷郁愤；我仿佛看到陆游穿行于古栈道，抗金受挫而浩叹"渭水秦关原不远，著鞭无日涕空横"的无奈惆怅……

　　山水有情，岁月留痕。至今，人们还在谈论出自秦岭脚下的褒姒与"烽火戏诸侯"的是非；汩汩流淌的寒溪还在讲述"萧何月下追韩信"的佳话；幽静的庙台子仍在怀念张良隐逸修行的传说；寂寞的街亭仍在回味那个纸上谈兵的马谡；五丈原的风烟早已消散，徒留"出师未捷身先死，长使英雄泪满襟"的遗憾。旷达厚道的秦岭慷慨地接纳每一位来宾和过客，忠实地记录下他们经历的故事，把他们的喜怒哀乐、悲欢离合留在了这里。

　　面对秦岭，可以从那一重重饱经沧桑的褶皱、刀劈斧砍的断层里看见风霜雨雪的馈赠、地崩山摧的记忆。走在山中，打量那曲曲折折的残栈遗迹、若隐若现的茶马古道，马队远去矣，空谷留蹄音。

　　而今与秦岭重逢，司马迁谓秦岭"天下之大阻也"的说辞早已一去不复返了。现在去西安，秦岭中的连串隧道缩短了关中与陕南之间的距离，走西汉高速不到四小时，而西成高铁开通后则更加便利了。去成都、西安可朝发夕回，往返从容，岂不乐哉！更快捷的航班飞西安及京沪广等地，可从空中俯瞰秦岭雄姿，饱览中华龙脉之全貌。驰骋在秦岭一条又一条隧道里、一座连一座桥梁上，凝视那用钢筋水泥筑成的洞壁，挺立的桥墩，星罗棋布的服务区，会由衷感到现代建筑工程的伟大。

　　有时途中小憩，望着四周连绵起伏的群山和呼啸而过的车流，我会陷入沉思。几亿年前秦岭从茫茫沧海中缓缓崛起，俯仰天地，继而迎来古生代三叶虫的繁盛、中生代恐龙的霸道，还有新生代初期的猛犸象和剑齿虎，以及那些丰富多彩的植物。它们也许在秦岭里生存过，有的已变成了沉默的化石。想起那年登上紫柏山顶，成片的天坦陨坑横陈眼前，似在向你诉说遭受第四纪冰川影响的非凡经历。在时光隧道里，我恍惚穿越到遥远的过去，以一个现代人的方式与它们握手，致礼问候。同时又想，再过若干年后，我们的科技和创造力将发展到什么程度，会不会因为疏忽大意惹恼地球而被更高级的文明所取代，到那时又将是怎样的情景呢？

　　每过一次，与秦岭都是一次惊喜的邂逅。

　　每过一次，与秦岭都是一次亲密的会晤。

　　拜访秦岭的次数多了，有时走着、坐着，或躺在它宽阔的怀抱里，便恍然觉得自己成了秦岭一棵平凡的树、一株干净的草、一朵雅洁的花、一块朴素的石、一座诚实的桥、一泓灵动的水……成了大山的至交。守望着，从生命的原本而来，从天地的垂青而来，从万物的觉醒而来，从清风和明月的相约而来，自然生长，自然呼吸，自然相处，与之融合为一体。

拨开浮云事，山水住我心。

一见难忘怀，今生永相知。

累了、烦了、愁了、闲了，不妨去秦岭——去那返璞归真的精神家园随意走走，秦岭永远真诚地等着你呢。

来吧，朋友，与秦岭相会！

汉江流韵

小时读李白的诗，看到《襄阳歌》中有：

百年三万六千日，一日须倾三百杯。
遥看汉水鸭头绿，恰似葡萄初酦醅。
此江若变作春酒，垒曲便筑糟丘台。

反复吟咏，觉得很美。我心想，饱览山川名胜的天纵诗仙也会为汉水倾倒，汉江到底魅力何在呢？

岁月在长，年龄在长，知识在长。渐渐知道汉江是辽阔的祖国躯体上一条重要的血脉，虽不是多么的气势磅礴，但清秀迷人，有诗有画有性格。

汉江，又称汉水，是长江最大的支流，发源于陕西宁强县秦岭南麓的嶓冢山。溯清澈的江水而上，在悬崖半腰有一个石牛洞。传说随大禹治水的神牛用自己的身体堵住了从此处奔涌而出的滔滔洪水，并化身为一块状如卧牛的钟乳石，守护着一方安宁。

汉江在发源地名漾水，流经沔县（现勉县）称沔水，东流至汉中始称汉水，自安康至丹江口段古称沧浪水，襄阳以下别名襄江、襄水。汉江在秦岭和巴山的夹峙中蜿蜒向东流，沿途慷慨接纳了许多支流，曲折向东南流经汉中盆地，冲出安康丘陵，切入鄂西山地，奔向江汉平原，扑入长江怀抱，与长江共同创造出富庶的江汉平原。

汉江全长一千五百七十七公里，流域面积约十六万平方公里。源头至湖北省丹江口以上为上游，丹江口至钟祥为中游，钟祥至汉口为下游。由于地理位置的特殊，汉江流域的自然、人文景观呈现出与其他各地迥异的特征来。这里气候温润，物产丰饶。春天江水清凌凌，两岸油菜花盛开，蝴蝶翩跹；夏季堤内沙白鸟飞，堤外麦浪滚滚，满眼青枝绿叶；秋时江畔芦花摇曳，树叶红黄驳杂，稻熟果香；冬来远山玉妆，水流轻缓，河中雪落无声。

记得儿时从江边走过，常见人们上下河堤、坐船过河，听闻男男女女的欢声笑语洒到江面。天刚破晓，朝阳洒满河滩，沉睡的码头便沸腾起来，一艘艘货船载着鱼、米、竹、漆等土特产来往。雨时可见船只斜荡，船夫披蓑戴笠立于船头撑篙摇橹，或瞥见蒙蒙细雨之中一缕炊烟袅袅出于乌篷。平时在河边柳荫、芦苇丛旁垂钓者众多，江上漂过一叶扁舟，则有欸乃桨声或悠扬婉转的渔歌传入耳中……

现在，江上建起好几座雄伟的大桥，修了高高的长堤和亲水平台；两岸开发的楼宇鳞次栉比，耸立江畔、倒映水中；滨江大道车水马龙，店铺林立。近些年，上下游桥闸拦江蓄水，形成广阔的湖面。常常看到游艇画舫随意穿梭，犁起一串串闪亮的波浪。黄昏，当夕阳给河滩铺上一层瑰丽的晚霞，长堤内外的树草中灯光璀璨，缤纷绚烂的音乐喷泉盛大绽放，观景的游人聚成黑压压的一片……

  汉水美,汉水两岸人更美。这里的居民既温良细腻又粗犷豪迈。在数千年的历史长河中,这里留下了梁山、龙岗寺等许多史前文化遗址;青山绿水滋养出美貌绝伦的褒姒;举世闻名的"丝绸之路"的开拓者张骞从这里走出;造纸术的发明者蔡伦长眠于此;就连鼎鼎大名的诸葛亮也钟爱这片土地,留遗嘱要葬在汉水之畔的定军山下……许多杰出的历史人物如刘邦、张良、李固、张鲁、陆游、方孝孺、吴璘、吴玠等都在此驻足停留。这些历史长河中的佼佼者,为秀丽的汉江增添了文化风采。那镌刻在秦巴山崖上的红军标语,记录着革命者的英雄足迹和战斗历程,更是汉水两岸人民的光荣和骄傲。

  在汉水边长大的我,从小与这条母亲河有着深厚的感情,曾在她温情的怀抱里游泳嬉戏摸鱼捉虾,曾在她的凝视里无数次从河上的大桥小桥走过。如今的汉江和汉江两岸发生了令人惊叹的变化,为各地所关注。汉江的一江清水被穿山越岭、凿洞埋管引到许多干旱缺水的地方。这些地方的人都感慨:汉江水咋这么清澈甘甜哩!

  我为家乡的母亲河骄傲,打算寻机游历汉江,用我的脚一尺一尺地从源头丈量过去,把这本流动的大书精心地阅读品味一遍。

五月赞歌

喜爱五月，不只因自己生在这个充满诗意的月份。

你看，进入五月，周围的一切都像换了样子。

新生的枝叶褪去了娇羞，生机勃勃地疯长，一天就拔高一节，一夜就长大一圈。春夏之交的花，或热烈，或鲜艳，或素雅。驻足观赏，回眸流连，诗情自胸中流出：石榴豪放红似火，一树千杯迎宾客；槐花簇拥展玉容，凝脂随风送暗香；蔷薇数枝出墙来，引得佳人着丽妆；栀子花开如落雪，推窗互视香盈袖。

五月里，新鲜的蔬果纷纷闪亮登场。红艳艳的西红柿、紫澄澄的茄子、绿莹莹的青菜、弯弯的黄瓜、尖尖的辣椒、苗条的豇豆与憨胖的葫芦也来凑热闹哩，自然还有玛瑙般的樱桃、琥珀似的杏儿、粉红的草莓、橙黄的枇杷吸引你的味蕾。食之，水嫩汁多，唇齿留香，叫人大快朵颐。

五月的天气不冷不热，不燥不潮。早晚气温渐趋稳定，不必再为忽冷忽热而烦恼。轻装上路者多了，衣服色彩缤纷，也有人穿短袖短裙短裤，各领风骚。工作锻炼两不误，出门游玩嗨翻天。透透气，晒晒阳光，笑意写在脸上，活力跟随脚步，自由自在、无拘无束地行动起来，成为扮靓这个时节的流行元素。

五月的河水如醇酒，透明纯净，滑腻绵柔。人在岸上走，鱼在水中游。桥涵衔日月，轻舟犁清波。撸袖掬水，指缝间散落串串珠玉；赤脚入河，流水奇妙的抚摸让人疲惫顿消。

五月的群山如翠屏，曲线优美，丰姿绰约。有的宛如妙龄女子斜倚侧坐，风情万种；有的好似健壮男儿挺立天地，器宇轩昂。痴瞧着，那山水便灵动起来，在眼前演绎出"巧笑倩兮，美目盼兮""庶姜孽孽，庶士有朅"的画面。

五月的天穹，恍若宁静湛蓝的海平面飞挂上天。偶尔有变幻不定的白云在辽阔的广宇闲庭信步，凝望间，你的灵魂会渐渐融合在那无垠而深邃的天空里；遐思中，你甚至想抓住一片如帆似羽的云彩随之飘举飞升。

五月的原野，是无须任何装饰的天然画卷。阡陌纵横，牧笛悠扬。从花香草肥的垄上走过，苏醒的夏虫开始蠢蠢欲动，预备着献给夏日的精彩节目。密密麻麻的油菜角已是籽粒饱满，成熟在即。谦逊的麦苗在悄悄灌浆积蓄能量，酝酿着丰收的希望。

五月，注定是不平凡的。国际工人的呼告请愿，热血青年的澎湃激情，伟大母亲的慈爱深恩，白衣天使的纯洁善良，世界电信的互联互通，蓬勃向上的旺盛小满……这些（特殊节日）都被定格在五月。五月也是诞生巨人的时节，马克思、列宁曾试图把他们的理想信念播遍全球，巴尔扎克用他的如椽大笔写尽《人间喜剧》。还有国画大师张大千、音乐家冼星海、数学家陈景润……他们带着五月与生俱来的创造力，成为人类文明史上一颗颗璀璨的明珠。

五月，是为梦想奋斗的季节。"暮春者，春服既成，冠者五六人，童子六七人，浴乎沂，风乎舞雩，咏而归。"那如诗如画的境界，是多么的令人沉醉、令人向往！每念及此，纵使再苦再累，有何惜哉？纵使路途遥远，有何畏哉？

五月哪里最迷人？当然是书香弥漫、书声琅琅的校园。莘莘学子经过勤学苦练，即将满怀期待走向考场。他们笑迎明天，摩拳擦掌，高扬理想之帆，蓄势待发。

五月，连春接夏，继往开来，让人真切感到生命的灿烂、时光的宝贵。每每进出美丽的校园，携书与青春无限的学生相处，迎日出，送晚霞，不亦快乎？坐而论道，起而锻炼，不亦乐乎？

五月，召唤着一切无所畏惧的生命力，催促着所有为梦想奋力冲刺的健儿，振作精神，挣脱束缚，卸掉包袱，紧随五月的节拍，青春一次，拼搏一把，潇洒一回。

榆　树

见到榆树，我总有一种说不出的亲近。

榆树是普通的树，在我的家乡随处可见，山岭、河边、沟畔、田垄，不挑地方，极易生长。当然最多的还是村庄里，几乎每家的房前屋后都有几棵，成为那里最平常的风景。

认识榆树是在20世纪70年代，是我暂居农村的一段较长光阴。当时我只有几岁，初次见到榆树并不喜欢。它灰不溜秋、表皮粗糙、枝杈丛生、叶子细小，没有松柏的挺拔，也没有杨柳的婀娜，更无楠木的高贵。

日子一天天过去了，我的小脚跑遍了村子的角角落落，最常见的树还是榆树。吃饭的时候，邻居们老爱在榆树下摆条凳子，然后端着碗一边笑谈，一边往口里扒饭。夏夜乘凉，屋里热得坐不住人，左邻右舍的乡亲们常爱聚在一株高大的榆树下谈天说地。劳动归来，人们把工具随随便便靠在它的身上；洗了衣物，又大大咧咧往它侧伸的矮枝上一挂。此外，人们还把收割的稻草堆积木似的垛在它纵横的枝杈上，把收获的玉米棒子串起来架在它的"胳膊"上。隔壁的大叔大婶还在它身上钉了钉子，挂簸箕、筛子等家什用。鸟雀来骚扰它，在它的枝丫间筑巢安家、生儿育女；牛羊也来欺负它，经过树下时横过身体蹭痒痒,还仰起脑袋伸出舌头舔食树叶,或啃食树皮,吧嗒吧嗒吃得有滋有味。

不过,这些都是其次的。榆树枝繁叶茂时,人们常常捋下它翠绿细小的叶子喂猪,缺柴了又狠心砍下它的树枝晒干后烧饭。榆树根系发达,盘根错节,在土里扎得又深又广,伐倒后刨树根很费功夫,但掏出的"榆木疙瘩"特别耐烧。榆树质地坚硬,成材后除了盖房能用,甚至可以劈开它的树干来做棺材,经久耐沤。榆树默默无闻,习惯了接受这一切;坦坦荡荡,从不抱怨付出的一切。榆树真被利用到家了!

榆树命苦。

榆树真贱。

我同情起榆树来,不久后更是打心眼里敬佩起榆树。一日,我瞧见邻居孙大爷用牛屎补榆树上一块被啃掉树皮的"伤疤",我走近说:"榆树这么贱,补它做甚?"孙大爷说:"榆树是贱,可我们还得用它爱它。知道吗,民国十八年咱们这儿遭灾,没吃的,全村人把几百棵榆树的皮都剥光吃了。"我的心抖了一下,并不全懂,可明白榆树在村里人危难时救过他们的命。我捡起一块树皮端详,皮厚约半指,黑褐的表面粗糙皲裂,缝隙状如蚯蚓爬行,翻过看则内皮白皙,断口层叠似书,揭起一片嫩皮,见其纤薄如纸、光滑似绢、细腻如脂,水润润的,闻之有清香,舔之有甜丝丝之感。原来可食用的是这内层啊!孙大爷说嫩皮打成浆后可煮粥或蒸凉皮呢。只可惜生活改善后的人们(包括我)再不可能吃到。看似普通、低贱的榆树在人的心目中其实有着很高的价值呢!愈实用就愈平凡，愈朴素就愈可贵。榆树扎根在穷乡僻壤中，自自然然地生长，实实在在地奉献，为那些面朝黄土背朝天在地里辛勤刨食的农民带来了安慰，给那些日出而作、日落而息的老乡增添了情趣，且和他们相依为伴、休戚与共了。

那时，住在宽敞而没有围墙的大院子里，大人小孩去邻居家串门都很方便。谁家做了好吃的，哪怕是一盆凉粉，一碗炒黄豆，一盘蒸红薯，也会与邻居分享。如果谁家在播种、收割的当儿忙不过来，就会有人抽空助他一臂之力。当然，儿时的我们淘气时会爬上茂盛的榆树掏鸟蛋，或挑根分杈的树枝折断，绷上皮筋做成弹弓，用石子打麻雀，还在修长的树枝一头绑上弧形的竹条在屋檐下粘蜘蛛网，接着去田埂、池塘网蜻蜓，去树林、菜地网蝴蝶。

除此，带给我们最大喜悦的当数榆钱。那时榆树多，秋时，满树是金黄色的碎叶。风一吹，一枚一枚的榆钱掉落在地上，像撒了一地的铜钱，孩子们便欢呼着去抢拾。榆钱中央稍凸起的就是果实，可以生吃，也可以炒熟来吃，皆喷香爽口。如果把它晒干扎孔用线串起来，可以作为项圈挂在脖子上，走起路来哗啦啦直响，那才带劲哩。前几天，偶尔翻开我儿时的一本书，竟发现里面还夹着几枚黄黄的榆钱呢。

此后，奔走于各地，穿梭于红尘滚滚的闹市，蜗居于城里的小区单元楼，很少见到那乡土气息浓厚的榆树，也很少见到儿时的伙伴和乡亲。可我清楚地记得当十二岁的夏末离开乡村时，我曾依偎着榆树，将脸蛋紧贴在那粗糙朴实、沉默平凡的树干上。

油菜花开的时候

三月的陕西汉中,最迷人的景色是油菜花开。

处于秦岭和巴山之间,天生丽质,汉中是被评为中国最美油菜花海的地方。

漫步原野,一望无际的是盛开的油菜花海;驱车驰过,迎面扑来的是怒放的油菜花海;随便登上一座山丘,目光所及还是层层叠叠的油菜花海。

汉江和众多根须似的支流,从秦岭和巴山合拱的缝隙间流过,分割出一块块大小不一的坡地平畴。春天的油菜花就像这里土生土长的孩子,上坡下沟进田,随处落脚,结伴集群而居。虽只纯纯的一色金黄,但在闪亮的河湖渠塘、蓝莹莹天穹的映衬下,在白墙黛瓦、红桃翠柳的点缀中,一切是那么自然和谐,浑然天成。

行走在春意盎然的汉中盆地,令人心旌摇荡、叹为观止的是一片片连绵不断的油菜花海。它们无疑是这个时节最辉煌的统治者。肆意地延伸到河畔,铺展到路边,围绕着村庄,簇拥着山巅,行行列列,密密实实,自由散布又交织相连。微风一拂,那阵势犹如无数金甲雄兵持戈行进而来,让人感到株株油菜花凝聚着团结的力量,拥有不可阻挡的气势!

油菜花是最接地气和最有人气的。看似普通的花儿，却绝不局促在盆罐之中受人宠养；不屑与名卉为伍，只愿孤芳自赏。它们真诚地手拉手、肩并肩，攒聚在村村寨寨，抱团于山山水水。从秋天栽苗，历经寒冬，到阳春绽放，入夏成熟，坦然笑对雨雪风霜烈日，默默厮守厚实的土地，依偎淳朴的故乡。它们的执着坚守，只为这一花季的倾情怒放，只盼给播种者结出香喷喷的粒粒果实。

置身幽静的乡间小道，四周被金灿灿的油菜花海围拥着，层层金色细浪在风中轻轻荡漾。悠悠云朵飘移，像洁白的丝巾系在起伏的冈峦和树梢上。侧耳聆听，蝴蝶蜜蜂在花丛中翻飞往返，柔柔风儿拨动着作物拔节成长的琴弦，沙沙细雨弹奏着生灵憧憬幸福的乐章。以明丽的油菜花为背景，快乐的孩童拽着风筝欢跑，活泼的羊儿惬意啃食青草，机警的田鼠仓促寻觅新穴，喜悦的燕子往返熟悉的老巢。田坎旁的野花隐藏在油菜花裙下，偷偷朝路人抛着媚眼。或许迎面飞来一朵蒲公英毛茸茸的小伞，会轻轻旋停于你伸开的手掌中。

生长于广阔原野的油菜花，望日月，敬土地，汲取大自然的精华，生命健旺，朴实坦荡。它们与青苗绿树相映在一起，与活跃的生灵聚合在一起，与勤劳的村民依偎在一起，与八方来客环绕在一起，与源远流长的历史文化交融在一起，酿造出美妙壮丽的生态意象，形成汉水流域独特的油菜花风情。

相约三月的汉中，相会这座古老而焕发着生机的城市。漫山遍野的油菜花，随和煦的春风发出了真诚的邀请。行走在密如蛛网的纵横阡陌上，徜徉在秦巴山川宽厚温馨的怀抱里，随处可见的油菜花热情地迎候你。其间已穿梭着无数轻快的脚步,沉醉着许多愉悦的笑容……

春光正好,油菜花海等你来。

老　街

老街，是古城汉中历史悠久、独具特色的一条街道。

也许从战国时期秦惠文王置郡筑城起，也许从刘邦被封汉王以这方水土为根据地雄起时，就有这条街了。算来它已存在两千多年了，历经无数风云变幻而延续至今。曾有多少脚步从沧桑的老街走过，多少身影在此盘桓定格，又留下了多少凝重的回眸……

相比阔气漂亮的大道，老街似乎有点灰头土脸。纤细的街身呈东西走向，宽约六米，长逾千米。老街一端通向市中心，另一端是本地的一所知名高校，途中还有许多幽静的巷子与它相连。

走在老街的青石路面上，恍如隔世。南北两侧的房屋多为土木结构，内置扶梯，一般带有小阁楼。朝街一面皆为活动木门，漆成深红色，由一块块的长方形木板组成。早上开铺拆下木板，晚上打烊再装上。每隔三五间便有一个窄小的进出口，近看，是邻里土墙之间自然形成的甬道，仅容一人通行，若两人迎面走来，彼此需侧身方能通过。甬道里头有天井，稍宽。穿过天井再往深处，可能又会出现小院与几家住户。质朴而沉重的门墩，古色古香的花格木窗凝结着光阴。随意摆放的木凳、竹椅、石磴似在静候客人。一两株果树矗立在墙边，花枝藤蔓慵懒倚靠。井台旁有人在压水，双手按把，上下起伏间，水就哗哗地流进盆桶，可用来淘菜或洗衣。即便是陌生人，他们碰见了也会主动和你搭讪，兴许还能聊上几句呢。

老街上的铺面都较小，一间挨一间，密密麻麻的，至少有数百间吧。虽没有商场的豪华阵容，也比不上超市的货物集中，但日常的生活物品，诸如锅碗瓢盆、油盐酱醋、烟酒茶糖、鱼肉果蔬之类一应俱全。某些难寻的东西，比如针头线脑、蝇拍鼠夹、坛罐秤壶、种子肥料，还有丧葬用的香蜡纸表等在这里都能寻到。茶肆、发廊、浴池、小旅馆、小作坊众多，地摊也不少。家电、钟表、自行车、摩托车的修理铺夹杂其间。弹棉花的、抢刀磨剪的、换窗纱玻璃的、收头发收破烂的穿梭而过，高低错落的叫喊声此起彼伏。有事没事去老街逛逛，那真是心情舒畅。

各种各样的地方小吃是老街的一大特色。面皮凉粉、馄饨饺子、锅贴油糕、蒸馍烧饼、酱肉卤鸡店分布其间。只要嘴馋了，随便挑一间，进去点自己爱吃的，便可优哉游哉犒劳味蕾。我经常去的一家小饭馆，祖孙三代经营，已三十多年。老汉和儿子儿媳平日里操持忙活，孙子抽空也来帮忙。用餐的大多是老主顾，来去热情地打着招呼。他们的大锅就支在门口，有面皮、菜豆腐、花生粥。菜豆腐块大白嫩，花生粥米烂汤浓，热气腾腾盛一碗。面皮热的、凉的，切宽切细自选，再佐以豆芽（也可配黄瓜、豇豆、菠菜），就着免费的泡菜、浆水菜，不够再来个炭火烤的核桃馍，那咥起来既巴适又攒劲儿。

除了家常炒菜，他家的酥肉也不错，粉蒸肉更是一绝，材料自制地道，调拌好装碗上大笼蒸熟，香味扑鼻，买者络绎不绝。

他家隔壁是个做手工面的，主营扯面、拉面、梆梆面、炸酱面。面团提前和好醒着，客人吃时现擀现扯。夫妻俩皆能上手，男的扯起来双臂舒展如拉手风琴，面条在他手里或宽如拇指，或细如丝线。他媳妇擀面时丰胸起伏晃动，随着擀杖的前后滚动，逐渐变大的面片儿甩到案上噼啪作响。面条成形后撮起，准确丢进锅里，沸水几滚，捞出加上臊子、排骨或牛肉。食客吸溜吸溜吃着，带劲极了。

坐在饭馆里，一边吃喝（可以来点店家泡的药酒），一边看街上的风景。南腔北调的人们喧嚷经过，认识的互相打招呼，时而有猫狗自甬道蹿出来，懒散地溜达。正值春季，梁上雏燕啁啾等待，一双燕子在翘起的屋檐下往返飞翔。对面的老房顶上，鱼鳞似的灰瓦阴阳相合，参差交错。几棵鲜艳的瓦松，在青苔黑泥覆盖的缝隙间生长，如玲珑塔，如出水莲，安静挺立于日光中。高耸的屋脊上嵌着明晃晃的照妖镜，飞挑的檐角镇守着土窑烧制的瑞兽。忽见天井上空伸出数根绿枝，叶间缀满紫红的桑葚。看似破败的偏厦墙角探出蓬勃的树冠来，掩映着黄澄澄的枇杷。门板开合，脚步响动，随着串串笑语便有男女老少从里屋甬道走出。

近年，听说老街要改造，有人支持，也有人反对。老街陈旧，设施落后，但古街古貌，别有风情。不过，在城市的发展进程中，已有数条规划修建的新路如刺刀一般从老街穿过，还有拓宽延伸的街道与之平行。部分相邻区域正逐步进入拆迁重建的进程,原本一些与老街相连的小巷也在开发中悄悄消失。老街主干道虽在,但已式微,渐渐失去了往昔的繁华与热闹。

　　站在老街与新街的交会处,北面清真寺的圆形塔尖,南侧道观里的森森古柏,以及不远处高高的古汉台与清静的饮马池都沐浴在斑斓的晚霞里。回顾身旁,街首一家名为"大兴公"的百年药店已停业,经营几十年的土特产铺面、炒货店、裁缝店已关门待拆。斑驳门头上疯长的低矮荒草,与旧墙残壁上依然葳蕤的爬山虎在微风中摇曳,自生自灭。暮色渐起,幽深的老街被周围的车水马龙、璀璨华灯包围着,显得孤独而沉默。

　　也许摩登繁华容易创造,但历史厚重却很难复制。

　　从老街走过,深情一瞥,愿岁月静好。

大坪峪游记

霜降后的一天，小雨。与友人从汉中出发，约三小时到佛坪。

雨停、日出，即驱车往大坪峪。

大坪峪地处雄浑绵延的秦岭南麓中段，这里层峦叠嶂，山水相间，动植物种类繁多。虽部分区域开发为景区，但原始生态环境依然良好。

进入大门，两侧皆山。我们放弃乘坐观光车，沿盘山路迤逦而上，身旁是浅唱轻吟的山溪。溪流跌宕而下，溅落高崖为瀑，汇聚低洼成潭。至近前，历历可见水中沙石游鱼和树枝倒影，俯身掬起一捧水，觉得清冽异常、寒凉透骨。溪畔灌木丛中的野花丛丛点点，自由绽放。依山而生的那些栎、松、橡、榛、枫及叫不出名的杂树，在这个时节里变身为红、黄、褐、橙、紫等深浅不一的颜色，宛若天上的五彩霞衣飘落下来，一片一片交错排列，重重叠叠，直把人们的视线引到云雾缭绕的山顶。

我们先去金丝猴大峡谷。空山雨后，路面微滑。山道狭窄而崎岖，一会儿贴右侧崖壁登攀，横跨搭在山溪上的原木小桥，一会儿又折到左侧小径徐行。大家边走边看，互相帮扶，沿路偶见锦鸡出没于草丛,松鼠跳跃在枝头。海拔渐高,林间草木葳蕤,牵衣拂袖,竟幸会书中的一些名贵植物。倚着树干大口呼吸山中湿润清新的空气,有晶莹的水珠自头顶的枝叶上坠落。景色怡人,使人忘了疲累,说笑间来到了群猴栖息的地方。

呈现在眼前的是一个三面环山的凹形峡谷,幽径中通,谷底怪石嶙峋,茂树参天。猴子大多在向阳的一面山坡上活动,有的隐藏在树叶间探头探脑,有的抓住枝条荡着漂亮的高空秋千,有的在横枝上走走停停机警观察四周,有的在地面和林间前后追逐嬉戏,有的把尾巴倒钩在树枝上晃悠,有的在枝杈间跳来跃去炫耀惊险特技,还有少数猴子或蹲或立在谷底石头上东张西望,受到惊扰忽地箭一般蹿回树上。同时,缓坡上另有一些大猴抱着小猴子三三两两坐拥在一起捉虱挠痒痒,也有老猴单独或几个凑在一起悠闲晒暖阳。在雨后阳光的沐浴中,群猴优哉游哉玩耍,其乐融融。

金丝猴品相极好。成年猴子毛色金黄,眉目清秀;小猴子毛色灰白,活泼好动,煞是可爱。它们不怕人,看见一头插着水果的竹竿伸过去,就欢呼跳跃来争抢,有的还敢从人的手上飞快地拿走食物。观赏间,发现一只猴子掌中握着一个皮囊状的东西,我问护林员是什么。护林员说是一只摔死的小猴子,尸体已经风干许久了,母猴及其同伴不忍丢弃,就一直携带在身边。我不禁感慨,这山野的生灵竟如此痴情重义,居然有着不逊人类的光辉品行!

离开猴山,转道去熊猫谷。穿行密林间,日光从枝叶缝隙斜射进来,四处光影斑驳,如梦似幻。翻过一道陡峭的山梁,顾不得喘息便直奔熊猫所在地。这是一处狭小的山洼，山环水绕，地势稍平缓，此地设有野生动物保护站。周围的山岭植被丰茂，晚秋夕阳下的山坡层林尽染，色彩斑斓，宛如丹青高手即兴把颜料泼洒在这里。"看，大熊猫！"有人兴奋地喊。循声望去，我们见到的是放养的大熊猫，而想遇到野生的则要碰运气。三只大熊猫栖息在一片比较开阔的林地。一只旁若无人津津有味地吃着竹子，另两只懒洋洋地趴在木栏杆上，许久，才下到地上或坐或卧，伸伸懒腰，娇慵地起身扭动肥壮的身躯走走。那黑白相间的体毛，独具特色的"骷髅"面貌，憨态可掬的胖墩墩的体形，滑稽呆萌的动作表情，让人捧腹之余过目难忘。

　　这古老而有趣的动物，喜食竹子，而竹子因气候异常会开花枯萎。大熊猫对环境依赖性强，人类对自然资源的贪婪开发，使得全球变暖、生态环境恶化，不少物种的生存面临严峻的挑战。我们的"国宝"现在成了和平友好的使者，做客出访五大洲，给不同肤色的人们带去欢乐。但愿美好的景物不仅是拷贝在记忆里，但愿青山依旧绿水长流，留住这些珍稀的活生生的宝贵资源，让其成为人类永远亲密的朋友。否则，若干年后我们的子孙后代还能得到这大自然的恩赐吗？还能置身万物共存、天地人和谐的环境里吗？

　　途中小憩，在一块光滑的巨石旁歇脚。这块温润的石头，吸收了日月精华，承受了无数次风霜雨雪的洗礼，也印下了无数路过者的痕迹。脚下是渐黄的柔软如毯的茅草，厚实而坚韧，身后是绚烂的树林，山雀鸣叫，往来翻飞。谷底一侧山泉叮咚蜿蜒，日照中雾氤氲、袅娜如纱。这方秦岭中的灵秀之地，山孕育了水，水滋养了山，山水相伴，阴阳互补，始有万物之造化，生态平衡而延续至今。近年来，有的地方以追逐经济效益为目的，以开发旅游为噱头，选交通便利之地，拆民宅，占良田，穿凿附会历史，演义故事，人为造景。抛开早已消失殆尽的古迹遗址，另起炉灶，掺杂不少现代科技手段，建起所谓的"古城""古镇"。其虚荣浮躁的表象之下，有什么自然、人文的初始风貌和本色元素？有什么充实的内涵意义与审美价值？娱人耳目却不能濡染人之性情、熏陶人之心灵，还不如重视保护那些原汁原味的"风景"，或投资建设偏僻贫困山区的道路与学校。这才是真正的顺天应人，功德无量。

大坪峪，是藏在秦岭深处的一颗明珠，是动植物繁衍生息的快乐王国，是一片能够过滤胸中浊气、放松身心的净土。因时间所限，其他如百鸟园、野生红豆杉群落、森林浴场等景点我们仅是路过匆匆一瞥，意犹未尽，我们还会再来的。

天色将暮，该返程了。与大坪峪的山水草木，与无数生灵依依惜别。倦鸟归林，云岚漫步山巅。谷中忽而风起，树叶籁籁如铃摇响，随风飘落的片片红叶，撒下一路晚秋的诗笺。出谷回望，远处起伏的山岭在暗淡天幕的映衬下宛如墨染的群雕，高低错落，愈加幽静、厚重、深邃。

同行者五人，陈、刘、金、王、张诸君，中学同窗，皆二十余年之故交也。

在桑科草原

从拉卜楞寺向西南，一片广袤的绿色让我们停留下来，那就是桑科草原。

夏季的牧场绿草茵茵，从身旁肆意地铺展开去，蔓延到苍茫的地平线，连接起天边游移的云彩。绚丽多姿的花儿竞相绽放，红黄蓝白，一枝一丛，散缀在茂盛的牧草间。矮壮的牦牛，温驯的绵羊，各自成群结队，安闲地吃草、溜达，长毛纷披，在阳光下缎子似的。

藏族导游达旺说，这儿的牛羊吃的是冬虫夏草，喝的是天然矿泉水，生产的肉奶绝对纯天然。说着他拿出样品让大家品尝，许多游客便有了购买的欲望。

面色黧黑、留着卷毛狮子一样发型的阿旺才二十七岁，已是两个孩子的父亲。他健谈而幽默，给我们讲了许多藏族的民间风俗与故事。他说他的祖父那辈因为贫穷，四个兄弟共娶了一个老婆，后来开枝散叶繁衍了一大家。他说自己喜欢游走五湖四海，饱览天下景观。言及当今，他衷心点赞习大大和共产党，拥护祖国大团结，尤其称赞"一带一路"的规划建设和"扶贫帮困"的政策给家乡带来的实惠与变化。他说自家现养的牦牛已有一百多头，按市值有三百多万元，打算过几年和媳妇再要一个孩子呢。

阿旺风趣的谈吐引得我们的阵阵笑声与感慨。他定了集合地点，让我们自由活动，又闪着深凹的眼睛补充道："去玩吧，看看跟哪个卓玛或扎西有眼缘，但别轻易浪漫私奔哦，跑得最后找不见人了，可能得留下来放牦牛哩。"

放就放呗，机会可不是人人都有的。大家戏谑着，兴冲冲踏进草原，仿佛回归梦想的家园。怡然四顾，群山绵延环抱，草地起伏和缓，远处大夏河安静地蜿蜒流过，宛如洁白的哈达飘落在无边无际的绿野中。点点帐篷，好似搁浅在汪洋碧海中的巨大贝壳，隐约可见牧民和牛羊移动的身影。

孩子们嗷嗷欢呼着跳跃奔跑起来，女士们随意选择位置，扭动身姿释放情感，挥舞起缤纷的丝巾拍照。游客们或惬意躺在花草中，或骑马驰骋在草原上，欢声笑语随舒爽的风儿阵阵掠过。

桑科草原的面积并不是国内最大的，内蒙古的呼伦贝尔、川西的若尔盖草原都超过了它，在世界范围可能连名次也排不上。然而，它们都是地球生机盎然的绿色皮肤，行至此就随意吧，欣赏风景才最要紧。正如我们穿衣服鞋子，首要讲究的是大小合适，人在旅途，跟着感觉走，遇人遇物，更多的是一面之缘，这也许更自然些。我们在这片温馨的草原放肆玩了许久，晚霞消散，天色渐暗，扎西和卓玛真诚挽留，我们就随遇而安，打算在这里过夜。

身在藏区，怎能辜负了藏族美食和草原风情？手抓肉，热气腾腾，香味扑鼻；酥油茶，生津止渴，提神醒脑；青稞酒，甘冽爽口,醇香绵柔。篝火燃起来了,围着熊熊火光跳锅庄,手拉手传递快乐和温暖。这时不分民族和语言,我们宛如在一个轻松的大家庭里,就连矜持的人也活跃起来。

美丽的草原令人着迷。不过,据当地人说,这里如逢雨季则积水成泽,泥泞难行。不知当年那支疲惫而英勇的红军队伍跋山涉水,可曾经过这里?现在承平日久,生活优裕,有飞机、高铁、汽车代步。假如,重走这条路的后人回到八十年前,再进行那次艰苦卓绝的长征,面对险恶的环境,还能走得出去吗?

凝视帐外,古道边,厚重的玛尼堆诉说着岁月沧桑;碉房旁,飘荡的风马旗猎猎作响。从这里可以深入藏区腹地,走向雪域高原,也可顺流而下,转向平原城市。历史的风烟中,逐水草而居的游牧文化和农耕文化之间的冲突与交融,上演了几多难言的悲欢离合,几多难忘的迎来送往。

夜幕渐渐四合,宁静的草原上空银河灿烂,宛若宇宙之神播撒的无数珍珠。离星星这么近,好像与天宫相邻而居,纵身一跃也许就能摘下一颗星。枕着草原宽厚的胸膛,嗅着花草弥漫的幽香,困意袭来,酣然入梦。

梦里,恍惚看到好多人穿着不同民族的服饰翩翩而来,动听的音乐响起,彩云缭绕,百鸟朝凤,一片融和吉祥。星月辉映,沉睡的草原恬静均匀地呼吸着,帐篷外轻扬的一条条五色经幡,在与清凉的微风密切交谈。

在大自然宽广的怀抱里,天地垂爱,万物自由自在生息,可以让负重的身心归零,彻底松绑而精骛八极。且悦享这脱身樊笼、返璞归真的妙处吧！

　　黎明悄悄来临，草原迎来新的一天。橘红的朝阳穿行在茫茫云海，奋力攀升着终于跃上远处的重重山岭，将万斛浓醇如酒的光芒慷慨倾洒到广阔的草原。早醒的鸟儿唱起快乐的歌，沐浴着晨光的牛羊甩着尾巴，互相摩擦着脖颈肩膀，悠然地哞哞咩咩叫着觅食。花草流芳，空气无比清爽，遍野涌动着生命的气息。

　　"出发上路！"导游阿旺大声喊着，"扎尕湖、郎木寺、花湖、黄河第一弯……还在前方等候咱们哩。"

　　跟热情友善的扎西、卓玛，也跟留下深深浅浅足迹的桑科草原道别：

　　再见！扎西德勒！

情系上元观

天下地名多如繁星，给人印象深刻的却少而有限。上元观是个让我难以忘怀的地方。

记得读高中那会儿，班里有位城固的住校生，从家里返校时往往带一样特色小菜。吃饭时拧开罐头瓶盖，大方地招呼我们品尝。那方块形的食物，外观红润油亮，咬开内里橙黄，其味微辣带咸，入口细腻柔糯。大家都说下饭不错，是佐餐的好搭档。问叫啥名，那同学自豪道——上元观的"红豆腐"。

那红豆腐的独特滋味及产地留在记忆里，直到我后来在汉中工作，出差去城固、西安，出市区不远，经过一地，瞧见路牌标有"上元观"，方知它的大体位置。上元观处于南北狭长的城固西南，北濒汉江、遥望秦岭，南靠沙河、衔接巴蜀，西临南郑圣水，东通洋县与西乡。尤其如今西汉高速和十天高速在这里交会，是汉中往返西安、安康及湖北、四川的重要通道。

开车到达上元观，不过三十分钟的时间。大凡迎着朝阳或披着星光，途经这里的人，往往要么赶路，要么回家，所以一般不作停留。我也不例外，途经上元观次数虽多，但只是做了滚滚红尘中一名借路的匆匆过客。

可上元观不因过客匆匆就被冷落，不因沧海桑田、风雨洗礼就销匿。在漫长的岁月里，以其依山傍水、土地膏腴、物产丰饶的自然条件，以其水陆要冲、东西南北货畅其境的便利，兼之民风淳朴的本土文化而发展繁荣起来，成为当地一个融通城乡、辐辏周边的商贸重镇。

此外，老觉得名为上元观的这方宝地，是否有更深厚的文化渊源？上元是道教节日，有天官赐福之佳意。上元亦指农历正月十五，又与唐高宗的年号恰好相同，而上元元年武则天还被封为天后。也许，上元观真与历史有着某种际遇，承载着天地人道的青睐，延续着一地脉脉不断的香火。虽是推测，上元观仍给人留下无尽的遐思……

不过，这方物华天宝的土地确实孕育过许多风云激荡的故事。上元观别名南乐，明代天启年间建造，为原籍南乐、进士出身、在朝为官、后告老还乡的张凤翮倡建，取名南乐堡，是一座独具匠心、形制特别的城池，据说在乱世发挥过防御盗匪袭扰的作用。纷纭的历史烟云中，这里曾是宗教兴盛的地方：东汉末年的张鲁在此传布五斗米教、建立地方割据政权；近代还有意大利、法国传教士传播教义；赖文光统率的太平天国的西征部队席卷过这里；1932年徐向前率领的红四方面军曾由此借道转战。

此地幸甚，不徒以山川形胜、资源丰富而闻名，因会聚了有识有志之士，而积淀、生长、孕育出一种宽广、深厚、蓬勃的精神。

自然，这片神奇而美丽的土地不乏春秋史笔的记录。同时，这片肥沃而朴实的土地还流传着不少有意思的民间传说。由云滇川北上的血性男儿、温柔女子在此落脚，由鄂豫皖西进的部曲民众迁居到此。风云际会的上元观，演绎出无数可歌可泣的生动故事。听我一位商界的朋友讲过，20世纪90年代初，来自上元观的一个精明能干的小伙子，先是不辞辛苦从重庆骑摩托车回家乡转卖，后在崎岖山道邂逅并缘定灵秀的四川幺妹，随之到城固、汉中开店销售，又逐渐取得嘉陵、望江等厂家的业务代理，生意做得红红火火、风生水起。后来摩托车市场虽趋疲软，但凭借长期积累的人脉和资源，他又成功转至其他行业，后到外地发展。

漫漫时光里，我参观了不少名胜古迹，反而一直没有亲访上元观，仍旧是一名匆匆过客。每当车轮穿境飞驰，每当上元观向我投来深情的一瞥，我心中总会平添一丝遗憾。

斗转星移，风云变幻，历经沧桑的上元观可还风韵犹存，魅力不减？

如今，上元观已是闻名遐迩的省级重点建设集镇和旅游观光之地，甚至有影视剧组来此拍摄取景。凑巧己亥三月中旬，市作协组织去上元观实地采风，闻讯本欲欣然前往一了夙愿，参观那古香古色的张凤翙花园、布局规整的四街十巷、风雨沧桑的道观教堂遗址；幸会那些土特产店、客栈酒肆、染衣坊、弹花铺；穿梭那别具乡情的"百日场"热闹集市；品尝"鳖眼"泉水酿制的浓郁大曲、有名头的素果、芝麻片，还有久负盛誉的上元观的红豆腐……可惜，因临时抱恙未能成行。

转眼暮春，终于打算抽空去趟上元观。周末，与友人及其同事驱车走108国道,从柳林铺经汉江大桥去造访上元观。过了清波粼粼的汉江、雄伟的谢家营高速立交,上元观的腹地在望了,可同去的孩子忽然提出想到河滩玩耍。小孩平时上学难得随大人出游,即停车来到一处静幽的沙滩。清澈的河水哗哗欢快流淌着,岸边片片的柳林在水面摇曳着倒影,苏醒的芦苇正挺起柔韧的腰杆,杂草蔓延的河堤旁的桑树和槐树伸展着葱郁的青枝绿叶,燕子和布谷鸟在其间飞翔鸣啭着。孩子们天真高兴地玩沙子,兴奋地挽起裤腿下河摸鱼捉螃蟹,带动我们也一起参与。谁知方才还风和日丽的,突然转而阴暗,乌云密布,雨点随即飘落下来。我们只好收拾上岸,改变原定计划,无奈打道回府。

看来,这次与上元观又要擦肩而过了。现实生活里,人们念念不忘的多是不易到达的幽远神秘之地,可对近处常见的风物则往往容易忽略,甚至置身其中而浑然不觉。

友人致歉:"王老师,不好意思,孩子们贪玩耽误了。"

我笑道:"没事,以后有机会再去。"也许,冥冥中这方水土与我有种天然的默契呢。

临上车前,回眸凝望近在咫尺的上元观,我用愧疚而诚挚的目光与它对视交流,挥手与其依依惜别。游山赏水未必穷尽,诗画文章尚须留白。凡事不可勉强,人生行路漫漫,如心中真能存一些念想,一种神往,一份美好,不也挺好吗?!

江上早春

　　立春后的天气还有些反复无常。近来渐暖,择晴日信步至郊外。

　　天空如淘洗过,深邃而明净,可以极目望见遥远的地平线。和风掠过面颊,轻轻柔柔的。今春较往年冷,九九将尽,一股强大的寒潮却扫过大江南北,许多地方还积了雪呢。想着,不由得抬头张望。前些天,北边耸立的秦岭还戴着一顶顶"白帽子",可现在雪已消融,日光下的远山隐隐露出黛青。近处塘库里的水很清澈,有人或蹲或坐或立,正在那儿专注垂钓,不时瞧见上钩的鱼儿被拽离水面,闪着银光在空中扭摆。池塘边、田埂上,一农人许是在察看麦苗和油菜的长势,一条黄狗忽前忽后紧随着他,渐渐地越走越远。

　　移步向南边的汉江大堤走去,路旁是正返青的草甸,不由得驻足在柔软而干净的草地上躺成"大"字。这大自然的"床"真是舒服极了。几朵白云优哉游哉地在天上漫步,遥遥拂过我的额头。眯着眼痴瞧太阳,眼眶中一下充满光华,在睫毛间晶莹闪烁。春光和煦,四野清新,富氧的带着太阳和青草味的空气如醇酒流进口腔肺腑,四肢百骸舒坦极了,手脚尽力伸展,宛若生出根须与地面融为一体。须臾,翻身脸朝下吻着草尖，心胸和大地顿时贴紧，这样地心和己心就成了两极。嫩绿的草地上散布着星星点点的蒲公英、婆婆纳等野花，俏皮地眨着眼，偷偷送来丝丝缕缕的清香。狗尾巴草和艾蒿在微风中摇曳，远远地向我点头招手。静卧着，能听到自己的心跳，仿佛还能敏锐地感受到大地深层的血液——岩浆在酝酿奔突，像有轻微的类似脉搏的跳荡从地下传来，叩击心扉。

匍匐在大地这苍茫的躯体上，真切感觉到天高地厚和自身的微弱渺小，恍若地球载着一粒尘埃在太空中旅行。宇宙是这样无边无际、无始无终，一个生命终其短暂的一生又能做些什么？也许如这万象更新的早春，心绪萌动出来走走，在所经之处留下一瞥，那踩在地上的脚印至少可以证明你曾经来过。所谓"天地者万物之逆旅，光阴者百代之过客"，既来世间，何不真诚潇洒走一回呢？

聆听着大地的谆谆教诲，入神许久，仿佛已忘记了时间。起立，向身下被压着的小草说声抱歉。日当中天，继续沿堤坝拾级而上。身侧是一行行排队恭迎我们的杨柳，走近细看，细细的枝条已悄悄萌芽，在微风中慵懒地伸着纤腰。堤畔的绿化带里不少花儿已绽放，黄的、红的、粉的，多是一丛丛迎春花与一簇簇蜡梅。桃、梨、杏、樱桃孕育着花苞，将很快描绘出一片姹紫嫣红。空中飞过燕子灵动的剪影、传来画眉婉转的歌唱，它们把优美的舞曲献给春天。麻雀当然不甘寂寞，叽叽喳喳地喧闹着，成群地落到草坪和路面来勤快地觅食。花尾巴的喜鹊在香樟树的枝杈间跳跃，叫声欢悦，时而从这棵树飞进另一棵树的树冠里，使得树叶簌簌作响。

长堤上，三三两两的大人带着孩子在放风筝，男女老少欢声笑语，对着天空仰望指点。那牵着线奔跑的，许是在攥紧和追赶心里的梦想；那持着滑轮缓缓收放的，许是在筹划和盘算一年的进程。形形色色的风筝在人们的视线中"群英相会"，飘扬翻飞。猴子、燕子、蝴蝶、蜻蜓、长龙、雄鹰等栩栩如生的风筝，在辽阔的天空"华山论剑"，各展技艺。

大堤下，一伙年轻人在比试打水漂，捡起石片向河面竭力掷出，石片在水面奋勇跨越、冲刺着，激起一连串此起彼伏的水花，在镜子似的河面美丽盛开与凋谢，其间有数条鱼儿竞相蹿出河面又潜入水中，围观者击掌、蹦跳、欢呼着，看谁打起的水花最多。忘情欢腾中，一少女的围巾不慎飘落水面，立马有小伙子跳入河里捞取，然后笑吟吟捧给女孩。青春，真好！

俯身掬一捧江水，清清凉凉的，如晶莹珠玉从指缝间泻落。河底沙石历历，水草袅娜随波浪起舞。放眼望去，一江两岸的高楼大厦与亭台楼榭倒映水中，如水墨丹青。微风拂来，江面皱起万千涟漪，层层涌动直到视野尽头。一艘船儿从下游逆水行来，红绿相间的船舱沐浴在温暖的阳光下，缓缓穿过飞跨两岸的巨大桥拱。桨声欸乃，惊起沙洲滩涂上几只白鹭，在流光溢彩的水天之间扑棱棱飞旋。滨江地带正在建设天汉湿地公园，国际影视城及望江楼已拔地而起，立体观光走廊与步行栈道于江滨逶迤延伸，巨大的摩天轮高耸向天，那悠久传说中的"汉水女神"雕像也即将揭开神秘面纱……

想起《诗经·周南·汉广》中的诗句：

南有乔木，不可休思；汉有游女，不可求思。

汉之广矣,不可泳思;江之永矣,不可方思。

江水滔滔,这绮丽浪漫的意境,引人无限遐思。多少岁月,清波荡漾的汉水承载着沿岸人民的梦想,一直在不舍昼夜地向前奔流。

早春,你好!苏醒的生命正跃动呼啸而来,快拥抱春光去播种耕耘吧!

小　巷

去单位上班的路有两条，一条是出小区大门向右过十字往西的莲湖路，另一条是小区斜对面的塔儿巷，我多半是舍大路而走小巷的。

大街宽阔笔直，车水马龙，两旁楼宇鳞次栉比，店铺林立；而小巷年代悠久，路面由不规则的碎石铺就，曲折但干净，需拐两个弯才能到达大街的公交站点。由于常年上下班经过，我与巷子里的人就比较熟了。

巷子东头是几间小吃店，卖豆浆油条的，卖包子核桃馍的，卖馄饨梆梆面的，进店随叫随吃。餐馆门前是一溜菜摊，白菜萝卜豇豆茄子辣椒西红柿等时令蔬菜都有，其间夹杂着鸡鸭鱼肉的摊位，走过时熟悉的摊主便与你打招呼。周家面皮是我早餐爱光顾的地方，店不大，是一对中年夫妻开的，男的精瘦，女的丰腴，一个蒸一个调。虽然本地吃面皮的人嘴很刁，但因他们的面皮味道正宗，故供不应求，一般到中午就卖完收工了。另有经营多年的张明娃羊肉泡、老马家牛肉面常常也是食客盈门，座无虚席。

再向前靠左是清真牛羊肉集市，大棚下整齐排列着牛羊肉架，主要由回民经营。顾客去了有店家热情相迎，指哪儿割哪儿。如上班时跟相熟的店主说要排骨腱子肉啥的，下班去取早已割好了等你，保准肉质鲜美、斤两不差。近旁还有卤熟的酱牛肉、做好的牛肉干，色酽味醇，配的有葱、姜、香菜、辣子调制的佐料，想吃买些回去下酒就成。

巷子西头的转弯处有所小学，绿树掩映，威武的石狮子蹲守在大门两旁。校园操场边有座精巧的方形古塔，据考证约建于南宋年间，苔痕幽深，塔檐生有矮草与多肉类植物。早先曾有寺院在此，后来便断了香火，空留一面孤零零的字迹模糊的照壁。好在原址改建成了新式学校，也算是一件积德的福祉。

除了巷子两端嘈杂喧嚷，中途几个拐弯的地方都比较幽雅安静。当然，也时有猫狗溜达、鸡鸭散步，还能听见圈栏里牛羊的叫声。这儿的房顶盖着灰瓦，屋脊飞檐装饰吻兽，偏厦一角伸出黑乎乎的烟囱，两侧皆是低矮的砖石墙或土坯房，临巷装有油漆斑驳的厚重木门，穿过窄细的甬道，可以瞧见里面的天井、花草树木、进出的人以及跟前跑后的猫狗。

经常进出小巷，脑海里就留下难忘的印象。暖春时，土墙上有弹坑状的蜂窝，偶尔还能见到谨慎匍匐的壁虎，爬满青苔的墙头会兀地探出几枝丁香花来。炎夏时，皂角树和棕榈的蓊郁浓荫带给行人些许清凉，葡萄藤有时顺着墙角会悄悄垂到地面上。金秋时，远远可嗅到从巷子里飘出的桂花的浓郁香气，走到近前可看见小贩们收购果农送上门的柿子枣子核桃等，还有加工炒制板栗葵花子的现场。到了寒冬，即使下雪路面也不湿滑，甍瓦上覆盖着厚厚的白雪，屋檐下吊着晶莹的冰凌子，巷里巷外有小孩追赶疯跑、打雪仗的身影和笑语。驻足听看，你就觉得仿佛走进了童话世界,什么烦恼忧愁都烟消云散了。

时光悠悠,后来我也搬了家。假期,上大学的儿子回来,与同学去看过去的老师,说当年学校周围的房子都在拆迁,要招商开发,那条小巷以后或许不会存在了。

近日,特意从小巷经过,蓦地瞧见不少房门墙上赫然写着鲜红的"拆"字。有的只剩下残壁断垣,有的只留空地荒草,有的已被栅栏围了起来。寒风飒飒,枯叶凋零,行人渐稀,路面冷清。只见工地上机械臂张牙舞爪,拉土车轰隆穿梭,却没碰见先前的熟人。

沉默走出小巷,脚步不禁有些沉缓,既为狭窄拥挤的巷里人乔迁感到欣慰,又恐以后再见不到昔日的小巷而莫名怅然。

山城印象

一

西成高铁开通一段时间了,可利用周末出去散散心,说走就走,此行目的地就定在了重庆。

到达已是晚上九点。从重庆西站到市区住处大约需要一小时,沿途车水马龙,的士跑不起来。车左拐右拐,上坡下坡,刚好可以欣赏一路的夜景。

山城的夜景果然非同寻常,高低错落,层次分明。尤其是嘉陵江、长江沿线,跨江大桥灯火辉煌,两岸建筑物霓虹闪烁,望去瑰丽无比、美轮美奂。路旁有许多人往江滨走,的哥说,这都是来看山城夜景的,并热情介绍了几个观赏地点。

这次不住宾馆酒店,妻子提前在网上预订了民宿。根据女房主发来的信息,到紫荆商业广场下车,经过人行道旁的星巴克、好利友和一些热闹的小吃店,拾级穿过宽敞的平台,向里走到三栋四单元,再乘电梯上到十二楼。按照房主已告知的门锁密码,输入六位数字。进门开灯,一室一厅一厨一卫,白墙,栗色木地板。屋内有沙发、茶几、电视和铁艺大床,书架上还放着几本通俗小说和杂志。卫生间干净,落地窗小阳台敞亮，厨房紧凑，灶具较全。冰箱里还有面条、鸡蛋等简单食材。房主备了公交卡，简约装饰的墙上贴着一些温馨小提示，替客人想得还算周到。我们对整洁的居家布置比较满意，价格虽贵点儿，但总体让人感到舒适。

窗外早已灯火阑珊。想起上次还是1996年来过，也就是重庆设立直辖市的那年。相隔二十二年了，这回可以趁这两天空闲，有选择地好好转一转，看一看。

二

清晨随鸟鸣来临。用过早餐，去附近的黄泥磅乘车。重庆的交通变化很大。记得二十年前街道上摩托车随处可见，公交车拥挤不堪，而今地铁、轻轨已开通了十条线，基本覆盖市区，四通八达。

出小什字站，步行去朝天门。穿过街巷纵横、店铺林立、人头攒动的批发市场，顺石条台阶下到坡底，壮阔的长江就在眼前了。回首上游可见雄伟壮观的跨江斜拉大桥，远处是往来穿梭的长江索道。我们朝下游走去。右侧码头相连，游轮、货船犁开江面顺流或逆流行驶。左侧陈旧的棚户、吊脚楼与时尚的建筑物相伴。片刻，来到朝天门码头。朝天门有"古渝雄关"之称，据说为公元前314年秦相张仪连横灭巴国后修筑巴郡城池时所建。明初戴鼎扩建重庆旧城，按九宫八卦之数造城门十七座，其中规模最大的一座城门即是朝天门。朝天门，为历代官员接皇帝圣旨的地方，因古代称皇帝为天子，故此而得名。朝天门是两江枢纽，也是重庆最大的码头，门外门内商业繁盛，一直延续到今天。

可以把朝天门看成重庆历史发展的一个缩影，数千年来风云变幻，脚下的江水就像一面巨大的镜子映照着山城的喜怒哀乐与兴衰枯荣。

站在朝天门广场环视，左侧的嘉陵江与右侧的长江在此握手，拥抱着重庆半岛。碧绿的嘉陵江水与黄色的长江水激流撞击，漩涡滚滚，清浊分明，其势如长虹，十分壮观。长江有了嘉陵江的汇入，越发雄伟浩荡，穿三峡，通江汉，一泻千里。凝视着滔滔江水，我的一缕思绪也随之乘风破浪，汹涌而去。

汽笛声响，凭栏远眺，密布的码头前舟船进出，沿岸高楼大厦鳞次栉比，人行如蚁。山城"棒棒军"或肩挑沉甸甸的担子，或扛着木棒绳索穿行在人群中。

前方，气势如虹的朝天门大桥飞跨南北，将解放碑、江北城、弹子石三大中央商务区连接在一起。大桥为双层桥面，只有两个主墩，分成四根柱子托起大桥，主跨达五百五十二米，超越上海的卢浦大桥，比世界著名拱桥——澳大利亚悉尼大桥的跨度还要长，成为名副其实的"世界第一拱桥"。据说，这里是观赏两江汇流和山城夜景的绝佳位置。

三

离开朝天门码头，转去解放碑。

解放碑位于重庆市渝中区，它是抗战胜利和重庆解放的历史见证，是全中国唯一的一座纪念中华民族抗日战争胜利的国家纪念碑。现在它是解放碑中央商务区（CBD）的代名词，有"西部第一街"的美誉。

不足一平方公里的面积,日均人流量超过三十万,拥有四千四百多个商业网点,二十多家大型商场,近百个金融网点和证券交易所。弹丸之地的解放碑商业街寸土寸金,年销售总额达上百亿元,雄踞西部之首。转悠得脚乏,索性坐在树荫下看汹涌如潮的人流,听南腔北调的声音。步行街是一个城市的窗口,成都的春熙路、武汉的汉正街、北京的王府井、上海的南京路等,差不多也都上演着一样的情景,只是这里有一个全国独一无二的解放碑标志。

解放碑静静矗立于街道中心,看着游人簇拥在跟前拍照留念、喧嚷经过,其特殊的历史意义,而今已被淹没在周围繁华的商业街市和冰冷的水泥森林之中了。

碑是沉默的,但应当是有温度的。

四

离开解放碑,去邻近的洪崖洞。

洪崖洞位于重庆市沧白路,在长江、嘉陵江两江交汇的滨江地带,以最具巴渝传统建筑特色的吊脚楼为主体,依山就势,沿江而建。

洪崖洞整体分为纸盐河酒吧街、天成巷巴渝风情街、盛宴美食街及城市阳台异域风情街四条大街。四条大街糅合当地特色文化,打造出浓郁的民俗文化氛围,同时也融汇了当今世界的流行元素,有美国海盗酒吧等一系列全球知名品牌的加盟。

尤其是天成巷巴渝风情街由街景、艺人表演、大剧院、中华火锅第一鼎等业态构成，以不同时期的巴渝景象为载体，展示出青砖红檐绿瓦的古典民居，流传已久的前店后厂"民间工艺作品"也在此得以生动再现。

这里交通换乘很便利。需要逛解放碑或停留在洪崖洞玩的游客，则可乘坐扶梯或观光电梯直上解放碑或到达洪崖洞的任意一层楼。

游客们可尽情在这里游吊脚楼群、观洪崖滴翠、赏巴渝文化、品山城美食、看两江汇流、玩不夜风情，充分体验山城老街与时尚文化的独特魅力。

当夜幕降临，飞架两岸的千厮门大桥华灯齐放，在城市阳台异域风情街订一茶座，一边喝茶，一边愉悦观赏嘉陵江两岸那独特的街市夜景。两岸鳞次栉比的楼厦闪烁万千霓虹，宛若游龙飞腾、彩练挥舞，桥体渐变的光带如起伏的波浪层层推进。江衬灯影，山水相映，五光十色，如梦似幻。有许多高低胖瘦的身影立在堤岸上，或靠在桥栏边引颈张望。恍惚之间，你仿佛置身天上的华美街市而心旌摇荡，将要临风飞举、飘飘欲仙了。

五

到山城第二天，去逛磁器口。

磁器口位于重庆市沙坪坝区东北部，前临嘉陵江，后靠歌乐山，金碧山、马鞍山、凤凰山三山并列，清水溪、凤凰溪两溪环抱，环境优美，人文荟萃。这一方天地里，巴渝文化、宗教文化、沙磁文化、红岩文化、民俗文化辐辏于此，各具特色，素有"小重庆"之美誉。

磁器口始建于宋真宗咸平年间，相传明朝建文帝朱允炆隐修于镇上宝轮寺，故又名龙隐镇，清朝初年，因盛产和转运瓷器，而得名磁器口。据记载，作为嘉陵江边重要的水陆码头，磁器口曾经"白日里千人拱手，入夜后万盏明灯"，繁盛一时。

到了磁器口古镇，首先被各类小吃吸引。在街口看见一家手工酸辣粉，吃的人挺多，就要了一份品尝，味道不错。转到另一端，看见一家饭馆招牌上写着"老字号重庆小面"，忍不住诱惑又要了一碗。继续往里走，两旁特色小吃连续不断，香味扑鼻，真后悔在前面吃得太多。

行走在古镇，可充分感受到磁器口底蕴丰厚的历史文化。这里有古朴粗犷的巴渝遗风，有古风犹存的茶馆，有历史传承的码头文化；有佛、道、儒三教并存的九宫十八庙；有正气凛然的红岩革命纪念馆；有独具特色的川剧清唱、吐火表演；有工艺独特、品种繁多的传统旅游产品；有享誉四方的毛血旺、千张皮、椒盐花生等。古镇陈麻花名头很响，其历史悠久，选料上乘，采用全手工制作，具有香、酥、脆、爽，久放不绵等特点。热情的摊主任你品尝、选购，一路上这儿称点那儿买点，不知不觉竟买了两大包东西。

"一条石板路，千年磁器口"，果然名不虚传。其鲜明的民族和地域特色，显示出旺盛的生命力和强大的吸引力。

那天，古镇街上熙熙攘攘，人满为患。在一个古朴清幽的院子里看完川剧，不想再混入摩肩接踵的人群，就拐进了旁边的一条窄巷。其实这是一条上山的碎石子小路。路两旁皆是土木结构的民房，土墙木柱，椽檩上覆盖着灰瓦，瓦缝里生满绿苔及多肉植物。形形色色的花儿或安静、或羞涩、或热烈地迎候你，向你点头致意、绽开笑靥。青翠柔软的枝叶悄悄伸展过来，也许就碰到了你的头发或膝盖，也许一下就挽住了你的手臂呢。路旁一户挨一户的人家在院里放了竹椅木凳，走累了，可以坐下来歇息一会儿。

迤逦而上的有年轻人，也有老人和孩子。走走停停，说说笑笑，许多人拿着手机、相机拍照。在我前面的台阶上，走着一个用布带捆背着娃的年轻女人，身侧的男人一手提包、一手牵着个五六岁的丫头。也许饿了，也许累了，背着的孩子有点哭闹，他们便拐进路旁的小院，一位满脸皱纹的婆婆温和地招呼他们落座。院内桃花盛开，红绿掩映，燕子在屋檐下飞进飞出。男人侍立在旁，女人撩起上衣喂奶，孩子幸福地吮吸，立时就止住了哭声。

终于爬到山顶。山顶却很平缓，映入眼帘的是一块连一块的不规则的青草坪和一棵棵高大茂密撑着浓荫伞盖的树。游人三三两两走动着，或东一处西一处席地而坐。挑一静处停下喝水小憩，环顾四周错落的山水与民居，顿觉心旷神怡。

小憩后进重庆记忆博物馆参观，知道了山城瓷器制造与磁器口名称的由来，更了解到千年古镇的历史演变及相关人物。远的不提了，近的就有抗战时期学贯中西的国学大师吴宓在这里任教，传道授业。诺贝尔物理学奖获得者丁肇中，当年曾就读于磁器口正街宝善宫内的嘉陵小学。徐悲鸿、傅抱石、丰子恺、宗白华等众多大家也在此留下笔墨丹青。

参观完不想再回到热闹拥挤的步行街，于是，抄山后小路，我顺着一条小桥流水、花草簇拥的便道徐行，七拐八弯地下到山脚。

夕阳西下，满山落晖。邻近的白公馆与渣滓洞沐浴在如血的晚霞里，因上次来渝游览过，这次就作罢了。此时老友打来电话，他昨晚才从国外返回，且听声音患着感冒，知我来渝将走，定要会晤饯行，正开车在赶来的途中呢。我遂与妻子相携去约定的地方。

在电话里与女房主道别，我本想让她检查下房子再走，她说不用了，住家庭旅馆的客人素质大都很好，关好门就行。其实与房主一直未见面，虽是陌生人，但彼此的信任却让人感到心里温暖。

在山城待的时间短暂，这两天接触到的山城人大多热情好客、纯朴开朗、真诚直率，他们用勤奋坚忍编织的生活，犹如麻辣鲜香的火锅有滋有味。自然和人文青睐的福地，将巴山蜀水之厚重与柔婉交融在一起，既有女子之妩媚飒爽，又有男儿之慷慨豪情，散发着独具特色的无穷魅力，吸引了东西南北往来的人们。多种文化元素在这里汇聚、碰撞，酿造出浓郁的、不可复制的山城气象。

飞机腾空，回眸舷窗外绵延的斑斓夜色，尚感意犹未尽。择时，还会再来。

美丽苗乡行

去贵州旅行，除了游览黄果树瀑布、大小七孔等，西江千户苗寨是值得看看的地方。

到黔东南苗族侗族自治州的雷山县是晚上八点半，天刚黑。在西江镇下车，沿石板与石子混铺的街道往里走。身旁是淙淙流淌的小河，河边排列着层层叠叠的吊脚楼。沿街店铺还没打烊，行人却越来越多。看来，这里的夜生活才刚刚开始。

因我们提前预约了客栈，在桥头已有人等候。来人是个美丽的少妇，身材婀娜，长发披肩，面容姣好，带领我们前往住处。沿着吊脚楼旁的窄道，曲曲弯弯走一百多米，到了把头一吊脚楼前，少妇嫣然一笑，说请进。上木质台阶，步入一层接待厅，登记房间，方知道这少妇就是客栈老板。客栈共三层，二、三楼住人，我们一家被安排在二楼靠阳台一侧。女老板热情介绍说，现在是观赏夜景的最佳时间。

稍事休息，我们去了观景台。顺河边步道返回桥上，桥曰风雨桥，跨白水河而建，共有六座，连通两边的寨子街道，雕梁画栋，设有座椅。入夜，桥上灯火辉煌，游人如织。自六号桥迤逦前行，小河两旁皆是紧密相连的吊脚楼，临街分布着土特产店、银饰店、小吃铺、烧烤摊、酒吧等。大多店铺门头挂有牛角，灯下站着穿民族服装的招待，笑语盈盈。有的举着高排芦笙吹奏，有的拍打着节奏欢快的铜鼓或木鼓。那些灯光明亮的屋里飘出菜肴和酒的香气，传出动听的乐曲及愉快的谈笑声。

依次走过五座风雨桥，然后排队等候，乘观光车去观景台。山路盘旋，拐过几个弯后，到达一高耸的平台。游人密匝匝的，黑压压一片站着翘首观望，不时发出啧啧赞叹。挤到近前，举目远眺，真被眼前的景象深深震撼。对面是一大片一大片星星点点的灯光，高高低低，错落有致，宛若璀璨的银河落到人间。那连绵起伏、闪闪烁烁的光辉，是依山而建的十几个村寨的吊脚楼发出的。俯瞰观景台，之前经过的桥、街道、广场依稀可见。闪闪灯带一直延伸到我们所在的周边。山上山下，河谷两岸，汇成了灯的海洋。在这热闹而幽静的地方，夜色中的苗寨灯海仿佛童话里的王国，神秘而诱人，明亮而朴素，庄严而温馨。这里虽没有大城市霓虹的科幻与时尚、夜景的摩登与魅惑，但它是不加雕饰的，是千家万户夜里的眼睛，温柔地关注着你，深情地凝视着你。抬头，远山之巅，静谧的夜空，一轮皎洁的明月缓缓升起，轻移莲步，悬挂在黑缎子似的天幕上，华光莹莹，正脉脉地问候着你呢。

从观景台下来，吃炒粉、米豆腐、烤串，逛当地特色店，也有人去酒吧，许是想期待一场别致的邂逅吧。

回客栈休息。房间虽小，却温馨舒适，洗漱罢，倒头沉沉睡去。

翌晨，被一声接一声清脆的鸟鸣叫醒，还夹杂着知了一阵阵的聒噪。细听,还有小河哗哗的流水声。翻身起床,快走到阳台时,见女老板倚在"美人靠"上,她点头笑笑下楼去了。我惬意地凭栏而立,微风拂来,神清气爽。客栈背靠青翠的山包,栏杆外立着葱郁的樟树、茶子树,枝杈间有伶俐的鸟儿跳跃,婉转地歌唱。紧贴山麓的是重檐叠脊的红褐色、橙黄色的吊脚楼,一家挨着一家,一户牵着一户,楼叠楼,直延伸到山顶。几座楼间,隐约可见幽深的小径,如蛛丝般曲折相连。哗哗流淌的河水就在吊脚楼前,近在咫尺。河真小,宽不过二三十米,水清而浅,三五成群的鸭子在河里浮游啄食,或站在河卵石上嘎嘎叫着,扑棱着翅膀抖水。岸边垂柳依依,苍郁的枫香树枝叶婆娑,在阳光中随微风轻曳,微微闪光。

这千户苗寨,处在四面环山的河谷地带,天高地远,守着一隅僻静。传说,苗民的祖先蚩尤被炎黄二帝打败,而后率部下撤到南方,后来又多次征战但连连败退,经过五次迁徙,逃向滇黔等西南山区,甚至逃到中南半岛。现在苗民分散在许多地方,但尤以贵州东南雷山县的西江千户苗寨最为集中,这里居住着一千三百多户、六千余人,是中国乃至世界最大的苗民聚居地,基本保留了苗族原生态的文化特征。如今这里成了令游人向往的风水宝地,成为生活在大城市的人们的心仪之所。因为忙碌、疲惫,因为环境污染,因为厌烦水泥森林的城市,我们来这里观山看水,呼吸新鲜的空气,领略富有民族特色的文化。我们在这里(也包括其他地方)寻找自然和人文的根源,放松神经,释放情怀,捡拾那些返璞归真的梦想。

中午去山腰的一家苗寨吃长桌宴。身着苗族服装的主人热情地招呼客人，吊脚楼里人来人往，屋里屋外都摆着长条桌、小板凳，大伙围坐在一起。桌上有腊肉、糍粑、红薯、南瓜、豆腐、野菜、竹筒饭，还有热气腾腾的鱼火锅。看着乡土气息浓郁，鲜、嫩、香、美的菜肴，我们胃口大开。就在尽兴品尝之时，几位身着盛装的苗族姑娘款款走来，唱着动听的歌曲，逐一给客人敬酒，这是隆重的苗家待客礼仪。她们端着酒壶和小瓷碗，满脸笑容给客人敬酒，如客人接受就要一口喝干，再续第二、第三碗；如推辞，她们就唱"米酒甜，米酒香，远方的客人请你尝，喜欢你就喝一碗，喝了保准你喜欢"的劝酒歌。此时的客人大都被苗家风情所感染，入乡随俗，兴高采烈地配合着痛饮起来。喝酒之间，漂亮的苗族姑娘还邀请对歌，一曲唱罢，接着再喝。如此，将欢快的聚餐气氛推向高潮。苗家自制米酒入口平淡，但后劲足，就有同伴喝得脸脖通红、醉意醺醺呢。

用罢长桌宴，打算去看苗族歌舞，但人多队长，只得暂时放弃。远远地，还能听到丝竹管弦的韵律，以及铜鼓舞、木鼓舞的节拍。随后参观苗家银饰作坊，匠人用传统工艺叮叮当当锤打着银器，花样极多。再进牛魔王牛角制品店，牛角梳从几百元到上千元不等。还有经营玉石翡翠、珍奇古玩的，要么价格不菲，要么非常低廉，且也难辨真假，店家对来客巧舌如簧地兜售着，充斥着浓浓的商业气息。我便联想到当初的凤凰古城，人们趋之若鹜，由于过度开发、商业化及不良宰客行为，以致现今门可罗雀。

美丽而独特的旅游资源，应尽量保持它的原汁原味，就比如一个天生丽质的女子，本有"清水出芙蓉，天然去雕饰"的美，但为了吸引更多的眼球，非要刻意梳妆打扮，混搭纷繁的装饰，结果丢了本色，弄成了四不像。好山好水和厚重的文化底蕴，需要我们爱护和珍视，否则，或许难免一地鸡毛的尴尬和遗憾。

不觉转出热闹喧嚣的步行街，走到前方岔路口，东北一侧豁然开阔明朗。石桥小河、水车沟渠，潺潺流水环绕着山脚，层层梯田蔓延到葱茏的山顶。山洼里分散着小村寨，隐隐传来几声狗吠鸡叫。遥见苗民进出农田，农田里苞谷扬穗、稻花飘香，牛儿在对面青青的缓坡上悠闲地吃草。

一曲嘹亮的山歌响起，在这片质朴而迷人的田园上久久飘荡。

读 海

今夏转道北海,就住在银滩,距海边不过二百多米。

这次没有急着去看海。因之前随团到过大连、秦皇岛、北戴河、青岛、海南岛,觉得哪儿的海都相似,所以先去老街与侨港风情街溜达。风情街人头攒动,我来回匆匆穿梭,走得腿困脚乏,气喘吁吁,且心生腻烦。

离开北海的那天上午,我抛开琐碎之事,径往银滩。远望前方烟波浩渺,已闻到大海独特而熟悉的气息。心里忽而有一股冲动,想与大海认真交流。

步入沙滩,迎面海风吹拂,头发衣袂飘飞。路旁椰林玉立,枝叶婆娑。街上酷热难当,此处却凉风习习。现在走向大海,无拘无束,顿觉心旷神怡,无比清爽。

银滩,名不虚传,色银白,沙细柔,海域辽阔,海岸线漫长。游人虽多,相对广阔的大海却显稀少。恰遇晴空万里,蓝天白云,浩渺海水一片蔚蓝。正值盛夏,海滩上分布着密密麻麻的彩色遮阳伞。人们或在伞下享受阳光浴,或埋在沙中懒懒地休憩。孩子们或在沙滩上写字画画,或在大人帮助下做沙堆游戏,更多的泳者在水里畅游嬉戏。稍远些的海面上波涛汹涌,快艇劈波斩浪,海鸥追逐着航行的游船,舷侧溅起一簇簇雪亮的浪花。

　　大海是天生的运动健将。赤脚站在湿润的沙滩上，看着海水自遥远的天际澎湃而来，气势磅礴，后浪推着前浪，一浪盖过一浪，待气势减弱涌到跟前，淹没脚背，拥抱双腿。正自欢喜，感到脚底软沙松动，海水便倏地撤离了。不及挽留惜别，另一波海浪又卷土重来。利利索索地进退，毫不拖泥带水，间隔往往只在须臾间。滔滔波浪就这么执拗地循环往复，任性地来去自如。不知疲惫的大海始终精神抖擞，充满激情，似乎永远不言困倦，波浪不停息地运动着，兴奋地参与海洋家族恢宏壮观的环流。它们与太平洋、印度洋、北冰洋、大西洋的兄弟姐妹亲密沟通融合，团结在一起翻滚着、汹涌着、奔腾着，走遍天下，影响着全球气候，给世界带来勃勃生机。

　　大海是天才的音乐家。浸泡在温柔的海水里，扫除杂念聆听。"哗——哗哗——哗"，这是平静的大海对你轻轻哼唱；"哗哗——哗——哗哗"，这是大海在向你娓娓诉说故事；"哗啦——哗啦——哗啦啦——"，大海开始引吭高歌，兴许加入了海豚的亮嗓；"呼——砰——砰——哗啦"，这是大海动怒发脾气，撞击礁石、船舷了。它变化多端的曲调、风格多样的唱腔，令人陶醉、迷恋。大海无与伦比的天籁之音，唤醒了多少音乐人的灵感，催生了多少缤纷动听的歌曲。

　　当然，大海也是杰出的画家。你看，它把多姿多彩的云朵印在一望无际的蔚蓝画布上，把红叶、黑松、金针柏、椰子、槟榔种在蜿蜒的海岸边，让渔船、风帆、桅杆游移在瑰丽的波澜里。升降的太阳、盈亏的月亮、璀璨的星星共同呈现出一幅令浩瀚太空都惊羡的绝美画面。

钟情大海者，会成为卓越的诗人、作家。气势宏大的《观沧海》源自曹操对大海的细察、感悟。那"日月之行，若出其中。星汉灿烂，若出其里"的佳句，浑然天成，读来动人心魄。千余年后，一代伟人毛泽东同样伫立海边，发出了"一片汪洋都不见，知向谁边"的感慨。小时候读《海底两万里》，对丰富多彩的大海满怀痴迷、心驰神往。记得读《海的女儿》时激动难抑，美丽的小美人鱼为了追求高尚的灵魂、纯洁的爱情、幸福的生活，宁愿失去美妙的歌喉，忍受尾巴变作人腿的剧痛，也要为真爱和理想而舞，即使最终化为泡沫也在所不惜。安徒生以浪漫、痴情、忧伤的笔触诠释了生命存在的意义。后来读《老人与海》《白鲸记》，对海明威与梅尔维尔笔下的大海除了遥思与渴望，更多了几分理解和敬畏，以及与命运抗争的不屈信念。

前段时间读过一则故事。一家三口愉快地去海边游泳，倏忽间，孩子不幸被潜流冲走了。本是游泳高手的父亲懊悔不已，悲痛欲绝的妻子也离开了他。短暂消沉之后，这位父亲练习潜泳，然后与其他国家的爱好者去各地海洋潜泳，希望能寻到儿子的踪影。他经历了许多惊心动魄、妙不可言的海上生活，终于明白，孩子已魂归大海，得到永生。

广阔神秘的大海可以给我们无尽的遐想和启迪。从这点来说，大海无疑是伟大的思想家，具有无穷无尽的创造力、想象力。覆盖地球70%面积的海洋，不只因它的博大连通了世界各地，不只以它的深沉容得下地球上最高的山脉，还因为是人类精神的源泉。我们和一切生命均来自大海。可以说，大海是生命的摇篮，是哺育万物的母亲。然而，随着人类以所谓的科技文明大举向海洋进攻，疯狂地掠夺、开发、攫取，海洋已伤痕累累，甚至惨不忍睹。赤潮的泛滥，石油、核燃料的泄漏，白色垃圾的污染，让大海不堪重负。珍稀海洋生物相继灭绝，有报道称从搁浅的鲸鱼肚里掏出过上千斤的塑料。另据卫星侦测，某海域竟然漂浮着绵延几百公里的垃圾。随着气温升高，北冰洋的冰山在融化、缩减，南极洲的冰架也在悄悄分崩离析。一旦大洋环流异常，将给我们带来致命伤害，甚至是灭顶之灾。聪明的人类啊，可不要虚构海市蜃楼的幻景，寄托于诺亚方舟式的拯救。

不妨再大胆假设，如果地球上的海水莫名蒸发，消失殆尽，那这颗蔚蓝色的星球会变成什么样？没有大海这个母亲的庇佑，我们还能立足于世吗？

从某种程度上讲，大海就是大自然。当我们企图利用并战胜大海时，当我们准备索取和改造大海时，应冷静想想从它那里所享受的恩惠、所获得的智慧。

雨果说，世界上最辽阔的是大海，比大海更辽阔的是天空，比天空更辽阔的是人的心灵。在我们灵魂欲飞翔前，先面朝大海，仔细阅读认识大海，用清澈的海水洗涤心灵，再仰望天空。也许，我们长久行走尘世，被污染的身心经过大海的浸泡、洗礼，会变得干净而清醒。

置身大海，被温柔的海水环拥、抚摸，犹如投进慈母的怀抱。其实，她一直在默默地关注着我们，滋养着我们，呵护着我们，给予我们无限的爱怜和无私的奉献。大海馈赠人类无穷的物质与精神财富，需要我们倍加感恩和珍惜。

静静待在海边，直到夕阳燃烧成橘红色。波涛起伏的海水是斑斓的，细长蜿蜒的沙滩是梦幻的，大海轻轻呢喃，向流动的人群发出深情的呼唤。

我拾起一个被海浪冲到岸边的贝壳，回眸沧海，心说：大海，再见！

烛花心语

漫谈学语文

近几年参加中考、高考的学生逐渐感到,语文试题的难度大了,实际是考查语文知识的深度增加了,广度扩大了。

语文不但成了拉分的课程,而且某些学校和专业在录取成绩相同的情况下,还要优先考虑语文成绩好的考生。这让我们一些语文学得不敢恭维的学生,与关注孩子学习的家长有点惶恐、有点蒙圈。到底怎样才能适应变化,学好语文呢?不妨来探讨一下。

我上学时比较偏爱语文,工作后又做了语文教师,说来和语文还真有道不尽的"交情"哩。

语文,是新中国成立后编订的学科名字,其实就是早先的"国文",也可称之为"母语""汉语"。往细里讲,语文即指语言、文字和文学。语文能力主要体现在阅读、表达、写作等方面。平时遇到有的家长问:孩子语文学得不好,怎样才能提高成绩呢?学生也常说:我虽然喜欢语文,但就是考试成绩不好,为什么呢?还有的学生问:我的作文水平上不去,是什么原因呢?等等问题,不一而足。

诸如上述问题,作为语文老师,我可以捧出一大堆并不陌生的方法来,其中可能不乏许多宽泛而通用的道理。于此,我不想重复那些老生常谈，也不想从浩如烟海的书本里去寻章摘句，只愿结合自身的成长经历和熟知的情况，谈谈自己是如何学习语文的。

我的小学阶段是在农村度过的。因父亲受"文革"的迫害，家里部分成员暂迁回乡直到20世纪70年代末。那是一段难忘的时光，生活清贫除外，学习条件也很差。教室是土坯房，课桌老而陈旧，屋顶悬两只白炽灯泡。这倒在其次，要紧的是除了课本基本没有别的书籍资料。几位上过高中又返乡的老师很是尽力，兢兢业业，但很少能提起我们的兴趣。印象深刻的有语文课。教语文的武老师在订正完一课的生字词后，会接着领读课文，分析段落大意和中心思想。一次自习课，她拿出一本有点发黄的作文选刊给我们范读，加以简评，大家立刻像被磁石吸引住了，专注而激动地聆听。等武老师隔三岔五地将那本作文选读完，我似意犹未尽，又壮胆从她那儿借来仔细品读，之后仍不罢休，又把书上的作文认真在本子上誊抄了一遍，最后给那本书包上牛皮纸，恭恭敬敬地还给武老师。

从此，我爱上了语文，爱上了读书。我把所有的零花钱积攒起来，除了买热衷的"小人书"（即当时几毛钱一本的连环画，我是同伴里买得最多的），还尽力上街选购其他书刊。恢复高考不久，家兄考上了某大学的中文系，假期给我带回的书籍便成了我的精神食粮。学习阅读之余，偶尔写点青涩的文字。小学毕业那年，我的语文成绩全县第一。

升入城里的初中，清楚地记得第一堂课是语文，都语文课的周老师让每个同学写篇作文，题目是"我熟悉的人"，下课即交。第二天上课,周老师兴冲冲地念起一篇学生的作文,我从第一句就听出那是我的作文。读完,周老师念到我的名字并让我站起来时,我还真不好意思呢。周老师让我当语文课代表,他是师范毕业的,自己平时也喜爱写点东西。他那里常有一些杂志,诸如《人民文学》《十月》《收获》《萌芽》《电影文学》等,去交作业或周末时,我便抽空浏览。有次发现一本《古文观止》,我如获至宝,借来阅读研习了很长时间。学习空隙,我尝试课堂外的写作,不久,在《少年文艺》发表了一篇小文章。中考时,我用一半时间顺畅地做完了语文卷子,成绩揭晓,周老师高兴地通知我,我的语文在全市得了最高分。

我的高中是在陕西勉县一中上的。高中课程增多,学习压力大,没有太多闲暇读课外书,特别是阅读大部头著作。不过,所幸先后遇到了两位博学且各有风格的语文老师。王老师和鲁老师都是科班出身,既能激情如火,又可平静似水,他们融知识性和趣味性于一体,课堂生动活泼,使我们如沐春风。他们不拘泥于教材,课余从中外文学宝库中精选佳作,引导我们品读鉴赏。这些举措拓宽了我们的视野,激发了我们的学习兴趣。这期间,我参加了"三北"地区作文竞赛并获奖,课余的习作零星在一些报刊上发表。语文对我来说是随兴而学,于轻松畅意的读写中,真切感受到语文带来的乐趣。

然而,实话实说,我的理科较差,虽然高考语文拿了高分,但总分受到了影响。这也是教训呀,应当引起学子们的注意。

宝贵的大学时期，学习环境有了很大的变化，专业对我而言比较省力。在学生会担任宣传工作期间，我主持文学社团，还参加过大学生辩论赛与演讲比赛。课余时间，图书馆、阅览室成了我流连的地方，我扎进喜爱的书海里畅游，先后读了《莎士比亚全集》、托翁的《复活》《安娜·卡列尼娜》《战争与和平》、巴尔扎克的《人间喜剧》、雨果的《巴黎圣母院》《悲惨世界》《九三年》、司汤达的《红与黑》，还有《静静的顿河》《约翰·克里斯朵夫》《洛丽塔》《老人与海》《伊豆舞女》《一封陌生女人的来信》《城堡》《百年孤独》《生命中不能承受之轻》等外国名著，当然，也读鲁迅、沈从文、孙犁、汪曾祺、莫言、路遥、贾平凹、张贤亮、冯骥才、张爱玲、金庸的作品。除了文学一类，我还广泛涉猎史志、传记、哲学、艺术、自然、军事、科技甚至生活百科之类的书籍。读书"杂"点没关系，博览群书，用心揣摩，先"闻道"后"专攻"，说的就是这个理。

　　大学期间，我开始了真正的创作。诗歌、散文、小说皆尝试，发表过一些小作品，还有不少写出后觉得肤浅、单薄便束之高阁或压在箱底的文章，主要是生活阅历浅，沉淀积累少。大学毕业后走上社会，忙于工作，耽于红尘，也曾随波逐流，浮躁而搁笔十余年。而今工作充实，生活稳定，始有心境提笔码字，信手涂鸦。为此，也才有闲暇通过网络平台、纸媒等不同渠道与诸君惬意交流，见贤思齐，精神往来矣。

　　往事如烟，下来说说我多年从事语文教学的感受与体会。学语文，首先从培养兴趣入手，从阅读开始引导，提醒学生多阅读以丰富视野，但要注意择书，在开阔眼界中提高审美水平。其次，使书本知识与现实产生感应与精神共鸣，继之联想、抒发，力争能说会写，表情达意。语文是应用非常广泛的学科，不单是识文断字、死板做题、应付考试过关耳，还有很多美妙的味道、美好的情感在里面。充分感受、品味这些大美的知识才有意思，这比死抠着课本咬文嚼字、淹没在题海啃题要有趣有效得多。

现在大量的语文知识积累及应用，各种综合及专题练习册，尤其现代文与古诗文的阅读训练消耗了学生们很多时间，频繁的周记和作文也让学生们疲于应付。许多寻章摘句、所谓精心设置的问题，让学生挖空心思、绞尽脑汁去回答，有的学生似乎离开网络就不会做题了。其实有不少问题与原著毫无关联，甚至相去甚远。据说，某年的高考阅读理解，试后让作者自己去做，居然也如坠云雾，不知所措。答案不一定是标准、唯一的。横看成岭侧成峰，多样性才能让我们欣赏到无限的风光。

教育应当是美育。语文更是美育的温床，语文呈现的是波澜壮阔的海洋，是千峰竞秀的群岭，有大漠孤烟，有小桥流水，有"疑是银河落九天"的想象，有"安得广厦千万间"的感慨。那些天地万物之造化，那些真假美丑之存在，需要引导孩子去鉴赏。欣赏那生动反映生活、惟妙惟肖的精彩描写，感悟那激荡人心、震撼灵魂、抚慰人生的绵绵思绪，从而在语文的天地间徜徉、攀登、怡然吟诵、采撷、抒写，岂不快哉！

自然，学习语文无法速成，不能吃快餐，更不能凭空营造海市蜃楼。需从字、词、句基础做起，正如一笔好字要从间架结构写起，超凡武功得从马步站桩、吐纳运气开练一样。基础扎实才能拾级而上，登堂入室。同时，除了循序渐进、厚积薄发，语文学习中的品读感悟、思辨鉴赏非常关键。"我见青山多妩媚，料青山看我应如是。"正如山水在不同人的眼里感受是不一样的，一篇作品带给人的感受也是迥然有别的。语文老师备课，应当像高明的厨师那样去精心配料烹调，这如同准备一桌满汉全席或是实惠的家常便饭，不论丰盛还是经济，都应当尽力做出色、香、味来，令观者赏心悦目，令食者大快朵颐。

　　语文在学习、工作、生活中的重要性毋庸赘言，中国的语文以其独具的特色和魅力必将继续发扬光大。世界上许多民族的语言及其成就亦如万花筒般多姿多彩，因此，我们绝不能画地为牢，在学好用好母语的同时，还应谦恭地放眼吸纳天下的优秀文化。我主张以审美的眼光去学习语文，尤其注重品鉴和赏析，在阅读、想象、写作中学习，在情景、体会、感悟中学习；以批判性思维和不乏浪漫的情怀，向历史与经典学习，向生活和存在学习，向现实和未来学习。虔敬乐学，终生坚持不懈去研习，永不满足，永不懈怠。

莫让信义贬值

——一堂语文课的启示

信义，是人们常常谈论的话题，在现实生活中更是衡量一个人安身立命的道德行为准则。

空洞的说教往往收效不佳，尤其对读书求知的青少年而言，需要善于把握良机，以达到"润物细无声"的效果。结合语文课堂，当进行到《威尼斯商人》一课的剧情高潮时，我抛出了"你如何看待这份契约"的话题。

果然，这份有争议的契约在学生中引起了轩然大波。一名平素沉默寡言而好动脑的男生发表意见，他说："按照协议，夏洛克从失信的安东尼奥胸脯割下一磅肉来，违约方坦然接受，这符合契约规定，不是不可执行。"此言一出立即引起同学们的热烈争议，有赞成的，有反对的。

见此，我顺势抛出问题：对本文中涉及的那份契约是该履行，还是不该履行呢？同学们开始热烈争论，最后意见分为两类——

赞成的：夏洛克依照约定行使权利，安东尼奥遵守协议甘愿受罚。且夏洛克被视为"异教徒"，一直受对手的排斥挤对。既然合约的内容双方认同，单就履行契约的性质来看无可厚非。

不赞成的：指责夏洛克唯利是图，居心叵测，冷酷无情，为达目的不择手段，这是不正当的商业利益竞争。而安东尼奥和他的朋友看重情谊，无私相助，所以不支持那份契约，不希望夏洛克的阴谋得逞。

针对学生们的不同观点，把围绕课文的契约签订、执行作为引子，我开始"点爆"学生们的思维，让他们用自己平时的阅读积累、观察思考和感悟体会来发表不同的见解。怎样为人处世，才能做一个无愧于人、无愧于己的人呢？

一石激起千层浪。同学们纷纷响应，展开交流与探析，热烈讨论发言，很快便有了以下新的联想和深层挖掘。

甲同学举例：在中国家喻户晓的《赵氏孤儿》里，为保护忠臣赵盾的血脉，程婴在千钧一发之际献出自己的独子，躲过了屠岸贾手下鹰犬的追杀，而后含辛茹苦将赵家遗子抚养成人。

（提问：对程婴的做法，同学们应当怎么看呢？）

同学中有说此举惊天地而泣鬼神的，有说程婴当时的抉择是如何强忍锥心之痛的，有说他狠心牺牲亲儿、不可思议的，等等。那他付出巨大代价保护赵氏孤儿到底为了什么？此壮举为何能传颂千古呢？经学生讨论统一：是因为信守承诺、舍生取义的人性光辉使然！

乙同学又举例：在美国纽约哈德逊河畔，有一个年仅五岁不幸早夭的孩子的坟墓。他的父亲后来不得不转让这片土地时，对新主人提出了一个特殊要求——把孩子坟墓作为土地的一部分永远保留,新主人答应并写进了契约。一百年过去后,这片土地辗转历经许多买家,但孩子的坟墓仍然留在那里。1897年,这块土地被选为美国第十八届总统格兰特的陵园,而孩子的坟墓依然被完整地保留下来,成了格兰特陵墓的邻居。又一个一百年过去了,1997年,当时的纽约市长来到这里,重新修整了孩子的坟墓,并亲自撰写了孩子墓地的故事,让它世世代代流传下去。

(提问:听了有关这份契约的故事,同学们作何感想呢?)

同学中有赞扬格兰特总统不仗势欺人的,有称道纽约市长守信重义的。那份契约为什么能延续二百年不变呢?同学们认清了其中一个简单的道理:承诺了,就一定要做到。

(讨论归纳)为承诺慷慨取舍,他们没有犹豫;为遵守契约坚定不移,他们没有反悔。当我们为历史上的这些人物叫好鼓掌时,不要忘了与其对立的自私、狭隘、市侩、残忍、苟且、善变的人也一直存在,人不为己、天诛地灭的拥趸者还大有市场。尤其在当今竞争激烈、欲望横流的社会,一个人遵奉公正、平等、诚实、守信的准则是多么的不易。面对威胁利诱,自身利益受损的情况下还能坚守准则,不变味、不变质地执行契约是多么的可贵。在生活工作中,我们都希望共事的是遵守规则、一诺千金的人,害怕被人忽悠、诈骗、玩弄甚至陷害,但现实中背信弃义、废约毁信的现象却经常发生,把快乐建立在别人痛苦之上的悲剧时常上演。

(下面,请大家转换视角,结合社会现实中与契约有关的现象进一步谈谈。)

学生们又很快进入下一波热议。

丙同学发言：前几年内蒙古某老板因盲目扩大经营伪造协议骗保骗贷，最后资不抵债，在车内浇汽油自焚。当事人一命呜呼了事，却害了那些与他签订协约、资金化为泡影的人。再如闹得沸沸扬扬的吴英集资案，多少与之签了协议的人最终血本无归，竹篮打水一场空。

（点评）因此，协议在伪善、狡诈的小人手里就是一张擦屁股的纸，在不讲信义、道德的无耻之徒的眼里就是酒足饭饱之后的一个饱嗝。过河拆桥、卸磨杀驴，只顾自己的贪念，不顾违反协议的后果，无视另一方利害的卑鄙行径破坏着社会的秩序，玷污着人们的良知。我们呼唤准则，崇尚信义，祈盼互信，那就要从自身做起，从细节、从对待周围的人和事上做起，诚信无悔，自己承诺的事、自己签的协议板上钉钉，不计损益，一丝不苟地执行。这样，一个人，一个企业，一个国家才能取信于他方。

丁同学发言：曾看到这样一则报道，天津一位靠蹬三轮谋生的老人——白方礼，从七十四岁起承诺把自己挣得的微薄收入捐给教育机构，先后资助了三百多名贫困生，直到他九十三岁去世。近二十年风雨无阻，从未间断，合计捐款达三十五万元。而老人这些年却过着乞丐般的生活，他每顿只吃两个馒头，喝一碗白开水，一年四季的衣服都是他从路边和垃圾堆里捡来的。曾有人怀疑他的动机，他说，就是为了一个承诺，自己苦点儿累点儿没关系，让每一个孩子可以上学读书才好。

（点评）这就是老人近二十年里辛苦蹬车的追求和梦想。

仅读过小学的他，想法就是这么简单朴素。也许，三十五万在某些腰缠万贯、富得流油的人眼里算不了什么，更不能与那些富可敌国的人相比，但他的真诚与纯粹，他对承诺不折不扣的坚守是多么令人敬重，老人无怨无悔的践约里渗进了多少血和泪！这高贵的灵魂岂是那些尸位素餐、浑浑噩噩、挥霍无度者所能望及的?！

同学们冷静地沉思。本节课通过契约而引发的问题探讨，链接的相关知识，点爆的思维震荡，已初步收到成效。

（回归课堂说感悟）对于《威尼斯商人》中的契约，一般认为夏洛克起初居心不良，谋财害命，所以同情安东尼奥，不予支持履行那份契约，但就契约的性质而言亦无可厚非。这就提示人们在签协议时需头脑清醒理智，一旦签订，就得按约执行，不能轻易反悔。也许，一个人在条件有利、没有波折时，遵守诺言、履行协议并不难，可一旦风云突变、危机重重，他还能言而有信遵守协议，执行到位吗？这个命题既考验我们的诚信、智慧、能力，更考验我们的品质、底线、德行。憧憬幸福生活的人们都渴望一个和谐诚信的社会，那我们就应该有践行契约的人格良知，以信义为导航，不为旁门左道、临时起意所困。俗话说，小胜靠智，大胜靠德，这个"德"指的就是"契约精神"。

（思维拓展）就《威尼斯商人》这部作品的大团圆结局来看，莎士比亚在批判损人利己、鞭挞邪恶的同时，也歌颂仁义、友爱、无私无畏的真挚情感。作为一个普通人，谁不向往公正、文明、和谐的社会呢？人民有信仰、守规范、肯努力，待人做事能自觉秉持契约精神,方可维持社会的良性发展。

让我们高举理想的大旗,坚定信仰,不为名利所胁迫,不为财富所动摇。纵使一路荆棘,一路坎坷,也要坚定走下去,因为,我们永远向往明天的美好。

世事虽沧桑,信义永无价。

生活需要仪式感

夏日渐盛，端午如期而至。

一大早，朝霞吐瑞，金色的阳光透过窗洒在地上，鸟鸣声声清脆。睡意顿时全消，我便起身洗漱，下楼散步，只觉到处都活泛泛的。青枝绿叶入眼来，争芳斗艳夏花俏。小区外的街巷里，已是熙熙攘攘，人声鼎沸。

沿路有卖粽子、油糕、茶叶蛋、雄黄酒的，还有五彩缤纷、形状各异的香囊。菜市场拐角处，一左一右两个卖香草的地摊前人头攒动，生意火爆。摊主熟练而飞快地用稻草绑着艾蒿和菖蒲，人们你一把、我一把地挑选着，四周飘溢着浓浓的苦香，可以闻到原始山野味道，河溪的味道，日月的味道，以及土地庄稼的味道。我也凑过去买了一把，拎在手上，便感到浑身笼罩在一股独特的清新鲜活的香气里，香气丝丝缕缕，跟着我一路同行。

有艾蒿相伴，我仿佛觉得回到了童年，走过阳光照耀，雨露滋润的原野阡陌，边听边学布谷、斑鸠、鹧鸪的叫声。或俯身在一丛丛艾蒿、菖蒲、茴香前，嗅一嗅，兴许要拔一束；或走过豆角、花生、苞谷地，看那蚯蚓、蝼蛄、地老虎出没爬行；或穿行于稻田、荷塘间，瞧七星瓢虫、金龟子忽伏忽飞，蜻蜓扇着透明的翅膀轻巧立于莲蓬之上。想起以前每到农历五月初五这天，父母总要给我们准备粽子、油糕、鸡蛋、煮蒜，给我们的手臂缠绕上五彩丝线，颈项戴上漂亮好闻的香包。当然，也会去江边凑热闹，在节奏铿锵的擂鼓声里，观看一艘艘龙舟劈波斩浪，奋勇向前。

端午，作为中国第一个进入世界非物质文化遗产的节日，其别具特色的风俗习惯与悠久的中华民族文化有关，其隆重的祭祀活动蕴涵着生命的真谛，充满了生活的仪式感。

时至端午，万物繁茂，人们划龙舟、吃粽子、熏艾草、挂香包，以求祛毒镇邪，禳灾避祸，家人世道安康。

生活需要仪式感，生命因有了一个个仪式而不至苍白。

传说伍子胥为吴王夫差所杀，被抛尸于江化作涛神。十四岁的曹娥为寻找迎涛神溺亡的父亲，沿江号哭，投江而死，后人遂以"女儿节"纪念之。这些凄美动人的传说之中，影响最为深远的当数屈原的故事。屈原忠君爱国，却被诬陷中伤，在楚国灭亡之际，忧愤难抑，披发行吟于汨罗江畔，为表清白，怀石投江自尽。楚国的百姓划龙舟去打捞他的尸身，往江中投粽子希望鱼虾不要啃食他的尸体。自那天起，楚国人年年农历五月初五按时祭奠他，继而流布华夏，渐渐地，这一天演变为中国的传统节日。

唐诗云："节分端午自谁言，万古传闻为屈原。"

人们怀念屈原，源于他忧国忧民、忠贞不二的爱国精神，源于他"宁为玉碎，不为瓦全"的高风亮节。当然，屈原创作的楚辞独成一体，精彩卓绝，彪炳史册。由此，他成为中国文学史上第一位真正的诗人,他留下的《离骚》《天问》《九歌》《九章》等绚烂诗篇,如银河星光般璀璨。

他的作品中有大精神、大人格、大境界,充溢着大爱大恨,大悲大喜,并极具个性。且看:

他立誓:"路漫漫其修远兮,吾将上下而求索。"

他浩叹:"长太息以掩涕兮,哀民生之多艰。"

他痛惜:"惟草木之零落兮,恐美人之迟暮。"

他愤恨:"蝉翼为重,千钧为轻;黄钟毁弃,瓦釜雷鸣。"

他感慨:"悲莫悲兮生别离,乐莫乐兮新相知"

他决绝:"身既死兮神以灵,魂魄毅兮为鬼雄。"

……

他心向光明,为理想殉道,宁可枝头抱香死,不随落叶舞秋风。

屈原虽去了,但有历史为他作证。司马迁为他立传,称其作品"虽与日月争光可也";刘勰在《文心雕龙·辩骚》里称赞他"衣被词人,非一代也";鲁迅在《汉文学史纲要》中评论他"然其影响于后来之文章,乃甚或在三百篇以上"。

是也,时间印证了"屈平辞赋悬日月,楚王台榭空山丘"这不争的事实。最主要的是激励了一代又一代为天地立心,为生民立命,为往圣继绝学,为万世开太平的仁人志士。在历史和现实中涌现出埋头苦干的人,为民请命的人,舍身求法的人。

无疑,端午就是为纪念屈原这样的人而诞生的风俗习惯,并拥有了庄重的仪式感。

在历史长河与现实生活中形成的这些风俗、这些仪式感，具有无限的魅力和无穷的启示。

生活需要仪式感，生命因有了一个个仪式而不至枯萎。

我们举行升国旗仪式，是不忘承担的使命责任；我们确定国家公祭日（12月13日），是为了"前事不忘，后事之师"；我们参加特殊的纪念仪式（如2008年汶川大地震，2020年抗击新冠肺炎）是为了哀悼不幸的死难者；我们举行香港和澳门回归的交接仪式，激励了多少中华儿女；我们举办欢度国庆与春节的盛典，是为了不忘家国情怀和对明天的美好希望……

生活需要仪式感，生命因有了一个个仪式而更加美丽。

虔诚地把种子埋于地下是仪式；经辛勤栽培浇灌，开花结果是仪式；树在生长的过程中，记录岁月时光的一圈圈年轮是仪式；鸟儿待到羽翼丰满，第一次勇敢飞向天空是仪式；孩子从在襁褓中到学会说话走路是仪式，走向自立自强的成熟是仪式。当然，最终每个人（包括所有的生命）走向死亡也是一种仪式。

在生命浩浩荡荡的进程中，因有了各种各样的仪式，才使生命有了信仰，也才使生活变得丰富多彩。

年年过端午，岁岁还相逢。

感恩天地自然的馈赠，感念历史和现实的厚待。我们走在路上，无论走向何方，都不应忘了，生活需要仪式感。

梦的启示

一般人都会做梦,只是对待梦的心态不一样。

曾听过一个有趣的故事:古代有个姓刘的寡妇,养了两个女儿大玉和小玉。两个女儿如花似玉,刘氏一心指望女儿长大后嫁个富贵人家,自己老了好有个依靠。

然而,大女儿不争气,偏偏看上了同村的一个穷秀才,并且私订终身。刘氏没有办法,只得把秀才迎进家门,做了上门女婿,但是刘氏始终瞧不起这个穷秀才。其实,秀才干重活虽然差点儿,但平时读书还是挺用功的。转眼到了这年的科举考试时间,秀才就打算进京应试,结果在考试的前一天晚上,秀才因温习太累做了三个梦,早晨起来,百思不得其解,便在院子里踱来踱去,唉声叹气。刘氏起床瞅见,心中不悦,走近责问:"科考临近,你不好好准备,还在这里转悠什么?"

秀才赶紧说:"娘啊,我昨晚上做了三个梦,正百思不得其解。"丈母娘一听,急道:"快说给我听听,说不定是什么预兆呢。"

秀才说:"第一个梦,梦见自己种白菜种到了房顶上。"丈母娘一听,皱眉说:"那不是白种吗?人家种白菜都种在地里,你种在房顶上怎么长?这次考试你就别去了,去了也是白去。"

秀才又说了第二个梦:"梦见天上下大雨,我披着蓑衣,戴着斗笠,还打着雨伞。"丈母娘听了气道:"这不是多此一举吗?带一样雨具就可以了嘛。"秀才听后,又是白种,又是多此一举,心想这次科考还是别去的好。

丈母娘又问秀才第三个梦,秀才吞吞吐吐:"我说了你可别骂我。我梦见整晚与人背对背睡在一条板凳上,翻身不得,下地一看,却是……"

"是谁?"丈母娘逼问。

秀才嗫嚅:"是……小玉。"

丈母娘大怒,啪地给了他一记耳光,吼道:"龟儿子!色胆包天,你蛇心不足想吞象!"

这一下打得秀才晕头转向,转身向家里跑,正巧碰见小玉从屋里出来。小玉是个单纯的姑娘,知书达理,平常喜欢听姐夫谈诗论文,见他脸红慌张,便问:"姐夫,你怎么了?"俗话说,姐夫见小姨子是秀才遇见兵——有理说不清。可他对小姨子印象不错,便把三个梦向小玉讲了。小玉琢磨一下,解释道:"恭喜姐夫。第一个梦别人种菜种地上,而你种在房顶上,这是高种(中);第二个梦斗笠加伞,那是冠(官)上加冠(官)啊,双保险;第三个梦睡板凳是吉兆呀,板凳似龙,背对背彼此有依靠。"小玉笑着又说道:"再说,为此挨一耳光,说明你真该清醒翻身了。"

秀才怔怔看着她,半信半疑。

小玉说:"姐夫,你这次考试肯定会如愿的。"

秀才闻言窃喜。媳妇好吃好喝伺候，积极给他准备行李，丈母娘也不再刁难。最后他认真去参加科考，果然高中。

有些事，在消极的人看来或许什么都不是，而积极的人却能从中发现另一番景致。堂堂正正做人，坦坦荡荡行事，就对"日有所思，夜有所梦"豁然看开，也就不思虑什么"梦的征兆"及"左眼跳财，右眼跳灾"的谶语了。在人生这条路上，要活得踏实，甚至想活出点光彩，就要有点定力，既不用见弯就拐，也不必闷头走到黑。要避免门缝里瞧人，一味死心眼儿。当然，对做梦者而言，不要因为做了好梦就得意扬扬，也不能因噩梦就忧心忡忡。

凡事都具有两面性，就看你如何去对待把握。

善待咱们的孩子

孩子性格形成和身体发育的阶段，往往是心理逆反、情绪波动的"多事之秋"，应引起我们的高度重视。

作为一名教育工作者，不免会遇到一些令人痛心疾首的事情。

一个星期五的下午，一名因再次违反校规的学生被班主任叫到办公室。

还是初一的那个男生，个儿高而结实。凭着身强体壮和凶悍霸道威逼舍友给他交所谓的"保护费"，每天十元，不交就要遭"练"。男生携带了钢管与双节棍，动辄私下威胁不依从者，终有不堪忍受的同学悄悄告知了班主任。这问题可够严重的。上次班主任了解情况后就通知家长来沟通过，校方念他尚未成年，在其认错和再三保证下同意留校察看以观后效。可不到一周，这孩子又犯了别的错。

接到电话赶来的男孩父亲勃然大怒，不问青红皂白，嘴里训骂着，拳脚相加，两次将孩子打翻在地。孩子一脸惶恐，眼泪汪汪，浑身颤抖不止。老师相劝，男孩父亲也不理会，还振振有词地说，打的是自家的小子。最后，男孩父亲怒气冲冲扬长而去，撂下一句：孩子在学校里，你们想咋教育都行！

见此，我们皆愕然。

有的说这学生应开除，有的说这家长太差劲！

一位知情的老师说：这男孩平常主要由爷爷奶奶照看，母亲忙着做生意，父亲外出好几年刚回来。闻言，既是教师又身为父母的我们心里感到十分酸楚。这样的父母合格吗？这样的孩子幸运吗？这样的状况该怎么处理呢？

父母平时忙自己的事顾不上孩子，老人力不从心也无可奈何，以为孩子在学校里读书就万事大吉。但是孩子在一年年长大，在发展变化，随着升学也在变换学校及老师。再说，老师要备课、上课、改作业，全班几十个学生也无法一对一教育。况且，教师也有自己的家庭和孩子，经常早出晚归，每天忙得跟陀螺似的。学校是传授知识的场所，老师会尽心传道授业解惑。但学校绝不是万能的，学校只是每个人成长路上的驿站，老师是向导，学子们只有努力饱览沿途的风景，感知觉悟，辛勤耕耘，方能收获播种的果实。

因此，家长们不要以为孩子到了学校就进了保险箱，把对孩子的培养完全托付给学校。家长也要尽到为人父母的责任，那些把孩子推给学校就甩手不管的想法是偏狭的，认为孩子出了问题责任在校方的观点是欠妥的。毕竟，孩子与亲人在一起的时间更长啊。父母的言行、品性对孩子的影响是巨大的，其耳濡目染、潜移默化的效果远胜别人。孩子不仅仅要学知识，还要学做人。即使不成才，也要能成人。这是广大家长应该清醒认识到的，家人应在生活中尽力示范，使自己的孩子珍惜亲情，懂得感恩，理解友情及世上一切普通而美好的东西。一旦发现不良的行为习惯，绝不能漠视、听之任之。如最后到了不可挽回时，那才真是悲哀！

现实社会有许多不可避免的矛盾。就在校学生来说，其中单亲孩子、留守儿童不少，残缺的家庭给孩子的成长留下了阴影，他们得不到应有的温暖和呵护，致使孩子性格有缺陷。而有些表面完整的家庭却因大人只顾自己的事情而忽视了对孩子的管理，贻误了对孩子的教育，导致某些孩子走上歧途。父母是孩子的第一任老师，平时的言传身教对孩子有着莫大的影响及引领作用。有空多关注、亲近你的孩子吧，他们是你生命的延续，更是你希望的寄托。

那个父亲暴打孩子的一幕在我脑海中久久挥之不去。男孩在校威胁同学，其潜藏的暴力倾向从何而来呢？他才十三岁，心智并未成熟，就敢像影视剧里的古惑仔似的充老大，讹诈舍友的钱。他挨了几年不见的父亲的打，疼的是身体，可他的心灵呢？会不会受伤？会不会消沉和绝望？听说那个父亲气愤地放话不要儿子回家，孩子开始疑虑徘徊，一会儿说想自杀，一会儿说"老子不回就不回"。适逢周末，门卫最后无奈报警，男孩才被家人领走。这父子俩的行为让人摇头叹息，但谁愿这样的事情发生在自己身上？

这个孩子的家庭教育无疑是失败的。此外，某些学生因相互间的分歧矛盾仇视对方，甚至勾结同伴或社会上的人殴打报复同学，从而造成自己和对方的悲剧，甚至是双方家庭的悲剧。表面看，悲剧是孩子引起的，细察其中也有很多与家长相关的因素。写到此，我不由得想到托翁的名言：幸福的家庭是相似的，不幸的家庭各有各的不幸。如果家庭的不幸是由教育造成的，那就需要我们深思和探究。从辩证法来说，内外因是可以互相转化的，借用在教育上，只要方法适当，条件具备，没有不可教之人。正如"有教无类"蕴含的道理一样，现代教育体系中，家庭教育和学校教育都很重要。因此，孩子、父母、教师、家庭、学校、社会都应参与到这个过程中来，担当好自己的角色，为形成良好的教学风气，为大家共同的幸福愿景而努力。

毕竟，未成年人具有很强的可塑性。针对孩子暴露的问题，不要抱怨，更不要叹息或放弃。应反省弥补我们在教育方面的不足之处，把握孩子行为与性格养成的重要阶段，播洒爱心，浇灌智慧，使他们沐浴着阳光雨露，快乐健康地成长。

如果孩子是块璞玉，需要父母精心雕琢；如果孩子是棵树苗，需要父母尽心浇灌和栽培；如果孩子是块顽石，需要父母耐心打磨。

尤其重要的是全社会一起行动，真正做到各司其职，把孩子们引向康庄大道，扶上马，目送他们奔向理想前程。

呜呼！但愿我们社会的相关部门和管理者好好借鉴研究，对现存的教育问题找到良方而治之。

致儿子的生日

儿子,近来一切都好吧?今天是你的生日,是你第一次不在家里过生日。爸爸妈妈只能遥祝你生日快乐!

恍惚间,你已十九岁了。时光匆匆,斗转星移。你已是大人了,且不在我们身边了。自去年你上大学后,闲暇之余,我时常念起你。想起你出生后活泼可爱的模样;想起你咿呀学语,跌跌撞撞走路的情景;想起你叫着爸妈扑进我们怀里,牵手玩游戏而恋恋不舍的目光;想起买了玩具、图书回来,你迫不及待、兴奋研究的痴迷忘形;想起你高高兴兴去上幼儿园、小学时的欢声笑语。

儿子,你从小爱学习,上学从不迟到,作业从不拖拉,养成了自觉自律的习惯,成绩一直优秀,直到高中毕业,直至走进大学,一路顺利!除了学习,你还爱好绘画、书法、音乐和体育运动,你善良、朴实、上进、正直,那一摞奖状和证书就是对你的肯定。当然,你生活中也有些小偷懒、小邋遢、小放纵,喜欢玩电脑,也有点"闷",不善交际,但瑕不掩瑜嘛。

去年,你虽上了重点大学,但我知道你其实觉得有点不理想,亲人们也有点小遗憾。以你的聪明和实力本应冲进一流名校的,你的分数也能够去北京、上海,可你选择了中国石油大学（华东）。问你理由，你只是说自己嗓子不好，想去个空气干净，既不喧嚣也不拥挤的地方。孩子，你是理智的。你所上的大学是同类中的翘楚，青岛是个建筑中西合璧、典雅又时尚的城市。红瓦白墙掩映在万绿丛中，抬头碧水蓝天，连呼吸都是顺畅的。你有眼光呀，能静下心来学习思考，更何况，人生决战又岂止在考场。大学是一个重要平台，大学阶段是人生发展升级的黄金期，好好珍惜，好好把握，你一定不会辜负青春梦想和所学。

儿子，自上大学后，你有很大的变化。你在外独立学习生活，会照管自己了；春节回到家，你能主动帮父母干家务活了；你愿与人攀谈沟通，更有礼貌了。见到的亲友私下说，孩子还是要上大学。而且，我欣喜地发觉你没有放松学业，成绩与各方面状态依然良好。去年冬至那天，你发来一条短信：爸妈，天冷了，注意穿暖和哟。我鼻子一酸，轻声读着，泪水在眼眶里打转。孩子，你懂事了。每到周末，我们就牵挂着与你通话，了解你的近况，关心你的健康，也许你会觉得我们啰唆。学校是个大家庭，两万多学生里卧虎藏龙。孩子，要与来自五湖四海的同学友好相处，虚怀若谷地学习知识、学人所长，自信坚定地朝着心中的目标前进。记住，苍天不负有心人的。Nothing is impossible（没有什么是不可能的）！

儿子，你们学校的南门外就是浩瀚美丽的大海。中学时你参加过几次夏令营，走过不少地方。去年送你到大学，我们没有急着进标志性的校门，而是去了咫尺之隔的海边。记得吗，我们一同凝望大海，没有言语，静静地看着想着，但我们的内心早已波涛汹涌。分别时,你把我送到大门外,我们又不舍而默默地看海。极目远眺,我说,海的那头就是日本吧?你说,遥远的大洋彼岸当是美国。也许,大和或美利坚民族的某个青年也正用深沉的目光向东方眺望。你学的是工科,我建议你抽空读点文史哲,你点头应允。是的,一千八百多年前,一代英主曹孟德东征乌桓凯旋,东临碣石,面对气势磅礴的大海,写下了《观沧海》的雄篇。杜甫游齐鲁,登泰山,望东溟,发出了"会当凌绝顶,一览众山小"的感慨。近代,多少仁人志士由此出发,怀着"面壁十年图破壁"的豪情,漂洋过海探求真知,一展宏愿。

儿子,现在国家已吹响了经略海洋的号角,你所学的专业正与此相关。油气是重要的战略资源,是工业的血液与引擎,同时也是制约我国经济发展的瓶颈,为此,除了开发我国有限的油气资源,搞西气东输,还要大力拓展油气的采购和输送渠道。比如从中亚、俄罗斯、巴基斯坦、泰国、缅甸等国建设油气输送通道,甚至开挖地峡为运河等。目前我国海上运输的生命线还受制于他国。作为一名有志的当代青年,你任重道远啊!大学不同于以往的学习阶段,要培养自己人格思想的独立,学术钻研的专一自由,提高品位,扩大视野,同时也不能忽略应有的情趣。大学时光美好而珍贵,是人生高度的分水岭,是人生漫长行程的超越期。孩子,长风破浪会有时,直挂云帆济沧海。有什么困惑、彷徨,就去看看大海,看看在风云变幻的大海上无畏飞翔的海鸟与乘风破浪驶往全球各地的船舶。想想大海的无所不容、雄伟壮观,你就会目光高远、胸襟开阔,你就会勇敢、镇定地去面对一切,你也许就能把这世上的很多事情看明悟透。

生日快乐,儿子!首次在外过生日,你感受如何?我和你妈还有点不习惯呢。你妈悄悄通过网络给你订了当地的蛋糕,收到了吗?哦,我也刚从你妈口里知道。让我猜猜,这时你应与舍友及同学在一块儿,是吗?欢乐与幸福围绕着你!你的笑容多开心呀!你的个头可能又长高了。代我问候你的学友。孩子,相信经过岁月的洗礼,世事的磨炼,知识的熏陶,你的体魄和精神将变得愈加强大。

Happy birthday to you(祝你生日快乐)!在美丽的海滨城市青岛,此刻也该夜幕降临、明月升起了。孩子,我们在家乡,在千里之外祝福你,与你朝夕相处的同学一起举杯,祝愿!共迎美好的明天吧!

书香寻梦

晚上十点，喧嚣一天的城市渐渐安静下来。许多门店开始清场打烊，街灯温馨地目送着穿梭的车流和行人。

位于东大街繁华路段的一家书店仍然开着，"寻梦书社"的白色发光招牌在夜色里格外醒目。与不远处的豪华KTV和热闹的小吃城相比，书店这边安静而"寒酸"多了。然而，不打烊的书店正进入一天最美好的时段。

今夜有些闷热，门外行道树的枝叶纹丝不动。环境幽雅的书店反而显得清静。恰逢小孙和店主老李值班。老李是一位退休教师，三年前盘下了这个书店，年初推行不打烊经营。小孙是一名喜爱读书、因家庭拮据来店里做临时工的大学生。店门内侧放着一个捐款箱，提示把每本书购书款的百分之二捐给求学困难的孩子。每逢假期，老李还通过多种渠道收集用过的书籍资料，再送给贫困受灾地区的学校及学生。书店如此承诺，也是坚持这样做的。

陆陆续续有人进到店里。十点半，一位气质儒雅的中年人进了书店，他选好一本书，径直走到临街靠窗的一角，静静坐下来看书。时不时，他会有意无意地注视一下店内外的情况。他是店里的会员，几乎每晚准时来，但只待一小时就走。老李起初也不知他的底细，直到发现一本畅销书扉页上的照片中的作者与他相貌相似，才知道他是本市的一位作家。老李每次与他见面都点点头，也没告诉别人这个秘密。作家来回都是步行，可能就住在书店后面的小区里吧。他既看书思考也留意观察，许是保持很久的习惯了。

在作家之后进来的是一个头发略卷的小伙子。他神色有点疲惫，不过还是抖擞精神走到一排放置考试资料的书架前，抽出复习卷册翻阅。小孙比较了解"卷毛"，他是一名去年的高考落榜生，现在在一家酒店打工，不甘失败仍心存梦想，下班后常来读书给自己充电。小孙曾建议他再考一次，"卷毛"说考虑考虑。其实他已于半年前悄悄行动，不过，半工半读真挺累的。还有一个月就要高考了，他仍咬牙坚持着。待会儿，他还想请教小孙一道数学难题呢。

墨香氤氲的书店干净而安宁。十一点，一阵急促的脚步声打破了宁静。一个十二三岁的女孩匆匆跑进书店。小孙下意识地去拦她。女孩肩上的背包撞到了书架，稀里哗啦掉下许多书来。

"怎么搞的？咋不小心点！"小孙一边轻声责怪，一边弯腰捡地上的书。近旁的"卷毛"立马过来帮忙整理。

"这是书店，毛手毛脚的。"有顾客抬头望着女孩嘀咕。

老李走到女孩跟前，看见她的眼角竟挂着泪痕。"你是要看书呢，还是要找人？"老李和蔼地问。

"我……我想在这儿学习。"女孩讷讷地说，"可以吗？"她有点发红的大眼睛充满恳求。

老李领首说:"跟我来。"他领女孩到书店里头的一个小阅读间,说:"就在这儿学吧。"

女孩从书包里拿出课本作业。老李递给她一杯水,关切地问:"这么晚了,出来家长知道吗?"

"试没考好。两门不及格,老师让重做三遍。还有其他作业。"她揉了一下眼睛说,"妈知道了成绩就训我……还动手打我……我就跑出来了。"女孩飞快地写着作业。

"你家在哪儿呢?"老李轻声问。

"离这儿不远。我以前来买过学习资料,也看过书。"她露出一丝笑容,"爷爷,你真好。"

"安心学习吧。"老李微笑,他看出这小女孩挺积极上进,只是大人们有点着急。他转身出来,迎面碰到作家拿着本书。他眼镜片后的目光似在询问老李。

"没事,跟家长赌气哩。"老李笑着说。

"嗯,像是我们小区里的孩子。"作家说,"要不我等等她,一会儿送她回去。"

老李做出一个"OK"的手势,两人一同回到前店。作家今天刚有一本新书上架,他悄悄把一百元投进了捐款箱里。

书店恢复了安静。小孙在门口跟一个人比画着什么,原来是一个问路的外地人。

墙上的时针指到了十二点。店里的读者很少了。女孩做完作业,收拾着书包。

窗外夜空突然飞舞起妖蛇似的闪电,沉沉的雷声从天际隐隐传来,快下暴雨了。

女孩背着书包出来，认出了住在同一小区的邻居——作家，愉快地叫着叔叔。

老李与小孙站在书店门口，给每位从书店出来准备回家的人递上备好的雨伞。

深深的夜色里，"寻梦书社"几个字，在无眠的雷雨中更加熠熠生辉。

四十而不惑

四十而不惑，是指人。于中国而言，今年已进入改革开放第四十年，这是一个漫长而非凡的过程。

暑假去参加同学聚会，我们自高中毕业后许多年未见面了。同学们有自驾来的，有坐高铁动车来的，有乘飞机来的，内地沿海，北方南方，国内国外的都有。大家欢聚一堂，纵谈别后各自的情况，追忆过去，热议现实，畅想未来。

同学们首先感慨："现在回来太方便了。十年前西汉高速通车，后来宝汉高速又开通，去年西成高铁也投入运行。"西安的同学说："起个大早，一小时多，便能赶回汉中吃面皮。"成都的同学插话："可不是嘛，两个半小时，打几圈牌的工夫，不知不觉到老家了。"重庆的同学大声道："啧啧，你们快，我们也慢不到哪儿去，三个多小时，你们约好来山城吃火锅嘛。"好呀好呀，通过穿越秦巴的高铁，完全可以在一天之内品尝三地的特色美味。

从北京、天津、上海、南京、杭州、昆明来的同学纷纷说："我们也是当天到的呀。提前在网上订好票，直飞汉中城固机场。谢谢汉中的老同学接送哦。"确实，老家的交通条件大为改善，现在便捷多了。老班长感叹："当年，我们去外地上学，坐着绿皮硬座火车，光在秦岭、巴山里就得转悠十几个小时，天亮才能到省城，如要去更远的地方，屁股都得坐肿了。"大伙哈哈笑着，这是真真切切的感受啊。

会过餐，大家自然要出去逛逛。走在纵横交错、繁华整洁的街道上，多年未回汉中的同学发觉，城区的面积与20世纪80年代相比，扩大了不止十倍，而且布局合理，环境优美。特别是一江两岸的滨江湿地公园，绿树成荫，花草葳蕤，簇拥着浩浩汤汤的江水。几座大桥飞跨南北，两岸鳞次栉比的高楼大厦倒映水中。有离家多年的同学依稀记得：当年这里是大片的农田瓦舍、土堤荒滩哦。在城规部门工作的张同学介绍，市上划分了东西南北中等功能各异的板块，除了已并入的南郑区，等稍后滨江新区、兴汉新区陆续建成，汉中的市容面貌还会有一个质的飞跃。

当晚，我陪同学们观赏汉文化街区、滨江大道的风貌。大家对一江两岸夜景及震撼视听、气势磅礴的音乐喷泉印象深刻，觉得不比武汉江堤、上海外滩的夜景差，而且还有汉中自己的特色。

回母校看看，是此次聚会的一个重要安排。我们驱车前往勉县武侯中学。抵达时，如今在母校任职教书的同学热情接待。学校的面貌早已今非昔比。三十年前紧挨武侯祠的陈旧木门不见踪影，当年我们上课的地方只留初中部了，而天桥通往汉惠渠北的新校区，望去规模宏大，据说在校生有五六千人。这所近百年的省级重点学校正焕发出勃勃生机，培养的学生遍布各行各业与海内外，可谓桃李遍天下。我们给母校捐赠图书，表达爱心，并去看望当年孜孜不倦培育我们的恩师。可惜，许多老师已离去了，当年年轻儒雅的几位老师也临近退休。我们拜访了赵老师、王老师、鲁老师，他们身体还好，回忆起当年的一幕幕都激动不已。他们是1977、1978年那会儿考上的大学。谈起高考，老师动情地说："要感谢时代的惠赠，多亏改革开放，我们才能上大学，你们才能凭努力考学，寻求发展。"

听着老师语重心长的话，我不由得陷入沉思。20世纪70年代末，经过"文革"浩劫后，国家很多方面都停滞不前。第一件大快人心的事就是恢复了高考，使得社会各个阶层，不论贫富贵贱都能够通过读书求学，参与公平的考试竞争，从而改变命运、实现理想。我也是一名教师，带过很多学生。四十年来，一批批的学子，包括千千万万在改革开放中成长起来的人，挑起了振兴中华的大梁。有从事生产制造的，有做生意、搞贸易的，有进行科学研究的，有教书育人的，有搞导弹卫星的，还有为官造福一方的……他们在改革开放的浪潮中大显身手，在各个领域发光发热，改变了祖国落后的面貌，增强了国家实力，提高了广大人民的生活水平。那个四十年前物资极度匮乏、人才青黄不接、知识贬值的时代一去不复返了。

随后，我们参观了母校规模宏大的教学楼，器材整齐的理化生实验室，漂亮的音体美教室，考究的计算机教室，舒适的电子备课室，先进的视频直播室，书籍种类丰富的图书室，以及宽阔标准的塑胶运动场和绿草茵茵的足球场，深感母校变化之大。想当年，在低矮的教室里，老师在讲桌上做实验，我们就很兴奋；在狭小、凹凸不平的操场上活动，我们就很满足。当初，我们只有不到百分之十的人能幸运地继续深造，而今，百分之八十的学生都能轻松走进大学的殿堂，而且，其他人也可通过各种途径培训、进修以提升学业水平。未来的社会竞争、国际竞争，归根结底是知识的竞争、人才的竞争。据统计，我们国家目前的人才储备总量居世界第一，近年来申请授权的科技发明专利数量居世界第一。在全球五百个主要经济指标中，我国有二百多个指标名列前茅。中国已成为名副其实的"世界工厂"，成为全球经济发展的引擎，国家制定的宏伟蓝图正在一步步实现。这真是沧海桑田的巨变，不能不说这是改革开放取得的累累硕果！

聚会闲聊中，同学们对国内外形势多有讨论，这其实也是对国计民生的关心。看看我们周围大多数人的幸福生活，想想国家改革开放四十年来的不平凡历程，实在让人感慨万千。从1978年党的十一届三中全会工作重心转移，到如今经过几十年持续不断的改革开放，中国如凤凰涅槃，焕发了无穷无尽的生机与活力。无疑，现在全体中国人都分享着改革开放的巨大红利。但是，我们也要清醒地意识到，还有海外敌对势力的暗算、觊觎，企图遏制我们的崛起，还有前进道路上不可避免的荆棘险滩，甚至也有失误。每一个随着改革开放一路走来的国人，每一个能公允、冷静、客观对待过去、现实、将来的人都应该正视改革开放的辉煌成就，不能因一些局部或个人的失败诋毁或破坏这条光明大道。这也是以习近平为核心的党中央在充分论证研究的基础上，提出坚持改革开放，继续扩大深化的英明之举。否则，我们将矛盾重重，停滞不前，甚至前功尽弃。

回首往事，大家感触最深的除了国民生活的极大改善，就是科技发展产生的巨量效益。拿通信工具来说，从改革开放初到现在，我们经历了手摇电话、拨号电话、BP机、大哥大、按键手机、智能手机的飞跃。而今在中国，出门带上手机即可，资讯查找、吃喝玩乐、购物旅游、转账付款等，在大数据的支持下，一切变得方便快捷。参加聚会的同学中有在合资、外资公司中任区域CEO的，他们通过移动网络轻松处理事务，是那样得心应手、挥洒自如。中国的"天宫""嫦娥""墨子"号相继发射成功，"天眼"已建成，北斗导航系统即将投入运营，还有航母及新型舰艇驰骋在广阔的海洋。随着综合国力的不断提升，经济高速发展给生活带来了实惠。如今，连老外都羡慕中国舒适便利的生活。

说到这儿，我不禁想起今年看的几部电影。大家应该记得观看《战狼2》和《红海行动》的感受吧？作为炎黄子孙的骄傲，是因为我们身后站立着一个强大的祖国。国家和人民的尊严，是来自几十年改革开放奠定的雄厚国力。世界潮流浩浩荡荡，顺之者昌，逆之者亡。试想，如果没有四十年改革开放的成果，我国现在会是什么样子？我们的生活又会是什么状况？

这次聚会恰逢我国改革开放四十年，作为这场变革的参与者，大家少不了这方面的讨论。有同学援引邓小平的话：一个党，一个国家，一个民族，如果一切从本本出发，思想僵化，迷信盛行，那它就不能前进，它的生机就停止了，就要亡党亡国。大家非常赞同。有同学旁征博引：咱们是有悠久历史的文明古国，传承优秀的东西没错，但不能夜郎自大，让其成为前进的包袱。放眼海内外，凡是过去和现在那些强盛的国家，没有一个不是矢志变革，励精图治的。偏差是难免的，但瑕不掩瑜，更不能因噎废食。对此，我们一定要保持清醒而明智的头脑：

四十年前的改革开放是痛定思痛做出的决定，是人心所向，得到了全国人民的拥护。

四十年改革开放筚路蓝缕的开拓奋斗，艰难曲折，惊天动地。

四十年来改革开放取得的成就，惠及所有国人，业绩斐然，举世瞩目。

四十年改革开放所形成的理念已深入人心，不可动摇，更是中华民族伟大复兴的磅礴动力。

面对历史、现实和未来，不惑是醒悟和反思，不惑是成长和智慧，不惑是灿烂和希望。

老同学相聚是短暂的，收获是满满的。同学情、故乡情、家国情洋溢在欢愉的聚会中。通过这次聚会，外地的同学深切感受到了家乡的巨大变化和成就。临别，纷纷邀请大家抽空去他们所在的地方走走、看看。

好的，我们愉快地答应。

会晤张良与诸葛亮

张良与诸葛亮是不同历史时代的名人,历来评议甚多,可为何常常把他们联系在一起呢?

收起纷纷扰扰的思绪,放开浩繁的文史典籍,不如去两汉三国遗址丰富的陕南汉中走一遭,有几处地方与这两人是密切相关的。

张良退隐修道的紫柏山在陕西汉中以北的留坝境内,属秦岭分支,海拔较高,温差较大,植被丰茂且呈垂直分布,常年云雾缭绕,望之缥缈而幽远。诸葛亮伐魏并魂归的定军山在勉县境内的汉水南岸,山势不险,东接秦岭余脉,如一条巨龙蜿蜒向西,有十二座山峰绵延相连,因气候温润,四季草木葱茏。这两人在历史上各自活动的年代距今都很遥远,但他们绝不是历史中的一骑过客,而是受到后人的追随效仿的大名人,可真能达到他俩境界者却寥寥无几。

不说这两人轰轰烈烈的奋斗历程,引人思量的是他们的迥异结局。一个在功成名就时便急流勇退隐居山林;一个在三分天下后仍鞠躬尽瘁勉力而为。也许有人说张良通达明智、沉浮自如,孔明执着坚定、无怨无悔。人各有志,不可妄论,但透过历史的烟云可以窥知一二。

张良本出身贵族，为报父兄被杀和亡国之仇，曾铤而走险于博浪沙刺杀秦始皇，失手后蛰伏江湖行侠，再转投于刘邦帐前出谋划策，助刘邦建立大汉后功成身退。也许他对"狡兔死，走狗烹；飞鸟尽，良弓藏"的道理深有所悟，也许他对官场的波谲云诡、明枪暗箭早有所防，因而辞官归隐。更何况刘邦麾下能臣众多（萧何、曹参、陈平等皆不是泛泛之辈），兼有吕后奸诈狠毒。而诸葛亮本属布衣，躬耕于南阳，被穷途末路的刘备三顾茅庐请出山，受知遇之恩而尽忠竭智，刚辅佐刘备争得一隅天下，不幸突遭将星陨落、白帝托孤、蜀汉势危的险境。受命于危难之际的孔明就是再清醒也无法出局，只能挺起腰杆为蜀汉拼死硬撑，落得"出师未捷身先死，长使英雄泪满襟"的结局。时也命也！历史选择了他们，而他们却无法选择历史，改变历史的轨迹。

每年清明小长假，诸葛亮长眠的定军山及毗邻的武侯墓祠（据查全国各地有几十座）都会迎来络绎不绝的游客，人们虔敬地瞻仰拜谒他们心中的圣贤——诸葛亮。在青山绿水、鲜花翠柏的映衬下，武侯祠蔚为壮观。可能是远离喧嚣城市、山高路险的缘故吧，张良庙所在的紫柏山则原始生态浓郁，稍显冷清。不过，虽地处偏僻，张良庙却也自然天成，风景独特。既是归隐之地，也许张子房看破红尘，怕人们打扰他的清静吧。

此外，文艺作品的因素也不得不考虑在内。一部《三国演义》倾倒了多少人，与之相关的影视戏剧则更盛，而与张良有关的文艺作品则稍显单薄。诸葛亮有著名的前、后《出师表》传诵至今，读之感人肺腑、荡气回肠，历代文人墨客的咏赞也层出不穷。何况，孔明还有奇妙的"木牛流马"的发明让人惊叹不止。而张良除谋略外却鲜有其他流传于世。此情形应与他们在历史舞台上担当的角色分量有关。张良主要作为幕僚存在，其活动时间主要集中在西汉建立之前，隐退时西汉已是一个统一强大的王朝；而诸葛亮自隆中出山就被推到前台，他面临的形势错综复杂，行进的过程跌宕起伏。为实现匡复汉室的宏愿，他拼搏几十载。若论运筹帷幄、决胜千里，也许张良不在诸葛亮之下；若论对后世的影响及在民众心中的地位，诸葛亮则胜出一筹。毕竟，不食人间烟火者少，务实而渴望美好生活的人们更崇敬为国为民披肝沥胆的英雄。他们为了国家的命运、大众的幸福，不计荣辱、不惧生死，即便险象环生也敢闯，即便刀山火海也敢上，"宁可枝头抱香死，何曾吹落北风中"。这无疑更能激励民心士气，去为理想奋斗而在所不惜。

当然，也有人认为张良助推了西汉的大一统，且不贪功自居，可谓明智洒脱；而诸葛亮促成三国鼎立后仍不识时务去苦拼天下，延缓了统一局面的进程。这只是从历史的发展角度去看，不能片面地理解历史人物及其在当时所起的作用。1940年5月，周恩来从重庆返回延安，途经汉中留坝参观张良庙。在"英雄神仙"碑前，他说了这么一段话：中国历史发展少不了张良、萧何、韩信这些英雄人物，今后仍需要英雄人物，但不要神仙。在当时抗日战争的背景下，此言论是鼓舞人心的，也是符合历史潮流的。不可否认，不同时期对待历史人物的评价存在差异，所以难免带上主观色彩。好在时间会客观记录所发生的一切，除了秉持宽厚博大的心胸去看待历史上的人物，还可以通过史志典籍、地理勘察等途径找到比较有说服力的佐证。拨开历史烟云，连通古今，尽量做到客观中肯，接纳包容不同的意见。

从定军山、武侯墓到紫柏山、张良庙，一路盘桓，最后来到汉江之滨的重镇——汉台。厚重的历史沉淀和繁华的现代都市互相包容、交相辉映。观两岸翻天覆地的变化，看一江碧水滔滔东去，耳畔隐约犹闻两汉三国的金戈铁马，眼前宛若呈现峥嵘岁月的旌旗阵图。张良和诸葛亮都曾在历史上写下过精彩光辉的一笔，都是智慧的化身和人们心目中不可磨灭的英雄。不过，张良后半生做了"神仙"，而诸葛亮为了江山社稷生命不息、奋斗不止，因此，他更加亲民和有人缘。

大浪淘沙，时光蒸馏往事。无疑，张良与诸葛亮的风采仍将长存，穿透岁月的浓雾历久而弥新。多少年来，后人从他们的所作所为中汲取了无穷的智慧，用以修身养性，校正人生的方向，开创事业，可谓获益良多。是的，从古到今乃至以后，无论圣贤还是凡人，都会演绎一段属于自己的故事。因而在现实社会中不管从事什么追求什么，要紧的是认认真真做人、实实在在做事，才不枉在这世上走一回。

传递爱的火炬

十年，过程比较漫长，一旦回首，却又是弹指刹那，如在昨日。

世人忘不了，2008年5月12日北京时间14时28分，四川汶川发生八级大地震。强震突袭，灾难被定格在历史的那一瞬间。

那一刻，震惊国人和世界。汶川满目疮痍，山河变色，数万鲜活的生命被瞬间毁灭，废墟中到处是瓦砾、残尸、哭喊和鲜血……在自然灾害的淫威面前，人类竟如此脆弱和微不足道。然而，我们不只有眼泪和悲声，党和政府在第一时间组织起强有力的救援。面对灾难，我们万众一心、众志成城，共同谱写了一曲惊天动地的壮丽赞歌。

从那一刻起，这些情景深印脑海，挥之不去。记得那时我走进三楼教室正准备上课。突然，门窗异样地响动起来，桌椅微晃，吊灯接着吱吱嘎嘎地摇动起来，地面随之晃动。不好，地震了！我反应过来赶紧组织学生撤离，之后随着学生转移到楼下宽敞的空地。虽然有围墙倒塌，楼房裂缝，但师生们没有慌乱，比较镇定，在操场安静地等着家长来接或结伴回家。

后来通信恢复，知道震中在四川汶川，是一场罕见的大灾难。

从那一刻起，我紧密关注灾情，深切感到背后有一个强大的祖国是多么的重要。党中央迅速部署，不惜一切代价拯救生命。人民子弟兵集结驰往灾区，劈山开路，勇往直前救人。大批专业救援队和志愿者在依然凶险的环境下，义无反顾地挺进灾区，只要有一线希望，就决不放弃。他们向每一个山村前进，用最大的努力去挽救每一个有生还可能的生命。为探查灾情，十五位英雄在无地面引导的情况下从五千米高空勇敢跳下，那伞是盛开在阴云笼罩、狰狞山水之间的最美丽的生命花朵！还有战士于危险中逆行，面对坍塌的房屋跪地哭喊：让我再去救一个！还有志愿者五天五夜忍着极度疲惫救出二十个孩子……还有在地动山摇间，弓背张臂撑着课桌，被砸得血肉模糊，仍死死护住四个学生的谭千秋老师……那一幕幕，令我感动不已，热泪盈眶。

我不禁感慨：人性之善，因爱而壮美。

那一刻，所有中国人行动起来，人们好像都是汶川人。一方有难，八方支援。多少人唱着《爱的奉献》进行募捐，象征爱心与祈福的绿丝带传递飞扬着。人们踊跃献血，孩子大方拿出了积存的压岁钱，甚至有一对新人在婚礼当天把十几万元礼金捐了出来。当然，还有不计其数的友好国家慷慨伸出援手，比如德国把最先进的战地医院移送到中国灾区，巴基斯坦把全国所有的帐篷收集起来捐献给中国。他们汇聚爱心，只想为减少人类的灾难痛苦尽一份力量。

我们赞叹，人间有情，因爱而璀璨。

那一刻，我们汉中人没有只盯着自己的伤痕。汉中与蜀地毗邻，也是受灾区。政府和民间在开展自救的同时，还对四川的重灾区尽力施以援助。汉中多地男女老少排队捐款，满载救援物资的车辆（包括自发组织的）连续朝灾区驶去。汉中灾区也得到了对口支援。不少学校、厂房、城乡住宅等得以重建，社会民生得以恢复和发展。

对经历过"5·12"的人来说，那一刻永远是刻骨铭心的，不会封锁在历史烟尘中积垢生锈。当时的分分秒秒，无数悲壮的瞬间给了我们太多的感动：一息尚存，对生命不言放弃的感动；舍生取义，母与子、师与生、夫与妻以死相护的感动；十三亿人民空前团结，慷慨解囊的感动；举国同悲，为遇难者举行国葬哀悼的感动……这些感动中所折射出的大爱，是人性中最为美丽的闪光点。

大家注定忘不了"5·12"中"汶川不哭""中国加油"的民族精神，那声声深情呼唤与激昂呐喊，如杜鹃啼血和黄钟大吕的交响，是历经磨难、饱经忧患的中国在复兴之路上迸发的前所未有的凝聚力的生动体现。

这种精神支撑着人们在大难面前坚韧不拔地抗争，洗涤着我们心灵中的某些污垢；这种精神提醒我们珍惜鲜活的生命，思索人的自由权利与社会责任的关系，不断以行动捍卫我们的祖国。

大家应当记得"5·12"中那个获救的三岁小男孩郎铮，躺在担架上向恩人解放军敬礼的场景。爱好舞蹈的十二岁女孩李月，在截肢后依然怀着跳舞的梦想。在2008年汶川大地震后出生的孩子现已十岁，正读书学习，再过十年二十年，他们将沐浴着人生的风雨阳光长大成人，成为推动祖国和人类进步事业的建设者。

纷繁寰宇中，非凡一瞬间，超越生死的唯有爱，穿越时空的唯有爱，见证伟大的唯有爱。

恩格斯说：没有哪一次巨大的历史灾难不是以历史的进步为补偿的。

是的，也许大地还会颤抖，江河还会泛滥，天灾人祸还埋伏在前面，但只要我们敬畏自然，尊重生命，永远葆有大爱和不屈的精神，将爱的火炬无私无畏地传递下去，黑夜就会迎来曙光，寒冷就会转为温暖，人类依靠同舟共济的信仰必能横渡汹涌的激流险滩。

我时常会在学校灾后重建的碑记前盘桓、凝视、回想和深思。灾难无情，岁月留痕。无论何时何地请记住，自觉用爱去点燃生命的明灯，毅然举起爱的火炬，传递你我他及千百万人的爱心，把善良、勇敢、坚强、仁德传递下去，把温暖、光明、道义、希望传递下去。

耕园拾穗

作品会说话

长期订阅的《人民文学》来了，2017年第9期有莫言的新作——戏曲文学剧本《锦衣》及诗歌《七星曜我》。正值周末，可以安静地品读了。

这应该是莫言自2012年获诺贝尔文学奖之后首次发表的作品。

文学爱好者都比较关注莫言。他以小说成名，有分量的作品也是小说。

但对于小说之外的形式，尤其是民间文化与艺术，莫言也颇有兴趣，是他创作灵感和素材的重要来源。

写到熟悉而富有特色的故乡——高密，作家的一支笔便有如神助，汪洋恣肆又收放自如。

在《檀香刑》里，我们读到了地方戏种"茂腔"的悲凉婉转。《蛙》是他获得茅盾文学奖的作品，《蛙》的后半部分是标准的多幕话剧。他还写过话剧《霸王别姬》与《我们的荆轲》等，也曾有过热烈的反响。可见，莫言对戏曲文学也是情有独钟的。通过戏曲来塑造艺术形象，是他驾轻就熟的。

这与莫言对家乡深入骨髓的依恋，以及对民间文艺融入血液的挚爱是分不开的。

五年来，我们对莫言是期待的，对他的新作品更是充满期待。

　　对新作，编者是这样介绍的："《锦衣》自然而自由地展现了山东戏曲茂腔、柳腔的唱词和旋律特色，又不局限于地方戏的表达时空的设定，民间想象、民间情趣与历史故事、世道人心活化为一体，一个个人物的表情、腔调、动作和心理，形神兼备于文本的舞台。"读其新作，戏剧的元素在作品中得到酣畅淋漓的表现，此评语是切中肯綮的。

　　作为一个成功的作家，莫言的足迹是曲折而辉煌的。一个出身于山东高密东北乡的农村孩子，小学五年级便因"文革"辍学，而后开始长达十年的艰苦劳动。但他求知若渴，靠着《新华字典》认识字词，读有限的书。他二十一岁参军，历经磨炼，后有幸担任部队图书管理员四年，博览群书。后来，莫言有幸进入军艺文学系，经常废寝忘食地学习创作，1984年发表成名作《透明的红萝卜》。其恩师徐怀中回忆：他狂热用功写作，装作一副很不起眼的样子，三步两步就登上了中国文坛，披满了一身的锋芒，有谁能拦得住他？

　　这与莫言对文学事业的朝圣之心和执着追求是分不开的。不久，他写出了名闻天下的《红高粱》，创作同时，入北师大鲁迅文学院深造，才思喷涌，之后写下了大量作品，如《酒国》《丰乳肥臀》《檀香刑》《生死疲劳》《蛙》等。迄今为止，他创作了十一部长篇小说，二十七部中篇小说，还有若干短篇小说以及十几部剧本，作品被翻译成几十种语言出版，传播到世界各地。

莫言2012年获诺奖后,可谓大红大紫,被鲜花、掌声、议论、猜测包围着。记得他说过这样一段话:"我比任何一个人都更企盼中国第二个诺贝尔文学奖获得者,因为一旦出现以后,热点、焦点都会集中在他身上,我就可以集中精力写小说了。"从中可以读出作家的感慨、无奈、谦逊,还有难得的初心和冷静。

显然,莫言没有志得意满,故步自封,他知道自己该干什么。他目光长远,继续探索攀登。这样的胸襟和精神是值得敬仰的。

在历史与现实中,有的人一旦熬到成功就变了嘴脸和初心;有的人盛名之下,其实难副;有的人浅尝辄止,却妄自尊大;还有对同道冷漠轻视,不屑一顾的。比如有自诩文化精英者,谈吐间常借引一长串国内外文学家、艺术家、哲学家名字及著作,再不时寻章摘句一番,似乎无所不知,但看其所谓作品,却少巧思独创,乏善可陈。悲夫,时光无欺,唯始终扮好与自己相应的角色,于所在行当专心致志,全力以赴,身心方可得安稳矣。

秋日不燥不凉的时光伴我读完了《锦衣》。他的组诗《七星曜我》也反映了独特的才情与见识,与当代文学大师对话,读之令人受益匪浅。掩卷感叹:好个莫言,不负我等期盼。文笔成熟老到,情节丝丝入扣,人物形象鲜活生动,故事寓意贯通古今。起身迈步,我不由得信口吟道:

> 五年磨一剑,出手真不凡。
> 挥笔挟风雨,细品复莫言。

除此，作为一名语文老师，我自然想到了教材中的课文。

戏剧是文学的一大样式，古今中外文坛都有不少璀璨之作。我国文学史上的元曲，外国大文豪莎士比亚、雨果、普希金等的剧本都曾风行一时，大放光彩。现在的语文课本里还保留有《窦娥冤》《威尼斯商人》《雷雨》的一些节选篇章。因这些篇目所占比例小，教学时一般泛泛而过，以学生自读自学为主。窃以为，这是远远不够的。青少年应该多了解点戏剧，要学会通过阅读剧本、欣赏表演、研究角色来感悟生活。

戏剧，是与小说、诗歌、散文并立的一大文学样式，有着独特的艺术魅力。其舞台表演的集中、灵活性，更容易吸引观众、聚拢人气；其时间、场所的变换更使人目不暇接；其情节的缓急、冲突的发展更加扣人心弦。可以说，戏剧在艺术上有更高的要求，需要生动、精彩的表演才能打动、感染观众。

戏剧，是把历史和现实考究地搬到舞台，是对生活面貌、生命底蕴的艺术还原。

戏剧的熏染、催化、教育效果不仅对学生，对所有人都是有积极意义的。

高水平的戏剧，渗透、融合了小说、诗歌、散文的优秀基因，是文艺之葩的瑰丽美妙、悦目赏心的生动绽放。

所以，我们观看戏剧，喜欢或憎恶里面的角色，是因为：戏里，是浓缩的人生；戏外，是人生的再现。

无疑，莫言的《锦衣》是精彩的。细品字里行间，作家笔下人性化的对话、行动、心理描述是入木三分的。随着剧情的起因、发展、高潮、结局，一群人物活脱脱地从剧中走来，其世相灵魂纤毫毕现。

因舞台所限,有时场景转换,人物命运的发展略显仓促。但咫尺之间兴波澜,其寥寥几笔勾画人物性格的白描功力,其营造氛围与皴染环境的不凡效果,其关联前后事物、一线串珠的妙笔在剧中均可见一斑。也许剧中没有我们所熟稔的小说里的浓墨重彩与洋洋洒洒,但其戏剧语言的精准和张力给人留下了无穷回味。

尤其是作家塑造文学艺术形象的使命感,悲天悯人的情怀,对历史和现实的深刻反思,让人钦佩。

如果说,好作品才是作家的"王道",那么现实中,能从戏里明白走出来的就是王者。

莫言的《锦衣》里,一干不同命运的角色,或为理想,或为贪婪,或为善念,或为邪恶,或为情义,演绎出跌宕起伏的人生。

作家笔下的人物也好,现实中的芸芸众生也罢,在人生的大舞台上,只有经历过生活的折磨、信念的淬火、名利的考验、耐心的等待……才可能得到一个不辜负自己与他人的结果。

出不出彩,需要自己努力把握,凭真本事去争取。

就影响我们精神生活的文艺界来说,当下那些粗制滥造、无人问津甚至论斤卖的出版物(专业书籍除外)不少,也不乏那些故弄玄虚、哗众取宠的影视剧与舞台秀,更有急功近利、三观不正的文字图像浪费我们的时间、污浊我们的心灵。所以,真正有良知的文艺工作者,应沉下身子潜心创作出能被大众所接受、经得起时间考验的好作品，才对得起热心的读者和观众。

俗话说：人生如戏，戏如人生。每个人在生活中都扮演着不同的角色，也都有所担当。我们阅读、鉴赏各种各样良莠不齐的文艺作品时，需要提高审美眼光、积累文学素养。

当然，文艺与生活是密切相通的。置身其中，更离不开一份可贵的优雅与朴素、清醒与自觉。

千树万树梨花开
——一千二百年前飘来的雪

时值仲春,学校让我参加"优课名师"教研活动。我正自思忖,举目就见几树盛开的梨花,如雪纷披,如玉润洁。心念一动,我一下就想到了岑参的《白雪歌送武判官归京》。

唐朝的诗坛繁花盛开,名家名作争奇斗艳,而其中一朵独领风骚、熠熠生辉的奇葩就是边塞诗,此流派中的杰出代表人物便有岑参。

岑参(714—770),原籍南阳,后迁居江陵(今湖北省江陵县),大约与李白、杜甫同时代。他少年时文采卓著,遍览经史,刻苦勤勉;三十岁中进士,授兵曹参军,两度出塞,官至嘉州刺史,世称"岑嘉州";后罢官,客死于成都。岑参与高适齐名,并称"高岑",诗作以七言歌行见长。

唐代天宝年间,西北边疆一带战事频繁,许多文人也纷纷投身节度使幕府,寻求个人发展。岑参怀着建功立业的志向,久佐戎幕,度过了六年艰苦的军旅生活,对鞍马风尘的征战生活与冰天雪地的塞外风光有长期的观察与体会。《白雪歌送武判官归京》就是他第二次出塞任安西北庭节度判官,在轮台幕府中送友人回京时所写。

天宝八年（749），满怀报国之志的岑参首次出塞，任安西四镇节度使高仙芝幕府掌书记，希望在戎马倥偬中搏个前程，但不得意。天宝十三年（754）再次出塞，任安西北庭节度使封常青的判官。这时，已届不惑之年的岑参，报国立功之情更切。经长途跋涉，他风尘仆仆地到了今新疆轮台，一切似曾相识，又有几分陌生。见过主官和众将士，交接完事务，熟悉了军营情况，同僚武判官离职回京，岑参即将走马上任了。

　　岑参到时，虽刚八月，但天山南北的天气竟开始急剧变化，凛冽的北风已刮起来了，从西伯利亚、蒙古高原、阿尔泰山呼啸而至，雷霆万钧，势不可当。卷地而来的大风使经夏的白草俯首弯腰，黄沙枯叶随风飘荡。紧接着，雪——这上苍派出的神秘精灵便纷纷扬扬漫天而下。久处塞北边地，将士们早就习以为常，几年前来过的岑参也曾经历。看着眼前铺天盖地飞舞的雪花，他想，过了今晚，明天就要送战友返回长安。武判官是他的老相识了，想起那些同甘共苦的岁月，岑参不禁辗转反侧。一钩残月凄冷地挂在营帐外，气温骤降，天寒地冻，一夜难眠。

　　翌日清晨，岑参走到军营外。落脚之处均是厚厚的积雪，举目张望，天地一片洁白。营帐上是雪，士兵身上是雪，不远处的胡杨林树枝上也是层层叠叠的雪。那雪晶莹剔透，树干如涂羊脂，枝条如镶白玉。诗人痴痴地瞧着，呼吸着清冽的晨风，眼眶湿润，脑海里浮现出另一番景象：草长莺飞的南国故乡，春风轻拂，梨花开了，千棵万棵繁花怒放，密密匝匝，漫山遍野，前推后拥如雪涛狂泻。孩子游走在树间，大人们喜笑颜开……岑参思绪飞驰，虽然身在塞北，但又仿佛回到故土，眼前景象神奇转换，电光火石间忽然脱口吟道："忽如一夜春风来，千树万树梨花开……"此句一出，天地静极，凝神聆听；此句一出，前无古人，后无来者。春风比北风，梨花喻雪花，美妙浪漫，壮美无限。面对此情此景，诗人灵感迸发，朗声一吟，遂成千古绝唱。

岑参喜爱梨花，也钟情于雪，在他的作品里，曾多次写到梨花和雪。"长安柳枝春又来，洛阳梨花在前开""梁园二月梨花飞，却似梁王雪下时""梨花千树雪，柳叶万条烟"，由此可见，梨花之于诗人的印象何等深刻。他笔下的梨花常常在远离故土之时出现，总是和思春念归、士逢知己等情感活动联系在一起。而当他置身塞北，与那奇丽的景象融为一体时，便有了那胸中澎湃、自然天成的神来之笔。

雪转小，还在无声地下。寒风中树枝上有冰雪坠落，如飞珠溅玉。鼓角声响，将士们开始一天的操练。虽然天寒地冻，冷风彻骨，但是他们依然斗志昂扬，随时准备奔赴战场。大唐的强盛与这些忠勇可嘉、赤诚报国的将士是分不开的。然而，繁华的长安城里，富丽堂皇的大明宫中，一帮臣子、嫔妃却在穷奢极欲、醉生梦死地享乐。于是，天宝十四年（755，岑参出塞的第二年）终酿成了"渔阳鼙鼓动地来，惊破霓裳羽衣曲"的惨剧。这怎对得起艰苦戍边、爬冰卧雪、碧血丹心的广大将士？不过，这都是后来的事。

岑参抖抖身上的雪，极目远眺。大漠冰封千里，长空阴云笼罩。来军中数日，他的心仍是热的。转身回营，暮雪纷飞，寒风呼啸，营帐外鲜红的旗帜竟然纹丝不动，近看，原来是被冻住了。帐外冰天雪地、狂风劲吹，帐内群雄云集、欢腾一片。节度使大人的中军帐内已摆开筵席，为即将回京的武判官饯行。平时收藏的好吃好喝都端上来了，用当地的琵琶、胡琴来助兴。来，兄弟，干一杯！来，兄弟，跳一曲！让我们大块啖肉，大碗喝酒，边吃边聊，且歌且舞。人生难得相聚，人生难得重逢，今日一别，何时再见？

该走了，轮台东门翻身上马，岑参与战友并辔而行。雪依然纷纷扬扬，天山已被厚厚的积雪覆盖，在远处闪着耀眼神秘的银光，地平线尽头的云层里，一轮昏黄的落日正醉醺醺地下沉。武兄，此去关山重重，请君保重，前方道路崎岖难行，一路走好；岑君，送君千里，终有一别，就此别过。马蹄嘚嘚，项铃叮当。看着武判官渐行渐远，山回路转，直到不见战友的身影，他仍伫立在风雪中凝望，友人离去，雪地上只留下长长的马蹄印。他这时百感交集，也许想到了长安，想到了故乡，想到了许久不见的亲人，想到了何时能实现夙愿，凯旋东归……

第二次出塞，岑参的收获还是比较可观的。一来节度使封常青器重他；二来随军筹划打仗，作战经历助他写下了一生中最主要的边塞诗作品，除《白雪歌送武判官归京》外，还有《走马川行》《逢入京使》《轮台歌》等。其内容大大开拓了边塞诗的创作题材和艺术境界，同时，形成了他气势雄伟、色彩瑰丽、慷慨激昂的浪漫主义风格。其名作诗篇广为流传，其诗风影响深远，其诗意佳句多被后人化用借鉴，这都是他艺术成就的重要体现。

　　无疑，岑参与他独树一帜的边塞诗是卓尔不群的，他的《白雪歌送武判官归京》会永远传诵下去。诗中从首至尾所呈现的无处不在的雪景使人过目难忘，诗中所蕴含的对袍泽依依惜别的情谊令人回味无穷。此诗一经问世便脍炙人口。一千多年来，只要是下雪的日子，人们就会自然而然地想起这首诗，就会触景生情地吟咏"忽如一夜春风来，千树万树梨花开"。诗中的雪已飞入人们的灵魂，已定格为人们心中鲜活生动、永不褪色的景象。即使在无雪的时候，在本应看到雪而不见雪的踪影的季节，在全球气候变暖、生态环境恶化的今天，我们还可以从岑参的诗中去感知雪的倩影，去欣赏雪的魅力。

　　在众多的唐朝边塞诗人中，岑参是真正投笔从戎，走得最远，经历时间最长的诗人。他慷慨激昂西行，苍凉失落东归。流传下来的许多诗，真实生动地反映了当时边疆将士的征战生活以及浑然天成的独特风景，营造出大唐边塞诗中别具一格、雄奇壮丽的斑斓意象。

　　岑参酣畅淋漓、倾情描绘的这场雪，融化于字里行间。浸润于这首诗中的雪的灵魂，从天宝十三年（754）惊世飘来，一直飘舞到现在，飘洒在人们心中，历经了一千二百多年的时光洗礼沉淀，仍将优美飘逸地飞舞下去。每每读之，如欣赏一轴经典画卷，使人惊叹、激动，使人感慨、遐想。每每品之，如畅饮一坛绝世老酒，使人愉悦、兴奋，使人神往、沉醉。

曾经沧海难为水
——元稹与崔莺莺的情怀

爱情，是诗人经常歌咏的题材。盛产诗歌的唐代也不例外。他们将爱情中的欢乐与悲伤、焦虑与期待、思念与追忆等经历和感受写入了他们的诗篇。一千多年后的今天，我们捧读吟诵起这些诗句，如欣赏历经岁月打磨而凝固的美丽琥珀，仍然感到是那么新鲜、那样亲切，又那么真挚、那样梦幻，就像是穿越时空而来，发生在眼前的事情一般。

中唐大诗人元稹（779—831）以诗出名，他的许多诗作，比如《离思五首》《遣悲怀三首》为我们所熟知。"曾经沧海难为水，除却巫山不是云""诚知此恨人人有，贫贱夫妻百事哀"等佳句为后人传诵。此外，他还写过一篇著名的传奇《莺莺传》，后人根据其内容，编写了很多小说和戏曲，例如《会真记》《西厢记》等。

《莺莺传》实际上是元稹根据年轻时的亲身经历而写。

唐德宗贞元年间，有一个读书人张君瑞，因外出旅行住在蒲地的普救寺中。这时有一崔姓官员的遗孀回长安，路过此处也暂住普救寺。当地的守军将领突然去世，他的部下趁机作乱抢劫。崔氏既有钱财又带着年轻的女儿，害怕被劫掠，惊惶而不知所措。幸亏张君瑞与蒲地一位将军是好友,请来了一些士兵保护崔氏一家,得以保全性命。不久,地方安定了,崔家设宴招待张生表示感谢。张生在席上看见崔家姑娘莺莺美艳非常,爱上了她。他托婢女红娘多次致意,莺莺不理。后来红娘告诉张生,姑娘喜欢诗词,于是张生写了两首《春词》托红娘转送莺莺。其中第二首是:

深院无人草树光,娇莺不语趁阴藏。
等闲弄水浮花片,流出门前赚阮郎。

诗的意思是:那草木繁茂的深院中悄无一人,娇慵的黄莺不作声藏在树荫里(暗指莺莺姑娘)。闲时戏玩水中飘浮的花瓣,让它流到门外去传送消息给情郎。

次日红娘又来,给了张生一张彩笺,说是莺莺给的。张生打开看,其上有诗一首:

答 张 生
待月西厢下,迎风户半开。
拂墙花影动,疑是玉人来。

此诗非常有名,改编的戏曲《西厢记》的名字即从第一句诗而来。诗的意思是:站在西厢下等月儿上升,轻风把门儿吹得半开。映在墙上的花影来回摇动,是我那可爱的情人来了吗?

张生揣摩诗意,认为是莺莺叫他晚上越墙过去赴约。去后崔莺莺真来了,却奚落了张生一顿,张生失望而归,病倒在床。过了几天,红娘突然来告诉他说:"小姐来了,你还躺着干什么!"一会儿,莺莺来了,见了张生羞得几乎不敢抬头,张生的病顿时就好了。从此二人私下往来了两个月。后来张生因进京赶考,只好与崔氏分别。他俩约定张生考取功名后回来求亲,谁知张生没能考中,只好留在长安。

两年多以后,莺莺已嫁别人,张亦另娶。后来张生经过莺莺的夫家,以表兄的名义求见,但莺莺始终不见。张生有些生气,莺莺知道后写了一首诗给他:

寄诗·绝微之
自从销瘦减容光,万转千回懒下床。
不为傍人羞不起,为郎憔悴却羞郎。

微之是元稹的字,绝微之即与元稹断绝来往。诗的意思是:分别后人已消瘦容貌憔悴,千思万想懒得下床。不是因为别人不起来,而是我为你伤心憔悴更为你的薄情而羞愧。

过了几天,张生将走,莺莺又赋诗一首谢绝他的探望之意:

告绝诗
弃之今何道,当时且自亲。
还将旧来意,怜取眼前人。

诗的意思是:你抛弃的人如今已隔得那样远了,当时却是那样的亲切。你还是将过去对我的情意,用来爱你现在的夫人吧!

想象张生睹之,一定伤心不已,虽为情所困,但一切已了然。

不得不为崔莺莺的情怀击节赞叹。对昔日情人的真爱，对现在各自家庭的负责，才会令她忍痛这么做。

鲁迅先生在《中国小说史略》中说："元稹以张生自寓，述其亲历之境。"元稹乃汉化鲜卑后裔，自幼饱读诗书，才华横溢，以弱冠之年与白居易同科及第，并结为终生诗友至交（后世称"元白"），共同倡导了"新乐府运动"，成就卓著。他虽才干出众，曾一度官至宰相，但受党争及佞臣的排挤，四遭贬谪，漂泊多地。其家庭生活也动荡不幸，爱妻病故，三遇婚变。当然，还有不少坊间流传的他与才女薛涛、刘采春的逸闻。其仕途与感情屡经坎坷。尽管世事沧桑，但他一直坚持以诗文抒发对自然和人生的感悟，以一颗赤子之心悦赏并关注世间烟火，歌咏那些刻骨铭心的美好情愫。这从其遗留的作品中便可窥知。令他一见倾心，始终放不下、忘不掉的是那个才貌双全、冰雪聪明的崔莺莺。女神的一颦一笑，哪怕只言片语都深深印刻在他的灵魂里，让他钟爱、抱憾、负疚，又回味不尽。而崔莺莺这个世间不可多得的奇女子，更有别于风尘中的一般尤物。她对元稹的痴情，她的见与不见都是那么的缠绵悱恻、动人心魄。一千多年后，当我们沉醉在他们的诗文里、他们的传奇故事里时，又何必求全责备，徒留唏嘘呢！

元稹与崔莺莺互为初恋情人，金风玉露一相逢，却佳缘难续，怎能不刻骨铭心、生死难忘呢！元稹非是薄情之人，《离思五首》和《遣悲怀三首》都是他为怀念亡妻韦丛所作。

且看《离思五首》的诗句，"曾经沧海难为水，除却巫山不是云"是漫漫思念；"取次花丛懒回顾，半缘修道半缘君"

是款款倾诉。

且看《遣悲怀三首》的诗句,"诚知此恨人人有,贫贱夫妻百事哀"是怀念悲伤;"同穴窅冥何所望,他生缘会更难期"是幽思叹息。

回头再来看崔莺莺的诗句,"待月西厢下,疑是玉人来"是多么清新自然,浪漫纯真;"还将旧来意,怜取眼前人"是多么情深意重,襟怀坦白。

人生无常,何妨一醉。他们在做梦的年纪有着如梦的经历,是那样销魂蚀骨,后来梦醒了,在回味与痛思里完成了灵魂的洗涤与救赎。

元稹写下了"寒烟半堂影,烬火满庭灰"的诗句,《红楼梦》里林黛玉吟出了"寒塘渡鹤影,冷月葬花魂"的诗句,让人顿生无穷遐思……

从古至今,如元稹、崔莺莺情怀者有几人?如贾宝玉、林黛玉情怀者有几人?这岂是一般庸脂俗粉、东施效颦者所能相比的?

他们的传奇故事,真情、才情和不了情,以及由此迸射的瑰丽火花,才使得《西厢记》这一名著流芳百世。《西厢记》不但塑造了张生、崔莺莺及红娘等不朽的艺术形象,而且成就了一段永远被世人乐道感慨的旷世情缘。

此情可待成追忆
——李商隐与他的《锦瑟》之谜

在唐代诗人中,李商隐的诗非常特别,文字瑰丽隽永,形象绚烂纷呈,意境奥妙深远,是很值得鉴赏的。

提起李商隐的诗,最易联想到的是他创作的许多《无题》诗。一般的唐诗,总有一个题目,概括说明诗的内容或含义。可李商隐却一反常态,藏起诗题,这表明诗人或有难言之隐,需曲意诉衷。

这些《无题》诗大多凝练典雅,耐人寻味,诸如"身无彩凤双飞翼,心有灵犀一点通"的默契,"直道相思了无益,未妨惆怅是清狂"的感伤,"春心莫共花争发,一寸相思一寸灰"的悲痛,"春蚕到死丝方尽,蜡炬成灰泪始干"的坚贞。千百年来,这些脍炙人口的诗句,让无数人不断地吟唱着、传诵着。

李商隐一生诗作很多,其中有一首极其出名的七律《锦瑟》。相传李将它放在自己诗集的最前面作为卷首。诗是这样的:

锦瑟无端五十弦,一弦一柱思华年。

庄生晓梦迷蝴蝶，望帝春心托杜鹃。
沧海月明珠有泪，蓝田日暖玉生烟。
此情可待成追忆，只是当时已惘然。

这首《锦瑟》是李商隐朦胧诗的代表作，虽有简单明了的诗题，但读来迷离恍惚，情意悱恻。这是李诗中较为晦涩、争议最多的一首，历来认为难解。但其含蓄的意象，以及诗句优美婉转的音乐感，使人一读之下心驰神往、欲罢不能。著名作家王蒙说：一般读者喜爱这首诗，吟哦诵读它，大多是源自美的吸引，其次沉醉于其怅惘之情、迷离之境、蕴藉之意。欲深入赏析探究该诗，先来了解一下诗人的情况吧！

李商隐（813—858），字义山，号玉溪生、樊南生，唐怀州河内（今河南沁阳）人。他在青年时期即已显露出过人的文学才能。他十七岁时受天平军节度使令狐楚赏识，后考取进士，到泾原节度使王茂元部下做幕僚，并娶了王的女儿。当时正是两大官僚集团（以李德裕为首的李党和以牛僧儒为首的牛党）尖锐对立，进行剧烈争权夺利的时期。令狐是牛党，而李的岳父却是李党，李商隐夹在两派之间非常难做，因此常受牵连排挤，一生就只当过校书郎、县尉之类的小官，或在幕府中寄人篱下，长期漂泊在外，穷困潦倒。

李商隐不仅仕途坎坷，怀才不遇，同时在爱情上也屡遭波折。据说他早年苦恋过一个女道士，但没有结果。后来幸遇佳人——王茂元的千金，她聪慧美丽，兼通诗文，李商隐对婚姻非常满意。王小姐在他仕途多舛时给了他很多慰藉，可不幸在婚后十三年（李商隐三十八岁时）去世。爱妻的夭亡，对李的打击很大,此后他没有再娶。虽然他后来频阅春色,亦有艳遇,但都以失意和痛苦而告终。

《锦瑟》一诗,要是仅从字面上看,并不太难理解。有人把它简单归为悼亡、艳情、自伤之类,有点流于表象。问题是作者写这诗是什么意思?诗句所写的究竟指的是什么?诗人自己未做说明,而且又没有其他充分的资料可作旁证,一千多年以来,有过很多的猜测、假设以及考证,可都因为没有确切的证据而不能令人信服。

就在李商隐死后约四百年,金代的著名诗人元好问觉得此诗含义难明,因而写了下面这首《论诗绝句》:

> 望帝春心托杜鹃,佳人锦瑟怨华年。
> 诗家总爱西昆好,独恨无人作郑笺。

后人模仿李商隐的风格而形成的流派,谓之"西昆体",好用冷僻典故,诗意晦涩难懂。"郑笺"二字的意思是汉代郑玄作《毛诗笺》,自己谦虚不说是注。

清初诗人王士禛也曾说过:一篇《锦瑟》解人难。由此可知,历代都认为《锦瑟》的真正含义是个难解的谜。

让我们先看一下《锦瑟》的字面意思:锦瑟啊,锦瑟!你为何也有五十根弦呢?我数着这一根根的弦和弦柱,想起了那逝去的青春年华。那迷蒙难追的往事啊,就像当年庄周在梦中,不知是自己变成了蝴蝶,还是蝴蝶变成了自己。又好似古代蜀国的君主望帝,国亡身死化为杜鹃,一片悲恨只能寄托在啼血的鸣声之中了。当圆圆的明月照耀时,大海中鲛人悲伤哭泣滚落的泪水,是多么圆润的珍珠。在温暖的阳光中,蓝田山里埋藏的美玉升腾起似有似无的缕缕轻烟。多少的欢乐与悲伤并不只在如今才使人追忆，就在当时我已经迷惘而无所适从啊！

诗中的"瑟"为古代一种弦乐器，锦瑟即华美的瑟。瑟本来只有二十五弦，弦都断了则为五十弦。另据考证，李商隐与其妻结婚时都是二十五岁。古代以琴瑟喻夫妇，故锦瑟有五十弦喻夫妇好合之意，诗中借"断弦"思念亡妻。颔联用了两个典故，内涵丰富。庄生梦蝶这一故事，为我们呈现了人生若梦、世事无常、如真似幻的独特感触。蜀王望帝化为杜鹃，每到春天悲啼不止，直至啼出血的故事，满是苦苦追寻的执着、绵绵无尽的哀思。颈联也用了两个典故，沧海句用了古代的一个传说：在大海里生活着一种鲛人，外貌与人无异，哭泣时泪水滚落下来就是珍珠，而且珍珠的圆润与月亮的盈亏有关。月圆珠亦圆，月缺珠亦缺。陕西蓝田出产美玉，传说在阳光的照射下，埋藏在山中的美玉会升起若隐若现的轻烟，采玉的人就在日头高照时靠寻找这种不易觉察的轻烟来发现美玉。

《锦瑟》一诗色彩秾丽，意境凄婉，博得了无数人的喜爱。正因为如此，人们对此诗的真正含义和实际指向有着浓厚的兴趣。现在看来，大致有这样一些说法。一种比较简单的看法认为就是咏瑟，当年令狐楚家的侍女能弹"适、怨、清、和"这四种声调的曲子，诗人经常听到。另一种说法认为"锦瑟"是当时爱姬的名字，甚至说是令狐楚的妾或婢女，李商隐暗中爱慕她或和她有某些关系。但这只是猜测，没有任何根据，故不可信也。

现在，为多数人接受的观点有两种，即认为《锦瑟》是悼亡诗或作者感伤身世的自述。前者理解作者是见瑟思人，但珍珠泪实际是瞬息就破灭的水泡，美玉生烟也是可望而不可即的。如果当时和这样慧美的妻子在一起真是如梦似幻，现在她已逝去多年，那些情景怎样再追忆呢？后者认为诗是诗人对自己过去年华中某些重大事情的记叙与追忆，这可能是比较合适的。见到锦瑟，听到哀怨的曲调，想起不堪回首的往事，自己一生像做了一场虚幻迷惘的梦，梦醒仍茫然不知所措。美好的理想只能像杜鹃一样悲鸣寄恨，才华像明珠一样被弃于沧海。过去美好的一切宛若美玉在日暖时升腾的轻烟，虽然可以望见，但再也回不来了。追忆往事，感慨伤怀，真使人不禁惘然啊。

为什么惘然呢？有人理解是因为困惑、失落与梦幻般的感觉，因为仕途与爱情上的坎坷，因为四处漂泊，也因为诗人的心境与诗风，所以才把诗人的内心世界写得太幽深了。浅层次的喜怒哀乐是"有端"好懂的，因某人、某事、某物产生的愉快或不愉快是容易弄清的。但李商隐经过了暗恋之伤、丧妻之痛、漂泊之苦、仕途之艰，又经过了各种常人难以体会的情感，诗人于内心深处的呕心沥血之后，恰如深谷岩浆潜涌、山巅云霓聚散飘忽，蔚然成复杂莫名的感受，创造出只可意会不可言传的意境。这种神秘的怅惘就是"无端"的，魅力无穷的，令人浮想联翩的。

一般的文人，呕心沥血，穷其一生也不一定有文字让人记住，而李商隐饱经忧患，将所历世态宛如随意插柳般写就，即刻佳作成荫，将胸中不快纵情一吐，如对空啸歌。可以说，天赋加磨难成就了"小李"的灿烂诗才，有那么多华章锦句在漫长的岁月里溢香流芳，为人膜拜传诵。

李商隐，这个有着独特气质和超绝才情的大诗人，在四十六岁的盛年就病逝了。天妒英才啊！他的好友崔珏曾写下了《哭李商隐》二首。其中有"虚负凌云万丈才，一生襟抱未曾开。鸟啼花落人何在，竹死桐枯凤不来"的悲叹。然而，经过漫长岁月的沉淀，当我们品读他那些千古流芳的锦绣诗句时，便少了哀伤，多了崇拜。

当我们身处异乡思念亲人，会不自觉吟起他的"何当共剪西窗烛，却话巴山夜雨时"；当我们讨嫌弄权者的不务正事、附庸风雅时，会想起他的"可怜夜半虚前席，不问苍生问鬼神"；当我们慨叹时光的美好与短暂无情时，会咏起他的"夕阳无限好，只是近黄昏"；还有永远被当作经典传唱并伴随我们灵魂的"春蚕到死丝方尽，蜡炬成灰泪始干"的绝美赞颂。单是一首《锦瑟》就让人痴迷流连，心驰神往，随意从他的诗箧中抽出一首，便令我们咀嚼不尽，涵泳不已。

夜深人静，当我们满怀崇敬地追忆唐朝、品读诗作时，李商隐就是那一颗带给我们无限遐思的光芒闪耀的明星。

烟笼寒水月笼沙
——透过风月烟云看杜牧

提起晚唐有"小杜"之称的著名诗人——杜牧,往往会把他与"风流才子""放荡不羁"联系在一起,实际情况真是这样的吗?

杜牧(803—852),字牧之,号樊川居士,京兆万年(今陕西西安)人,是宰相杜佑之孙、杜从郁之子。唐文宗大和二年(828)擢进士第,复举贤良方正。曾任监察御史,黄、池、睦等三州刺史,后官至中书舍人。杜牧乃名门望族之后,年轻得志。他长期在江南为官,性情倜傥,经常出入风月场所,因此写下了不少风花雪月的艳词丽句。我们不妨来欣赏几首杜牧这方面的诗作,听听他的风流逸事。

大和七年(833),杜牧在扬州淮南节度使牛僧儒幕中任职,牛很器重他。杜牧是贵公子出身,喜好声色冶游,扬州又是个繁华之地,白天办完公务,晚上他就一个人出去乱逛。牛僧儒知道后,怕外面有人欺负他,可又不便劝阻,于是密派了一些士兵换了便服暗中保护他,但杜牧始终不知道。大和九年(835),杜牧将赴长安就任监察御史,牛僧儒在饯行的宴席上对他说:"你前程远大,我有些担心你不拘小节,甚至有伤害自身的举动。"杜牧回答:"我会注意检点的,不至于劳你忧念。"牛僧儒笑了笑,命人搬出一个小匣,打开一看,里面全是所派兵士的密报。或写:某夜,杜书记宴某家,无恙。又或写:某夜,杜书记过某家,无碍。杜牧这才明白牛对他的关心,流泪道谢。后来,杜牧回忆起扬州这段生活,有些悔意,写下了《遣怀》:

> 落魄江湖载酒行,楚腰纤细掌中轻。
> 十年一觉扬州梦,赢得青楼薄幸名。

此诗的意思是:当年我落魄地在江湖上携酒而行,每天在那细腰苗条的姑娘堆中厮混。扬州生活这几年真像是一场大梦,所得到的只是舞女们骂我为薄幸郎的名声。诗的第二句用了下列典故:楚国国王喜好细腰姑娘,于是宫女为了使腰变细故意少吃,甚至有饿死的。据说汉朝的皇后赵飞燕,身轻如燕,能在人托的金盘上跳舞。后来"掌中轻"指体态苗条轻盈的姑娘,"楚腰"就成了细腰的代名词。

杜大诗人还有一件更奇葩的事呢,且看下面这首《叹花》:

> 自恨寻芳到已迟,往年曾见未开时。
> 如今风摆花狼藉,绿叶成阴子满枝。

这首诗大有来头。话说杜牧离开扬州牛僧儒幕府后,听说湖州(今浙江吴兴)风光秀丽,而且姑娘长得特别美,于是专程去游览。杜牧耐心玩了几天后对刺史说:"湖州这地方名不副实,我要告辞了。"刺史说:"过几天将在江中举行龙舟赛会，届时全城的人都会出来看热闹，那时你再看看湖州的姑娘吧！"到了那一天，杜牧从早到晚也没见到一个他看得上的姑娘。傍晚人将散时，他忽然见到一个妇人领了个十一二岁的小姑娘。姑娘标致极了，杜牧非常喜欢，想求亲，可姑娘太小，于是和她母亲约定说："我去长安后，当设法求任本州的最高地方长官刺史，你姑娘等我十年，如果过了十年我不来，那你姑娘可以嫁给别人。"同时送给姑娘母亲一箱绢作为聘礼，并且写了一张字条，说明自己十年内将会来娶她，过时则可另嫁。

杜牧之后官职更迭，历任监察御史，左补阙，黄州（今湖北黄冈）、池州（今安徽贵池）、睦州（今浙江建德）刺史，然后又做了几年京官，才得到实践诺言的机会。外放为湖州刺史时，距他上次到湖州已十四年了。杜牧到任后很快就打听到那个姑娘的下落，得知已嫁人三年，并且生了两个小孩。姑娘的母亲带着女儿女婿、抱着小孩来见杜牧，拿出他当年写的十年为期的字条。杜牧自认失信来迟了，于是赠给姑娘这首《叹花》。

诗的意思是：怨恨自己寻觅鲜花来迟了，前些年我曾见到她未开之时，如今经风一吹花已凋零落地，花谢后绿叶成荫，果实已结满枝头。实际上是以鲜花比喻那位姑娘，子满枝指她已有孩子了。

此外，杜才子还干了一件更孟浪的事。杜牧到长安任监察御史不久，在当年七月到洛阳就任分司东都。一天，在洛阳闲居的李司徒大摆宴席，招待洛阳知名人士，应邀宾客很多。由于杜牧是监察官员过失的御史，因此李司徒不敢请他赴宴。杜牧听说李司徒家的歌舞非常有名，在洛阳要数第一，很想去欣赏。于是他托人暗中捎信给李司徒，说很想来。李不得已，只好请他赴宴。请帖送到时，杜正在对花饮酒，已经半醉，接请帖后立即赶到李家。当时宴会已开始，两边侍立着歌舞女郎上百人，不仅技艺精熟，而且长得都很美。杜牧仔细看了一遍，喝了三大杯酒后问李说："听说有个叫紫云的，是谁呀？"李指给他看，杜注视了一会儿说："真是名不虚传，应该把她送给我。"这话当时说得如此粗鲁无礼，可偏偏又出自杜牧这个著名才子和监察御史之口，惹得主人低头大笑，周围宾客与女郎们也都禁不住笑了起来。杜牧大约也感到自己醉后狂言欠妥，于是又喝了三大杯，站起来吟了下面这首《兵部尚书席上作》：

华堂今日绮筵开，谁唤分司御史来。
忽发狂言惊满座，两行红粉一时回。

诗的意思是：华贵的厅堂正举行盛大宴会，是谁请了我这个分司东都的御史来。忽然说出了狂言使满座宾客大惊，连两边的女郎都回头注视我这无礼的客人。

虽然杜牧有风流倜傥甚至放荡不羁的一面，但若以此认为他是个一味好色猎艳、沉溺于温柔之乡的登徒子，那就有些以偏概全、有失公允了。中国历来有文如其人之说，这始终是一个很大的误解。梁简文帝萧纲曾经说："立身之道，与文章异；立身先须谨慎，文章且须放荡。"而大诗人杜牧却是立身与文章一并放荡的人。以杜牧而论，诗文优秀，性情洒脱，倜傥风流。可是，他还有另外一副易被忽略的面孔——深沉而富有历史沧桑感，其实这才是他为人所钦佩折服的地方。且来看杜牧的名篇《泊秦淮》：

> 烟笼寒水月笼沙，夜泊秦淮近酒家。
> 商女不知亡国恨，隔江犹唱后庭花。

晚唐时期内忧外患十分严重，民不聊生，但统治阶级却更加荒淫腐朽。诗人杜牧感于时事，写了大量诗文，本篇即是其一。"后庭花"是南朝骄奢淫逸的陈后主所作，词风轻浮，直到被隋灭亡时陈后主仍在夜夜笙歌。诗人寒夜听乐的侧面，反映的是伤时忧患的重大主题，不知亡国恨的不是歌女，而是寻欢作乐的官僚豪绅。该诗的弦外之音，可谓意境深远。

再来看他写的《赤壁》：

> 折戟沉沙铁未销，自将磨洗认前朝。
> 东风不与周郎便，铜雀春深锁二乔。

赤壁之战，曹操为什么会输呢？杜牧的诗似乎在告诉我们，若非刮起东风这个偶然事件的话，历史可能会改变轨迹。生在官宦世家的杜牧不仅好读兵书（曾作十三篇《孙子》注解），而且怀有强烈的用世之心。因此，当他在遗址中拾得铁戟碎片时，联想到数百年前那场惊心动魄的导致三国鼎立的战争，不禁感慨万千。诗中含蓄地透露出杜牧胸怀天下，想要建功立业的抱负。另一首《题乌江亭》写道："胜败兵家事不期，包羞忍耻是男儿。江东子弟多才俊，卷土重来未可知。"该诗旗帜鲜明地提出了"胜败乃兵家常事""一切皆有可能"

的观点，理性之外，还给人激励雄起之感。

杜牧还有大量的借古讽今之作。如《江南春》里的"南朝四百八十寺，多少楼台烟雨中"，于明丽如画中潜藏着讽喻与警示；如《过华清宫绝句》中写到的"一骑红尘妃子笑，无人知是荔枝来"，以及"霓裳一曲千峰上，舞破中原始下来"，红尘、荔枝，一"上"一"下"，以强烈的反差，对唐玄宗和杨贵妃沉迷于享乐、荒废朝政进行了讽刺与巧妙的抨击。

而在我们所熟知的《阿房宫赋》里，杜牧用比喻、铺陈、夸张的手法，叙议、抒情相结合的方式对秦与六国的覆灭做了探讨。该赋骈散结合，辞采纷呈。"灭六国者六国也，族秦者秦也……后人哀之而不鉴之，亦使后人而复哀后人也。"这篇二十三岁时的杰作就已证明他是一个心怀天下，高度关注历史与现实的人。

杜牧的作品是丰富多彩的。他还有脍炙人口的《清明》："清明时节雨纷纷，路上行人欲断魂。借问酒家何处有，牧童遥指杏花村。"这是一首凄凉惆怅又清新优美的诗。全篇不用典故，不事雕琢，自然圆熟，早已家喻户晓。而另一首颇负盛名的《山行》也广为传诵：

远上寒山石径斜，白云生处有人家。
停车坐爱枫林晚，霜叶红于二月花。

该诗描写了寒山、石径、白云、人家、枫林等景，可谓诗中有画，画中有诗。其远胜春光的秋意蕴含着由寒而暖的感触，蕴含着奋发向上的盎然生机。诗的末句形容深秋的枫叶极为生动，成为千古流传的名句。著名作家茅盾的一部长篇小说，书名就是《霜叶红于二月花》。据传，杜牧这首诗是他游览长沙岳麓山时所写。因此，在岳麓山脚下，后人按此诗意建了一座爱晚亭，现为著名的旅游胜地。

　　杜牧兼善诗、赋、古文，尤工七绝，在文学上有多方面的成就。他主张：凡为文以意为主，以气为辅，以辞采章句为之兵卫。其作品诚如斯言，而其为人则更加天真率性，生动有趣也。

同是天涯沦落人
——来自白居易诗化的平等思想

公元846年,被誉为"诗歌国度"的大唐天空,一颗璀璨的巨星拖着万丈光芒缓缓陨落。许多人仰望着,痛惜着,感慨不已。唐宣宗闻其死讯,以诗悼之曰:"缀玉联珠六十年,谁叫冥路作诗仙。浮名不系名居易,造化无为字乐天。童子解吟长恨曲,胡儿能唱琵琶篇。文章已满行人耳,一度思卿一怆然。"

唐朝大诗人白居易(772—846),下邽(今陕西渭南)人,字乐天。唐德宗贞元十六年(800)进士,授秘书省校书郎。元和初任翰林学士,迁左拾遗。因上表谏事,贬江州司马,累迁杭、苏二州刺史。后诏还,授太子太傅。晚年居洛阳香山,号香山居士。他主张"文章合为时而著,诗歌合为事而作"。其诗流畅而不失婉转,平易浅显,流传甚广。

说起白居易的诗,首先就想到他十六岁时的应试习作《赋得古原草送别》,这首诗使他在唐朝诗苑中声名鹊起。特别是其名句"野火烧不尽,春风吹又生"在当时就已备受推崇,广为传播。

唐宪宗元和十年(815),白居易被贬官为江州司马,谪居九江，写下了千古流传的《琵琶行》。在玩味这首六百一十六字的长诗之前，我们先来欣赏他在此间作的另一首短诗《赠内子》，以了解诗人当时的情况：

> 白发长兴叹，青蛾亦伴愁。
> 寒衣补灯下，小女戏床头。
> 暗澹屏帷故，凄凉枕席秋。
> 贫中有等级，犹胜嫁黔娄。

"内子"古代指贵族官员的嫡妻，后演变为丈夫对妻子的简称。白居易于元和二年（807）三十六岁时结婚，妻子为官员杨虞卿的堂妹，此时随诗人在江州。白居易写诗时四十五岁，头发已白了不少。诗中以白发代表自己，青蛾代表妻子。黔娄是春秋时的齐国人，齐、鲁两国都请他担任高官，他不去。黔娄一生非常穷苦，死时衣不蔽体。

诗的大意是：白发苍苍的我刚刚叹息，妻子也跟着忧愁。劳累一天了，她还在灯下补着我的冬衣，不懂事的小女儿正在床头玩耍。屋里的屏风帷帐是那样的破旧，秋凉了床上还只是一领席子和枕头。可穷人也分等级啊，嫁给我总比嫁给一贫如洗的黔娄要强一点吧！《赠内子》这首反映日常生活的诗读起来亲切感人，于轻描淡写的字里行间，隐现诗人一家生活的拮据与难堪。其中有苦中作乐的自嘲，也少不了苦闷和抑郁，但可贵的是诗人能以平常心来写平常事。而唱响古今的《琵琶行》就是在这种背景下写成的。

就《琵琶行》之前的序言及内容来看，故事简洁明了，即白居易谪居九江，送客时在船上遇到琵琶女，便邀其弹曲遣闷。曲罢,白居易对琵琶女的身世产生认同感,发出了"同是天涯沦落人,相逢何必曾相识"的慨叹。再简单不过的两句诗,却不仅在当时让满座客人泪如雨下,而且穿越时空,千余年来一再被人引用,成了历代诗人抒发情感的金句。

同样沦落到九江,琵琶女因年老色衰,白居易则受谗言所害。尽管在我们看来,琵琶女与白居易地位悬殊,身世不同,但他们并不存在心灵上无法逾越的鸿沟。当同感身世之悲时,他们是平等的。你说这是中国古代知识分子可贵的平民意识也好,你说这是他们对底层人民的深切同情也罢,但不管怎么说,没有平等,就不会有碰撞与共鸣。

在欣赏《琵琶行》的艺术创作与灵魂内核前,先来大略了解大诗人的另外几首诗。《观刈麦》中写道:"田家少闲月,五月人倍忙……足蒸暑土气,背灼炎天光。力尽不知热,但惜夏日长……家田输税尽,拾此充饥肠……今我何功德,曾不事农桑。吏禄三百石,岁晏有余粮。念此私自愧,尽日不能忘。"诗人由农民生活的辛劳联想到自己的舒适,感到惭愧,心里久久不能平静。在那个时代就能够主动去和农民对比,作为既得利益者,十分难得。

再比如《杜陵叟》:"杜陵叟,杜陵居,岁种薄田一顷余。三月无雨旱风起,麦苗不秀多黄死……长吏明知不申破,急敛暴征求考课。典桑卖地纳官租,明年衣食将何如……"

元和三年(808)的冬天到第二年春天,江南地区和长安周围遭受严重的旱灾。白居易新任左拾遗,上书向朝廷禀报民间百姓疾苦,请求"减免租税,以实惠及人"。唐宪宗批准了白居易的奏请，还下了罪己诏。但事实上，皇帝下诏免除租税，地方官则加紧搜刮百姓，甚至超额完成"任务"。白居易在诗里反映了农民的悲惨处境，有力地揭露了历代统治者惯演的这种"双簧戏"。

再来读他的《缭绫》："缭绫缭绫何所似？不似罗绡与纨绮……昭阳殿里歌舞人，若见织时应也惜。"感怀女工工作的辛苦，诗人从缭绫的生产过程、工艺特点以及女工和使用者之间地位悬殊的关系中提炼出主题。其讽刺的笔锋，直指高高在上的皇权，表现了精湛的艺术技巧和深刻的思想内涵。

还有《卖炭翁》中的名句："可怜身上衣正单，心忧炭贱愿天寒。"每每吟起，让人感慨万千。身上衣正单，自然希望天暖，然而卖炭翁为了"身上衣裳口中食"，寄全部希望于"卖炭得钱"，所以在冻得发抖的时候，一心盼望天气更冷。诗人如此深刻地理解卖炭翁的悲惨命运和复杂的内心活动，在十余字的描述中表现得淋漓尽致，"可怜"两字倾注了无限的同情。

白居易关注民生，还把敏感犀利的目光转到了宫女身上。如广为人们传诵的《上阳白发人》："上阳人，红颜暗老白发新……上阳人，苦最多。少亦苦，老亦苦，少苦老苦两如何！君不见昔时吕向《美人赋》，又不见今日上阳白发歌！"诗中没有枯燥地列举宫人的种种遭遇，而是选取了一个终生被圈禁的宫女作为典型，不写她的青年和中年，而写她的垂暮之年；不写她的希望，而写她的绝望。通过这位老宫女一生的凄惨遭遇，形象而富有概括力地凸显了"后宫佳丽三千人"的悲惨命运,揭露了封建宫廷摧残无辜女性的无耻行径。

作为士大夫阶层的一员,白居易的许多诗作对劳动人民,对弱势群体表达了深切的同情。他的目的是"唯歌生民病,愿得天子知"。他为官能从容应对顺境逆境,关心民间疾苦,兴利除弊,为诗则能将平等的思想灌注于文字之中,以高超的艺术驾驭并体现。

在白乐天之前,能很好描写音乐的唐诗有李颀的《听董大弹胡笳声兼寄语弄房给事》《听安万善吹筚篥歌》,以及韩愈的《听颖师弹琴》,包括后来李贺的《李凭箜篌引》。这些虽是唐诗中刻画音乐的名篇,但就整体艺术来说,无出《琵琶行》之右者。白居易《琵琶行》描写琵琶女的演奏,则明显技高一筹。诗中运用生动恰切的比喻把无形的声音转化为视觉形象丰满的审美对象,同时还通过对音乐节奏变化的细致刻画来表现情绪的起伏,达到了"神乎其技"的地步。

试看,起始"千呼万唤始出来,犹抱琵琶半遮面",刚触动琵琶"转轴拨弦三两声,未成曲调先有情"。"弦弦掩抑声声思,似诉平生不得志"与琵琶女乍出来时心情复杂、欲遮还羞的表现吻合。继而"低眉信手续续弹,说尽心中无限事",很快"轻拢慢捻抹复挑,初为《霓裳》后《六幺》",渐入佳境,曲调由慢变快,多层次交替响起,但闻"大弦嘈嘈如急雨,小弦切切如私语。嘈嘈切切错杂弹,大珠小珠落玉盘"。片刻的欢快之后,琵琶声落入谷底,仿佛在场听者受琵琶声感染而一下子掉入悲痛的深渊一样。

往下听,"间关莺语花底滑,幽咽泉流冰下难。冰泉冷涩弦凝绝，凝绝不通声暂歇"。至此，于渺渺无声处，弹者心曲与听者心灵似心有灵犀交感相应。"别有幽愁暗恨生，此时无声胜有声"的独特审美境界产生了，这是微妙的可遇不可求的，只可意会不可言传的灵动感应。这一短暂的回旋跌宕之后，音乐进入高潮。"银瓶乍破水浆迸，铁骑突出刀枪鸣"，突然间好像银瓶撞破水浆四溅，又好像铁甲骑兵厮杀刀枪齐鸣。"曲终收拨当心画，四弦一声如裂帛"，这震撼天地、惊心动魄的乐声又戛然刹住，动作干脆熟练，毫不拖泥带水。"东船西舫悄无言，唯见江心秋月白"，四周归于一片寂静，音绝而余响似乎还在。这时，意犹未尽的主人客人、轻流的江水、静泊的船儿、摇曳的枫叶荻花，伴着一轮深情的明月，陶醉在这个如诗如画、梦幻一般的秋夜。

　　诗人浓墨重彩描绘音乐的同时，却三次宕开一笔，描写江月，"别时茫茫江浸月""绕船月明江水寒""唯见江心秋月白"，这是多余的闲笔吗？非也，而是诗人匠心独运的神来之笔，不但烘托环境，渲染了音乐的感染力，而且给读者营造了丰富的想象空间，形成了寒江秋月中一曲响绝的艺术境界。千古永恒的月亮参与其中，鲜活得顾盼生辉，如水墨丹青一般印染在人们的心上。

　　没有豪华盛大的舞台，没有鼓、锣、号的渲染，没有替身的陪衬，没有狂热粉丝的大声呼喊，然而在场的每一位聆听者都被强烈震撼并沉醉其中。琵琶女高超的演奏技艺，不但让置身现场的诗人泪洒青衫，友人百感交集，而且使月夜里的江水、枫荻、轻摇的小船都有了梦境，有了诗意，有了灵性。所有这些共同见证了一千多年前这个非同一般的秋江月夜。读着白乐天的诗，我们也身临其境般分享了音乐史上特殊的饕餮盛宴，领略了"此曲只应天上有，人间能得几回闻"的绝妙感触。

最后，在了解了琵琶女的身世现状，联想到自己的不幸遭遇后，诗人与其同病相怜，自肺腑发出了"同是天涯沦落人，相逢何必曾相识"的感慨浩叹。相通的境遇，共同的悲愤，在琵琶的撩拨中，喷薄出内心积蓄已久的情感火山。弹者和听者，在琵琶的倾诉中，如久旱的田地骤逢甘霖的滋润。

白居易在《与元九书》中曾谈到写诗的奥妙："感人心者，莫先乎情，莫始乎言，莫切乎声，莫深乎义。诗者，根情、苗言、华声、实义。"这既是白居易最重要的诗歌理论主张，也是他艺术创作一贯的原则。白居易是继杜甫之后又一个伟大的现实主义诗人（在杜甫逝后第二年出生）。他的诗作将艺术与思想高度熔于一炉，既浅显易懂又情辞并茂，在盛唐之后的诗林中达到了一个新的高峰。

现在我们读他的《琵琶行》《长恨歌》等诗作，均可清晰、强烈地感到诗人与他的描写对象是相通的，与读者的情感是相通的，与生命的血脉是相通的，与永恒的时光是相通的。不论"同是天涯沦落人，相逢何必曾相识"也好，不管"在天愿作比翼鸟，在地愿为连理枝"也罢，还是"可怜九月初三夜，露似真珠月似弓"的信手拈来，这蕴含其中的是诗人打通上下左右的超乎寻常的感应能力，贯穿其中的是诗人与天地万物平等的思想。他亲切地关注、打量着周围的一切：日月星辰、草木蝼蚁、豪门权贵、平民百姓。没有厚此薄彼，对底层民众他更寄予了深深的同情。他满怀真诚，纯洁无私地把他们纳入诗中、融入字里行间。

　　白乐天的诗在他所处的时代就已家喻户晓，不只帝王权贵，连普通妇孺亦耳熟能详。而"诗圣"杜甫的诗作在身后几十年才真正被重视和赏识。从这一点来说，白居易是幸运的。这与他广博的学识、自觉的内省、干净的灵魂、平等意识及朴素的民本思想是分不开的。其巨大的艺术成就和深远的影响，必将如泉涌江流，风拂雨润，长久地潜移默化地影响我们的文艺与生活。

风流桃花宴

大地萌动,桃花从梦中醒来了。

沐浴着和煦的阳光,欣然携一缕春风去嫣红深处。蜜蜂嘤嗡,蝴蝶翩跹。朵朵花儿粉嫩可人,丝丝清香沁人心脾。

凝目桃花,最易联想到的是《诗经·国风·周南》中的"桃之夭夭,灼灼其华"的诗句,这歌咏爱情美满、生活幸福的祝词表达了人们对美好生活的愿景。

后来,"桃花运"泛指有异性缘和好运气,而"桃花劫"则与前者意思相反。

当然,流传千古的不止这一首优美的"桃夭"诗,桃花与唐诗还演绎出诸多颇为有趣的故事呢。

一

唐德宗贞元初年(785),博陵(今河北定县)的年轻举子崔护,到长安考进士落第。清明节那天,他独自到城南去游玩,累了口渴,想找点水喝。他举目四顾,来到一处幽静的庄院,里面桃花盛开,微风吹来,令人心旷神怡。崔护前去敲门,半响,有个姑娘隔着门缝轻问是谁。崔护回答了自己的姓名,并说:"我一个人出来春游,走渴了想要点水喝。"姑娘听了开门请他进去，随后沏了茶水端来。崔护喝水时，姑娘静静靠着一棵桃树脉脉含情地望着他。崔护细瞧，这姑娘长得可爱极了，她那洁白光润的面庞映着朵朵娇红的桃花，简直是一幅极美的图画。崔护喝完水告辞时，她送到门口，低声道别，他边走边回顾，两人又情不自禁地对望了好久。

第二年清明，又是桃红柳绿时节，崔护忆起了去年那幅人面桃花相映红的画面，对姑娘思念不已。于是他特地去寻找，到了那家庄院，见花木与去年无异，但大门紧锁，悄无一人。物是人非，崔护惆怅不已，随即在门前题了一首《题都城南庄》，还署了自己的名字：

　　去年今日此门中，人面桃花相映红。
　　人面不知何处去，桃花依旧笑春风。

过了几天，崔护偶然经过城南，又去找那所庄院，听到里头有哭声，于是敲门询问。有一个老翁出来，崔护问他怎么回事。老翁反问他："你是崔护吗？""是我。"崔护回答。老翁大哭说："你害了我的女儿！"崔护大吃一惊，不知说什么才好。老翁说："我女儿从小就爱读诗书。自从去年春天以来，她精神恍惚，常一个人坐在那里呆想。前几天她和我一道出门，回来时见门口有诗，读完以后她就哭，接着就病了，几天没吃东西，现在人已死了。"崔护闻言惶惶不安。老翁流着泪说："我老汉孤身一人，本想找个好女婿有所依靠，现在女儿因读你的诗而死，不是你害了她吗？"说着又掩面哭了起来。

崔护闻言也忍不住哭了，请求进去看一眼。老翁点头同意。崔护进去见姑娘躺在床上，双眼紧闭，已没有气了。崔护挨着姑娘的身体，抱着她的头，一面哭一面叫道："崔护在这儿！姑娘慢走，崔护也将随你而去！"过了一会儿，姑娘居然慢慢睁开了眼睛，发现自己在日夜思念的人怀中，病顿时好了大半，不几天姑娘的病就痊愈了。老翁也看上了这个有才学的年轻人，便把姑娘嫁给了他。

崔护娶了贤淑美慧的绛娘，在红袖添香的伴读中专心读书，于贞元十二年（796）考中了进士，自此仕途一帆风顺，官运亨通。他们恩爱有加，幸福相伴一生，但使崔护名垂青史的却是这首质朴清新的桃花诗。

这则故事被改编成了很多戏曲和杂剧。例如《人面桃花》，增加了许多曲折生动的情节，一直到现在，仍是广大群众喜闻乐见的剧目之一。1980年，中央电视台就曾播放了以此故事改编的陕西碗碗腔《借水赠钗》。

二

鲜艳的桃花，其灼灼盛开的景象无疑是赏心悦目的。

可下面这位诗人则因写了桃花诗，惹出了意外麻烦哩。

永贞革新失败后，被贬官外放的刘禹锡苦熬十年，好不容易得到当朝宰相的赏识又回到长安，但有不少谏官上书说他不适合在朝任职，而宪宗皇帝和一些朝官也讨厌他。正巧在此时，发生了一件有关诗歌的事件。

原来刘禹锡回长安后，听到很多人说长安朱雀大街旁崇业坊内有一座玄都观，观内有道士种植的桃树多株，初春时花开繁茂如红霞。于是他前去观赏，同时写了一首《元和十年自朗州承召至京戏赠看花诸君子》：

> 紫陌红尘拂面来，无人不道看花回。
> 玄都观里桃千树，尽是刘郎去后栽。

此诗题中诸君子指和刘禹锡一道被谪放又同时被召回长安的朋友柳宗元、韩泰、韩晔、陈谏等四人。诗的意思是：长安大街上车马卷起的飞尘迎面扑来，所有的人都说是去看花回来。那玄都观里的上千棵桃树，都是我刘禹锡贬官出长安后所栽种的啊！

从诗题的"戏赠"的"戏"就可以想到，刘禹锡写这首诗有进一步的深意，最后两句里的玄都观暗指朝廷，"桃千树"指朝内众多的大官。因此，可解释为：现在朝廷里众多的现任大官，都是我刘禹锡被贬出京十年内被提拔上来的。

刘禹锡的这首诗写出后，在长安城内广泛流传。有平日忌妒他的人，将诗抄了送给当朝宰相看，并且添油加醋说刘禹锡有怨气，等等。不久，宰相召见刘禹锡，接待虽客气，可临告别时委婉地对刘说："你近来新写的那首诗，可是惹了大麻烦了，唉——"不几天，他就接到诏命，被外放为播州（今贵州遵义）刺史。在唐代，播州是条件艰苦的边远之地。多亏好友柳宗元体贴他母亲年迈，提出与他互换，几经周折他才得以改任连州刺史。

因一首即兴诗再次被贬，刘禹锡也是郁闷无语了。

此一去，刘禹锡在外调任了好几个州的刺史，到唐文宗大和二年（828），才由裴度向皇帝建议而再次被召回长安。这年三月，刘又一次游览玄都观，这时的景色和十四年前大不一样了。当时的满观桃树已荡然无存，只见兔葵（一种春季开花的蔬菜）、燕麦在春风中摇曳。刘禹锡感慨之余，联想到自己前两次外贬又被召回京的遭遇，挥笔写下这首语意双关的《再游玄都观绝句》：

> 百亩庭中半是苔，桃花净尽菜花开。
> 种桃道士归何处，前度刘郎今又来。

诗的表面意思好懂，但后三句另含深意。桃花暗指先前的受宠得势者，菜花指现在朝内的官员，种桃道士指当年的执政宰相。该诗与前一首同为比体，可解释为：当年朝内那些大官们一个也不剩，换了一批新人，提拔那些大官的宰相哪里去了？我刘禹锡今天可又回到长安来了。

三十年河东，三十年河西。不仅刘禹锡当时这么想，古往今来，那些在人生中经历柳暗花明、峰回路转的人大都会有此感受。

由花之开谢，悲喜交加的刘禹锡联想起自己的进退沉浮，对于扼杀那次政治革新的权贵们报以轻蔑一笑，含蓄讽刺了一朝天子一朝臣的政局变迁，也从侧面显示了东山再起、其志不改的斗士之风。乐观豁达的刘禹锡晚景不错，后来做了太子太傅，或许是沾了桃花的瑞气呢。

三

诗情画意的桃花，真与我们有什么利害关系吗？

应当承认，有关桃花的"运"也好"劫"也罢，只是人们借景抒怀、托物言志的一种形式。

感谢美丽又无辜的桃花,它的灼灼华姿与秀美聪慧,擦亮了那些心有灵犀的眼睛,丰富了我们庸俗平淡的生活。

其实,桃花自风流。不论居于城市、乡野,桃花面对世界永远会葆其本真,顺其天性,按时花开花落。在观赏者的眼里心里,只因不同心态、角度和境界,它才会呈现不一样的风景。

噫!崔护、刘禹锡等古人如此,而今人亦大抵如是也。

年年岁岁,春风捧出桃花宴,任由他人去品味。

晚岁当为邻舍翁

在中国文学史上,"刘柳"指的是唐朝的两位大诗人刘禹锡和柳宗元。他们是同时代人,不仅诗文同辉,才华卓著,更因他俩在漫长岁月里结下的深情厚谊而被称赞褒扬。

刘禹锡(772—842),字梦得,彭城人,是匈奴人的后裔。柳宗元(773—819),字子厚,汉族,河东人。两人皆为唐代中期著名文学家,兼工诗文。刘禹锡有"诗豪"之美誉,柳宗元乃唐宋八大家之一。

谈到交情深厚的文人,大多数人都可以说出一些,比如白居易和元稹,李白与杜甫,王维和裴迪等,但最感人的友情故事却发生在柳宗元和刘禹锡身上。

唐贞元九年(793)二十一岁的刘禹锡与柳宗元同榜考中进士,接着又考中了博学宏词科,同朝为官。贞元二十一年(805)唐德宗崩,即位的唐顺宗想有所作为,便任用亲信王伾、王叔文,他们又联络了大臣中的名士柳宗元、刘禹锡、韩泰等,对朝政中的弊病进行大刀阔斧地改革。为能彻底推行这些新政,必须从宦官手里夺回神策军的兵权。但百密一疏,宦官联合反对革新的朝臣势力,拥立顺宗的长子李纯(即唐宪宗)继位,迫使顺宗退位。

永贞革新失败后，宪宗贬王伾，杀王叔文，并将与他们合作过的人视为同党，全部贬到边远州郡任闲散小官。柳、刘二人同时被贬，一个去朗州，一个去永州。空间上的距离阻挡不住两人的友情，他们相敬相惜，一直有诗文来往，交流共勉。其间，柳宗元和身居要职的好友韩愈曾展开一场哲学论战。柳宗元作《天说》陈述自己的观点，刘禹锡作《天论》三篇对柳宗元进行策应和声援。两人心存默契，惺惺相惜，对对方的诗文都极为推崇。在艰难而峥嵘的岁月里，是纯真的友情、共同的志趣促使他们彼此鼓励和勇敢面对生活。

好不容易熬过十年，幸有执政的当朝宰相赏识他俩的才干，将二人前后脚召回长安。可这时有谏官上书说刘禹锡不适合在朝中任职，唐宪宗也不待见他们。愤懑中的刘禹锡因一首讥讽诗触怒权贵，再遭排挤贬谪。

此时，刘禹锡来京才一年多，而柳宗元也刚刚到达不久。长安匆匆一聚后，两人再次被派往更遥远的边荒之地：柳宗元被贬柳州，刘禹锡被贬到更加偏远荒凉的播州。柳宗元虽然对自己的境遇非常失望，但考虑到至交刘禹锡上有八十岁的老母亲需要奉养，数次上书朝廷要求和刘禹锡对换，后来经过裴度等友人帮助，才将刘禹锡改任连州。

仕途坎坷，命运多舛，并没有冲淡他们心头的惦念。我们可以从他们频繁的唱和诗作中探知一二：

> 十年憔悴到秦京，谁料翻为岭外行。
> 伏波故道风烟在，翁仲遗墟草树平。
> 只以慵疏招物议，休将文字占时名。

今朝不用临河别，垂泪千行便濯缨。

——柳宗元《衡阳与梦得分路赠别》

暮春时节，二人收起满身的伤痛，怀着深深的失望再度离开长安。相见时难别亦难。他们一直同行到了湖南衡阳，面对古道风烟，茫茫前程，二人无限感慨，依依不舍地相互赠诗道别：

去国十年同赴召，渡湘千里又分歧。
重临事异黄丞相，三黜名惭柳士师。
归目并随回雁尽，愁肠正遇断猿时。
桂江东过连山下，相望长吟有所思。

——刘禹锡《再授连州至衡阳酬柳柳州赠别》

世事虽难料，忧患有知音。一路走来触景生情，殷殷嘱咐萦绕胸间，刘禹锡想起好友，心中不禁感慨万端。

长期贬谪生活的打击和艰苦环境的摧残，使得柳宗元的身体受到很大的损害，健康情况非常不妙。可他在偏远之地，仍然惦记着挚友，借诗抒怀：

城上高楼接大荒，海天愁思正茫茫。
惊风乱飐芙蓉水，密雨斜侵薜荔墙。
岭树重遮千里目，江流曲似九回肠。
共来百越文身地，犹自音书滞一乡。

——柳宗元《登柳州城楼寄漳汀封连四州》

元和十四年（819），当皇帝终于准备召回柳宗元时，他却于这一年的十月五日抱病长逝，年仅四十七岁，身后四个孩子都尚未成年。柳宗元临死前，遗书刘禹锡，并将自己的全部手稿留给他。而刘禹锡则怀着无比沉痛的心情为柳宗元料理后事，作诗凭吊，并将柳宗元的孩子视同己出，抚养成人。

回看"刘柳"交往的轨迹，他俩从青年起就有着极为相似的经历。在创作上，两人趣味相投，互相唱和，都在文坛留下了不朽的佳作；在政治上，两人一起进京应试，同时及第，踏上仕途，一起参与永贞革新，并肩战斗。后来风云变幻，二人被一贬再贬，同患难，共命运，几十年的宦海浮沉和人世沧桑，他们始终心心相印，风雨同舟，谱写了一段文坛佳话。

他俩是真正的光照千秋的文化精英。对此，那些自命不凡，冷漠相轻，甚至互相攻讦的儒士应感到汗颜。

最后，我们一起来吟诵品味这首充满深情厚谊，可温暖人间、温暖天地日月的柳宗元写给刘禹锡的临别诗《重别梦得》：

二十年来万事同，今朝岐路忽西东。
皇恩若许归田去，晚岁当为邻舍翁。

乱云飞渡，身若浮萍。世事纷纭莫测，唯有冰心可鉴。看似平淡的诗句，细细品味却意蕴无穷。刘柳二人的友情经历了太多的磨难，所以才更为可贵。此时的诗人似乎已经预感到这次的离别后很难有重逢的一天，便强忍悲痛，安慰自己也是告慰友人：倘若有一天皇帝开恩，准许他们归隐田园，那么两人一定还要左右为邻，共度晚年。好一个"晚岁当为邻舍翁"，真叫人感动！此等胸襟，在欲望横流、自私自利、人情凉薄的社会现实中，有几人能做到呢？

多么朴素的愿望,多么纯洁的友谊,多么真挚的情怀,于清浊混杂的尘世中显得多么弥足珍贵啊!

人生得一知己足矣,斯世当以同怀视之。交友如此,此生无憾。

山水在胸，快意人生
——世间最贵赤子心

一

唐开元二十二年（734）的一个秋日，山川形胜的襄州，刺史韩朝宗在焦急地等待一位客人，跟他约好一起参加一个由朝官、名流参加的聚会，并有意将这个颇有才华的诗人引荐给其他同僚或高官，以便他从此踏入仕途。

然而，过了约定的时间，此人却没到，他爽约了！他居然放弃了一次也许还不赖的机会。那么，他究竟是谁？他到底去哪儿了呢？

原来，此人就是大名鼎鼎的写下《春晓》的孟浩然。

二

孟浩然（689—740），湖北襄阳人，字浩然，人称孟襄阳。

那天，秋高气爽，他跟一群要好的朋友聚在一个依山傍水的庄园。山上枫叶红艳艳，山下庄稼黄澄澄。孟浩然与大家愉快地喝酒谈诗，把与韩刺史的邀约抛到九霄云外去了。有人善意提醒他:"你跟韩公今天有约,现在却跟我们在一起玩乐,怠慢了刺史恐怕不好吧?"孟浩然举着酒杯,不以为然地说:"聚会已经开始了,我正在兴头上。现在咱们畅饮交谈不是很快乐吗?其他的事就不要再提了。"众允诺,接着把酒言欢。

很快,孟浩然喝高了。他有点语无伦次,斜倚在躺椅上,醉眼蒙眬,继而鼾声响起,渐渐进入了梦乡,他的神思飘飘荡荡地飞了出去。

三

汉水之滨的襄阳城外,有一处风光秀丽的涧南园,孟家世居于此。园子的主人曾得意写道:

>弊庐在郭外,素产唯田园。
>
>左右林野旷,不闻城市喧。
>
>钓竿垂北涧,樵唱入南轩。
>
>书取幽栖事,将寻静者论。

年轻时的孟浩然"苦学三十载,闭门江汉阴",在汉水之畔,钻研学问竟达三十载。当然,他也寄情山水,经常乘船从这里出发,到各地游赏,践行着"读万卷书,行万里路"的志趣。

襄阳城外的鹿门山、岘山,留下了孟浩然多次盘桓的身影足迹,就连本来没有名气的万山,居然也因他的一首诗《秋登万山寄张五》而驰名。诗是这样的:

>北山白云里,隐者自怡悦。

相望始登高,心随雁飞灭。
愁因薄暮起,兴是清秋发。
时见归村人,平沙渡头歇。
天边树若荠,江畔洲如月。
何当载酒来,共醉重阳节。

也许不经意间,经过孟浩然这么一次偶然的注目,这里的山水便灵气附身。此山幸矣,从此走进了人们的视野。后来人们到襄阳,都要去万山游玩。仁者乐山,智者乐水,应是山水钟情于有缘人。

在这样一种美丽如画的环境里,隐居、读书、作诗,时光悠悠,一晃就快四十年了。虽然他隐居山林,性情淡泊,但并非全无仕进之心。优哉游哉之余,想到经年苦读,身负才学,就会生出一些惆怅来。

然而,他留恋家乡山野,很少到大城市去,结交的官员相对较少,机遇就更差了。他在《田园作》中表露:"乡曲无知己,朝端乏亲故。谁能为扬雄,一荐《甘泉赋》?"一般渴望建功立业,胸怀抱负的读书人都会努力为自己寻找、打造一个适宜发展的平台。那么,进入政治、经济、文化中心的帝都,自然也成了他的首选。

四

唐开元十五年(727),孟浩然经不起功名的诱惑,终于动身赴长安。其实,他早先闭门苦学,四处游历,甚至以诗文干谒当时的名流朝官,表面放浪形骸,但还是意在魏阙的。翌年，他三十九岁，应科举考试，不中。滞留长安的孟浩然希望自己的学识能得到他人赏识，于是进太学赋诗，以"微云淡河汉，疏雨滴梧桐"的诗句名动公卿。张九龄、王维、张说、王昌龄等闻之亦大加赞赏。小他十二岁，已是朝廷大臣，才华横溢而名满天下的王维给孟浩然画像，并与他结成"忘年之交"。由于他们在山水田园诗上的卓越成就，被后世并称为"王孟"。

传说在长安期间，时为中书令的张说（一说是王维）喜欢提携后进，一日私邀孟浩然至"办公室"谈论诗文，没想到唐玄宗突然驾到。因孟浩然是布衣，不宜见天子，他惊慌之下赶紧藏了起来。但张说不敢隐瞒，对皇上说："那个名动京城的书生孟浩然现在在臣这里，他是臣的朋友，来与我讨论诗文，被陛下的威仪震慑，不敢出来面见陛下，还望陛下恕罪，宽谅。"

玄宗闻言高兴地说："我早就听说有这么个大才子了，今天机缘巧合，可以见一下，为什么要躲起来呢？"

于是，皇上召见孟浩然，问："你最近写了什么好诗没有啊？"

孟浩然定了定神，略微沉思一下吟诵道："北阙休上书，南山归敝庐。不才明主弃，多病故人疏……"

皇上听后不高兴了，以为他在暗讽皇帝无知人之明，生气道："卿自不求仕，朕未尝弃卿，奈何诬我？"（意思是我没有不用你，是因为你没来求取官职，为什么现在反而诬陷我呢？）玄宗拂袖而去。

张说跌足叹惜。孟浩然呆立着，失意颓丧至极。也许紧张之下，少了点敏捷的才思，但不该念出这发牢骚的诗，对方可是以风雅自居的皇上。何况正值大唐国力强盛的时期，那杰出的人才可是一抓一大把啊！关键时刻掉链子，绝佳的机缘竟被自己的疏忽大意给葬送了。唉，谋事在人，成事在天。孟浩然告别长安，抱憾回到了自己的故乡。

五

老孟继续过着隐逸的生活，更加纵情于山水游乐、访友作诗，他的足迹遍及长江流域，远达吴越蜀地。他的仕进之情似乎日渐淡薄了，可随着年龄增大，他心里始终不甘。开元二十二年（734），已四十五岁的孟浩然鬼使神差地再次来到长安，携着他的得意新作《望洞庭湖赠张丞相》去拜谒张九龄，希望能得到他的引荐。然而，张九龄处境微妙，他依然没能等到转机。同年，老孟黯然返回襄阳。自此，他对仕途心灰意冷，与梦中的长安算是彻底诀别了。

其实，孟浩然这首《望洞庭湖赠张丞相》，写得挺好的：

八月湖水平，涵虚混太清。
气蒸云梦泽，波撼岳阳城。
欲济无舟楫，端居耻圣明。
坐观垂钓者，徒有羡鱼情。

这首诗托物言志，自然和谐，从洞庭湖的景色写起，展现了水天相接、烟波浩渺的景象。全诗大气磅礴，气势恢宏，不仅体现了浑然天成的自然美，也衬托出了作者虽怀才不遇，但仍积极进取的精神。

历朝历代从不缺群蚁排衙的官吏,但有特点与个性的大诗人却不多。如果说孟浩然离开长安,对他的仕进来说是遗憾的话,那么他从山水田园中采撷到的那些质朴清丽的诗句,则是对诗歌史的重要贡献。对此,我们应庆幸中国历史上少了一个热衷功名、投机钻营的俗人,多了一些让我们向往大美自然、陶冶性情的诗意。

前文提到的孟浩然对襄州刺史的爽约,应是他干谒失意后的清醒之举。他不再纠结于名利场,不愿违心地趋炎附势、仰人鼻息,虽然还能得到附庸风雅的地方官的青眼,但他已洞悉时事,看破红尘,醉心于山水田园风光与自己蜜蜂般辛勤酿造的文字中,由此得到了无上的法喜,仕途于他还有何意义呢?

韩刺史没有等到孟浩然,也许会生气。据说先前未出名的李白去拜谒时他还爱搭不理呢。但愿他能谅解老孟这个"没心没肺"而不落俗套的人。

六

不知过了多久,孟浩然渐渐醒来。他的朋友把他照顾得很好,他沉醉之后,舒舒服服地睡了一宿,恍惚将平生所历之事梦游了一遍。

天微明,孟浩然伸个懒腰,揉揉惺忪的眼睛,突然,一阵脆生生的童音传来。

"春眠不觉晓,处处闻啼鸟。夜来风雨声,花落知多少。"他侧耳聆听,起身踱步,脸上露出惬意的笑容。这清新优美的诗句,从诞生那时起,便众口相传,几乎所有的孩子在学前就已将此诗背诵得滚瓜烂熟了。

园里有成熟的桑麻，窗外天高云淡。望着南归的鸿雁，望着那辽阔原野上青黄交替的庄稼与草木，他又想起"待到重阳日，还来就菊花"的未了心愿。

据记载，唐开元二十八年（740），故交王昌龄遭贬官，途经襄阳，访孟浩然，相见甚欢。孟浩然背上长了毒疮，医治将愈，因纵情宴饮，食鲜疾发而亡。咱们诚挚可爱、老顽童一般天真纯朴的孟浩然，是可以为友情、真情慨然以赴，豁出生命的。而现在，有几人能做到呢？

七

世间最贵赤子心，山水恢宏入梦来。

进取而不苛求，失意而不消沉，困顿而能自重。孟浩然定是抱着"穷则独善其身，达则兼善天下"的信念的。一生从容旷达的孟山人，平生畅意山水田园的孟夫子，他的诗作和他的人品就像一块不加雕琢的璞玉一样，温润着同代和后世的人们。

同样热爱大自然，比孟浩然小十二岁的李白，曾与他几度同游。李白二十五岁仗剑去国，辞亲远游，虽不入科举，但老早就于求仙问道中广事交往以蓄养声誉。及至接到唐玄宗的诏书，神采飞扬的李白在得意忘形之际高呼："仰天大笑出门去，我辈岂是蓬蒿人！"然而，这位桀骜狂放的诗仙心里也敬佩一个人，不但写了大家非常熟悉的《黄鹤楼送孟浩然之广陵》，还特别写下一首《赠孟浩然》：

> 吾爱孟夫子,风流天下闻。
> 红颜弃轩冕,白首卧松云。
> 醉月频中圣,迷花不事君。
> 高山安可仰,徒此揖清芬。

在李白眼中,从没踏进官场的布衣诗人孟浩然,是何等的风流倜傥,何等的洒脱不羁。后来"天子呼来不上船"的诗仙,许是受了他的不小影响呢!其实,除了称赞孟浩然的诗才,李白更推崇的是他俊逸、清奇、爽朗、潇洒的品性。

不为形役而快意人生,相比那些沦落尘垢的蝇营狗苟,多么令人欣羡。

盘桓于天地的万千气象中,仿佛看见一个熟悉的身影正顾盼山水、踏歌吟诗、飘然而来。

师古而不泥古
——对今人写作古诗文的管见

近期,有昔日的学友连续转来了他朋友写的古诗文。抽空读过,本不想多做评论,但对方似乎很是期待,便思忖对今人写作古诗文谈点想法。

阅过的几篇(首)仿古诗文,乍看有些古汉语底子,但耐心咂摸又觉得别扭。我当年学中文时,读过的经典古诗文也不少,有的还沉淀在脑海里呢。但今人学之,窃以为不值得盲目效仿。因现在真能娴熟运用古体写作的寥寥无几,至于能欣赏者就更少了,再说,现在报刊与网络媒体也不太热衷推广。

古诗文在我国有悠久的历史,更不乏锦绣灿烂之作,我们大可继承和弘扬。问题是现在一些学写古诗文者(请勿对号入座)只会浅层模仿,而没有深钻细研得其精髓。此类半文半白、似赋非赋之作,字词生僻,句法老套死板,读来佶屈聱牙,令人疲累。观之恍闻老气横秋之絮叨,鲜有清新活泼之气韵,难觅探幽发微之蕴藏。这类文字就算勉强看过了,其实也留不下什么深刻印象。

中国古诗文博大精深,浩如烟海,平常爱好收藏者也不鲜见。仅《古文观止》《唐诗三百首》《宋词三百首》收录的经典之作即可窥一斑，文质兼美者比比皆是。上过学的人，谁脑海里没有记住一些优秀的古诗文呢？相信爱好此道者随便都可以罗列出一大堆来。比如《诗经》、楚辞、汉乐府中的作品，皆可参照涵泳。

现在有些学写古诗文的，除了个别故作高深者外，有的生怕别人读不懂、看不透，因而极为雕琢藻饰，极尽铺陈之能事。实际一部书、一篇文、一首诗的内容并非要"上穷碧落下黄泉"，拉拉杂杂炖一锅。古诗文大多以精练见长，尤其注重遣词造句，追求字少而意丰，言简而旨远。所以，有此偏爱者当用心琢磨，反复推敲，以求词句妥帖、气韵和谐、文意畅达。另外，还要适当留白，相信读者，让读者自己去"观光游览"，少一些无处不在的"旁白"提示和自作聪明的"唠叨"诠释，难道不好吗？

写作古诗文是讲究基本功的，需要博览群书，含英咀华，不断地揣摩，得消耗时间和精力才可能写出符合规范且有水准的东西。咱们可以从先秦散文、唐诗宋词、汉赋元曲、明清文献里去研读学习那些脍炙人口、传诵千古的诗文，认识那些才华横溢、独领风骚的巨匠，还有那些流传下来的无名氏的文字。我们不会忘了来自民间的真正有才情的诗人，不会忘了屈原、司马迁、陶渊明、李白、杜甫、白居易，不会忘了名垂华夏的唐宋八大家……那些灿若星辰的作者及其作品，真可谓不胜枚举。我们应以谦卑的姿态去认真鉴赏学习，在充分汲取营养的基础上，面对现实去真诚写作。

再者，不管写哪种体裁，古诗文还是现代文，不管是专业的还是业余的，如要尊重读者，把自己的文字拿给人看，都需要为此倾注心血，锲而不舍去钻研。天外有天，人外有人，阅读越广，越会感到自己知道的越少；写得越多，越觉得自己的文笔不够老到，还需进一步淬炼打磨。

自新文化运动迄今已一百年矣，作为人们沟通交流的白话文，已被普遍使用且深入人心，成为广大民众表情达意的主流工具。语言是时代的镜子，应当反映现实生活。如果我们写的古体诗文只有自己或极少数人明晓，那几乎就成了孤芳自赏与曲高和寡。这样说不是要大家摒弃并远离古诗文，而是建议当今写作者能够平心静气想一想，历史上的唐诗宋词已登峰造极，文言文怎么也难以超越《古文观止》里那些经典。众所周知的四大文学名著能流传下来，不是满篇之乎者也的陈词滥调，老套古板的语法句式，而是采用了许多当时生动活泼的白话。与社会生产力的发展一样，我们使用的现代汉语也在渐进演变，直到符合时代潮流，被作为成熟的语言工具而广泛运用。

重视运用现代语言，并不是要阻止写作古诗文。相反，对这条源远流长的古诗文河流，我们要研究和借鉴其精髓，去鉴赏它美丽的风物景象和独特的风韵魅力，以有利于提高素养、促进创新。但不要故步自封，钻牛角尖，把有限的时间及精力花在因循守旧的咬文嚼字上，耗费在语句的工整对仗、平仄押韵上。一代伟人毛泽东的诗词不错吧，可他也敏锐地意识到表达所受的局限，从而于新中国成立后提倡用现代文写作。

作为传统文化的古诗文，我们不妨保留雅兴去欣赏和习练,但不可以一叶障目,食古不化,忽视了现代汉语极其广阔且富有活力的巨大魅力。因为,我们并没有生活在古代,时光不会逆转,日常也不会以古诗文来说写交流。舞文弄墨者,尤其应清醒认识到这一点,选择适当的文体去抒写广阔生活,才是积极而有意义的。

当然,比起不学无术地混日子,有一项有趣的爱好是可贵的,喜好古诗文也是很不错的选择,至少不会觉得时间多余和精神荒凉。尽管世界纷纷扰扰,人生无常,但能淡泊宁静,走出芜杂,心有所爱,心怀美好,也许就会觉得平淡的现实生活也不乏诗意。

为学日益,为道日损。做人作文都是漫长的修行,正如对待如恒河之沙繁多的古诗文一样,乐以赏之,勤以习之,但不能缺了真性情,少了觉悟心。艺无止境,所谓"落了片白茫茫大地真干净",那是看透风雨红尘、阅尽沧桑之后才能达到的意境。

师古而不泥古,努力推陈出新,应是学写古诗文的圭臬吧。

一点拙见,权当探讨。

弦断有谁听

作者对自己的文字一般都比较在乎，希望有人阅读，能引起关注与共鸣。这无可厚非，创作的确是愉悦而又辛苦的事。所谓享受写作的背后，其实是身心的巨大付出。

呕心沥血的作者与顺风乘船的读者之间却免不了尴尬。谁都不愿意自己知识贫乏与精神荒凉，正如许多人希望自己的孩子学好国语、善于读写一样。可有的人却吝啬时间，吝惜举手之劳的分享。对此，连敏慧高产的作家偶尔也会流露出某些复杂的情绪，不单是因为累，而是与读者之间的沟通出现了微妙的问题，类似于"酿得百花成蜜后，不知辛苦为谁甜"的状况。为此有人可能会感喟，可能会陷入茫然……令人伤感啊！勤奋笔耕，捧出满腔热情的文字，换来的不应是漠不关心。这其实是创作过程中正常的情况，不少作家都曾出现过此种"阵痛"。这时，作者应冷静反思为什么写作，细心研究读者诉求，体会活生生的社会现实，乃至于人类生存发展的需要，明晰自己写作的责任和使命，以避免雾里看花与盲人摸象的尴尬。

人们游览风景，乐享高山流水，不仅仅是悦己，就像女人喜欢打扮，不只停留在为悦己者容的层面之上，也希望遇到真爱知己，正如许多人渴望精神世界的丰富而多彩一样。社会再现实，总不会远离阅读吧？文学是社会学，始终伴随人类，也不会从生活里消失吧？

当然，倾心用力写作与轻率浮躁玩文字是有天壤之别的。好的作品，文字干净如清泉，文思畅达若流云，启迪滋润人心，没有矫揉造作之态，毫无戾气、痞气、腐气。读之提神醒脑，受益颇多。一个真正的作者必须拿出广博的知识积淀与深沉的生活感悟，必须用心思、下功夫，不能马马虎虎将就，要为自己的文字负责，同时对读者负责，如此，也就不怕"知音少，弦断有谁听"了。

至于怎么评价作品，我想还是交给时间吧。举个例子，据说乾隆一生作了一万多首诗，恐怕后人几乎没记住一首，而骆宾王七岁时吟出了"白毛浮绿水，红掌拨清波"，却让人永远记住了。

现在，网络发达，传播渠道众多，人人有手机，都可以通过自媒体发布信息。与文学有关的也很热闹，有注重品位质量的，有追求特色新奇的，也有不少粗制滥造的。为蹭热点和吸睛，其中许多是快餐式写作，好似文思泉涌，但大多是千篇一律，千人一腔。有的人几乎天天写，可时间长了就不太用心讲究了。出炉的文字要么半生不熟，要么色香味欠佳，但还要打上所谓"创作"的标签。如果细看，有亦步亦趋的，有拾人牙慧的，可能还会发现自己或他人作品中的灵感创意、语句段落怎么跑到了别人的文章里。那嫁接拼凑、模仿剽窃真是绝了，真叫人好气又好笑，不知这种缺乏"含金量"的写法有什么价值呢?

真正的写作是需要积累和沉淀的,这其中包含了知识积累和生活感悟,对天地人及万事万物的思索。拥有丰富的素养,扎实的底蕴才能厚积而薄发。古今中外历史上那些大家,有几个是靠"短平快"写出好作品的?著名作家张炜说:太频繁的写作会让人变得平庸。这话也许不中听,但值得咂摸,想必写手们深有体会。咱们不能只做简单的码字工,要全心全意把"手艺活"干好。不妨拨冗静心思悟一下,写出的东西到底有多少可读性,又有多少成了过眼烟云。何况,我们的读者中也不乏学识渊博、潜心钻研的人。当然,如果只是自娱自乐,写着玩,没有强迫症,不为阅读量和点赞,那就另当别论了。

什么样的文字,能让你无聊、紧张、疲惫、烦躁的身心慢慢松弛下来、安适下来、平静下来,这关系到选书的品位与审美的境界。孔子曰:"朝闻道,夕死可矣。"这是对真理的无悔追求。作为一个思想健全、有品格的人,起码我们应向往并热爱真知。那么,读书应该是很好的途径。在当今这个到处充斥着竞逐、纷扰、嘈杂、喧嚣的尘世,不惑于目,不乱于心,加强修养且坚持不懈,于淡然时光里手持一卷,静观一文,还有比这更好的快感和体验吗?

我只是一个平凡的语文老师与文学爱好者,认真教书之余,有时技痒也写点"下水作文"。也许受我的熏陶吧,我教过的许多学生不但对语文产生了兴趣,喜欢上了阅读,而且也提升了作文能力。我有时工作忙碌也会悄生怠惰读写的念头,可一旦养成了习惯,便又禁不住捧起书、拿起笔……

"腹有诗书气自华",读写既能滋养人的灵魂,也会影响和改变一个人的气质。坚持修炼,不为功利,也可以给平淡生活增添一些趣味。

　　世界不平静,人生多无常。就如目前的疫情,层出不穷的爆料,纷至沓来的褒贬,各种各样的抗疫征文活动出炉了。社会剧震应该有文学艺术的参与,但也有其"失语"和"缺席"的时候,这应把握具体情况。写作是不能脱离现实的,更是需要心境的。各个时期经常会有一些蹩脚的跟风赶潮的文字仓促出手,其语言可能因哗众取宠遭受冷遇,或因纰漏破绽令人忍俊不禁;其内容空洞肤浅、艺术性匮乏、思想苍白。咱们表现生活的真善美或假丑恶,总不能流于机械的跟风扎堆,浅显的装模作样吧?即便靠自吹自擂、互相吹捧、廉价赞赏来吸引眼球,在当今媒介传播日益泛滥的状态下,又有什么实际意义呢?

　　行内人士知道,良好的创作状态往往是沸腾生活的沉淀,是排除干扰沉静下来将素材和思想进行艺术加工的锻造过程,是饱含深情地对作品中的语言的透视打磨,然后赋予独立灵魂世界忘我而从容的表述。所以,从事文字工作不能怕寂寞,要摒弃浮躁,拾起真情,苦修内功,方可不断流淌出打动人心的文字。做到这些,哪怕只有少数真正喜欢你的读者,也是值得的。

　　注意"弦歌给谁听",但也不必太在意"弦断有谁听",热爱光明就去逐日,心向旷宇就别拘狭小。静水流深,冷暖自知,只管修篱种菊,耕云播雨。相信时间会证明一切的!

怎一个情字了得
——读李汉荣《万物有情》随感

时下，书市及全民阅读状况繁杂。碎片化阅读、快餐阅读当道。大量的鸡汤文、猎奇猎艳文等，充斥着我们的视野，挤占甚至污染着我们的心灵。于此，我们能汲取多少有价值的知识，又能吸收多少有营养的东西呢？

因此，有的怕委屈眼睛不想看，有的硬着头皮也读不下去，有的读过很快就忘了。可有的书不但值得细读，而且如遇知己，再读也不厌，李汉荣的《万物有情》即属于这一类。

其实，李老师出版的书在我的书架上俱可找到。从最早的《驶向星空》《母亲》《想象李白》到《与天地精神往来》《家园与乡愁》《河流记——大地伦理与河流美学》《李汉荣散文选》，我都曾拜读。20世纪80年代末，他发表引人关注的《秦岭，命运的巨型群雕》那会儿，我还在读大学。当时，我曾约了文学爱好者想去找他聆教。后来毕业做了语文教师，我欣喜又在课文里遇见了他的文章，如《山中访友》《外婆的手纹》等，与学生分享美文，更增加了对他的钦佩。

这次，拿到《万物有情》，没有赶着读，而是置于床头，早晚心静之时慢慢品味一会儿，或随身携带，偷闲看几页。这样不急不躁地咀嚼，却越读越有趣，越读越放不下。万物有情，情系万物。作者笔下的这个"情"紧紧抓住了我，拥抱着我，缠绕着我，浸润着我，使我在忙碌之外心神安宁、惬意、如沐春风。

书中所录的六十二篇文章，是从汉荣老师的作品中精选出来的。这些文字是蕴含着善心慧心、灵气灵韵，浸透着真诚真情写出来的。我坚信，没有一颗柔软、仁慈、悲悯之心，是不可能流淌出这般润泽灵魂的语言的。

请看"月光落在月光上"一章里，他写的那些看似普通的人和事，转身或许就是永别，可怜伴随着尊严。母亲为孩子上学凑钱剪掉秀发，父亲鞋子遗留的草木芳香，外婆与一碗清水的隐秘和那永不失传的手上的温度，美丽而忧伤的新娘的花轿，以及乡村穷人令人揪心的生存真相……这些平凡的人，虽没有太阳的光辉，却如月光一般层层洒落，曾温煦了作者暗夜的孤寒，无疑也曾温煦过我们艰难贫乏的生活。

你看，在"人间天堂"一章里，作者笔下的猫、牛、虫儿、鸟儿、蝴蝶、燕子、猴子……这些陪伴人类的生命，不仅带给我们温暖、贴心、帮助，还带给我们反省、想象和灵感。有这些可爱的邻居，我们的生活才不缺少诗意。

再看作者所描写的那些形形色色的草木，多么富有灵性、富有人情味。先生满含爱怜地轻轻呼唤着它们的名字，感受着它们芬芳的气息，给我们上了一堂生动的植物哲学课，润物无声地对我们进行着审美教育，渗透着生态意识。草木有本心，咱们人类更应有本心才好。

继续欣赏"在时间洪荒里安坐"一章中的藤椅、顶针、银手镯、榆木书桌、红木梳子、守夜的灶台……作者不慌不忙地给我们展示着中国悠久历史的"传家宝"。那朴素、干净、温馨、优雅的氛围贴近我们,使我们仿佛在近距离地观瞻抚摸时光博物馆里的经典收藏,感受着一个民族传统文化的气质及情怀。

接着我们走进作者给我们描述的"寂静空山"与"时光长安",跟着作者一起观瀑、咏雪、登高、仰望星空、走青石板路、回忆老家的院子、听夜晚的河流讲述诗经和唐诗宋词的故事。然后,我们在时光里安静打坐,从容行走,环顾周围,回首往事,遥思冥想古今,心游万仞……与圣哲先贤们交谈,去参悟玄机和安顿灵魂。我们恍然明白:岁月流转,生命轮回,皆源于万物有情。

在作者的眼中和心里,万物是能感知善恶真伪的,是有血有肉、有情有义的,渴望体贴、理解、同情这些美好的东西,渴望高尚的情怀及纯洁的大爱。

读汉荣的文字,细品其中的味道,能强烈地感触到他那细腻温婉的情感,敏感执着的意念,澄明深远的哲思。

而这一切,源自他心里有一个情感炽热的大熔炉,可将万物众生观于眼、纳于胸,经浓情酝酿,喷涌挥洒于笔端。

作为万物之灵长的人,除了发达的智慧,还有远超于其他物种的情感。情感是性灵的源泉。情感是创造的催化剂,文学艺术更是这样。哪一件卓尔不群、震撼视听和心魄、令我们如痴如醉的优秀作品,不是倾注了作者丰富的情感呢?!自身沉浸在汹涌澎湃的情之激流中，使创作对象沐浴着情之雨露，让观赏者随之喜怒哀乐，陶醉于难以平息的情之汪洋。

李汉荣是诗人，诗言志；他写散文，文亦载道。这"志"与"道"的基础就是"情"。在"情"的宽厚博大之上，他建构起了令人敬仰的"精神大厦"和"心灵家园"。走进他想象飞驰、意象纷呈、凝练灵动的诗意境界里，你会涵泳悦享到那语言的精美，情感的纯粹，思想的深邃。

在李汉荣的笔下，你常常会情不自禁地被万物万象的韵致所打动。不只普普通通的人，不只"横看成岭侧成峰"的山，不只"孤帆远影碧空尽"的河，那宇宙的日月星辰，城市的胡同小巷，一草一木、一花一虫……都能引起他丰富的联想。他似乎听得懂它们的语言，能察知它们的感情，他以恭敬平等之态与它们亲切沟通、对话，切磋、交流。于是，当我们读到这些浸透情感、富含氧气的鲜活文字时，便会不知不觉怦然心动，思绪明晰、精神充盈起来。

著名作家阿来说：写作的高度不是思想技巧，而是情感的深度。

琢磨此话，真乃颖思彻悟啊！司马迁呕心沥血纂《史记》，开创了纪传体史学和传记文学的先河，曹雪芹不顾"都云作者痴"而留下《红楼梦》，歌德坚持到晚年完成《浮士德》，雨果心怀慈悯讲述《悲惨世界》……没有与自然动物的亲近交往，或许就不会有《所罗门王的指环》及《昆虫记》。这些有口皆碑的名著，作家在创作的过程中无一例外地专注用情，投入观察、思考，投入热爱、执着。古今中外，伟大杰出的作品、影响深远的作品，在艺术的光环之下皆能以情动人，感化天地，照亮广大读者的心灵。

《万物有情》虽不是大部头之作，但当你读那生动优美、含蓄而富有张力的文字时，只觉其短而大呼不过瘾，确属才情丰茂、品位上佳、可以滋养灵魂的作品。

李汉荣的散文清新隽永，禅意迭出，耐人寻味，他是语言艺术的大师，对字词句的运用特别考究。他主张回归到生命的本质当中去，与山河自然、生灵万物共呼吸。

他说："每次写作，我总是打开窗子，眺望一会儿朦胧的远山，如果恰闻一声鸟叫，我的诗文便有了清脆生动的开头；如果在夜晚写作，我就先在空旷宁静的地方，仰望头顶的星空，聆听银河无声的波涛，静静地呼吸着那从无限里弥漫而来的浩大气息。然后，我开始诉说，向心灵诉说，向人群诉说，向时间和万物诉说。语言被心中的热情和宇宙的浩气激活，自由行走和飞翔起来。语言只有在这个时刻才有动人的表情和语调，就这样，我的心在语言的原野上走向远处和深处。每当这个时候，我感到万物和宇宙都参与了语言的运动。"是的，读李汉荣的作品，他的语言也会调动我们的情感，点燃读者的联想。他的文字洋溢着无处不在的对生命的热爱、对自然的感悟及浓郁的人文精神。

我跟李汉荣虽在一座城市，但接触并不多。作为知名作家，他平和散淡又心系苍生。他凝望星空，骋思宇宙的奥秘；他感恩大地，爱怜一切生灵。他同情弱势群体，抚慰流浪猫狗，在野外碰到牛羊，也会揪一把青草去喂。他待人宽厚坦诚，古道热肠，尽心扶掖新秀，不端架子，不故作高深莫测之状和拒人千里之态。而他对文学艺术更是充满朝圣谦卑之心，故能聚合起丰沛的正能量，赋万物以深广的情感。

珍藏一段时光

你好，汉中

在中国版图的中心区域，有一个山环水绕、气候温润的福地，那就是易被忽略的神州明珠——汉中。

先前去外地上学、旅游、出差，提起汉中，有的说是在陕西，也有的以为在四川，还有仅知道个大概的，这真是不小的遗憾呢。

其实，这与汉中独特的地理位置以及自然和人文特质有关。

闲静之际，当你翻到《诗经》里的《周南·汉广》时，你会读到这样的诗句：

> 南有乔木，不可休思。汉有游女，不可求思。
> 汉之广矣，不可泳思。江之永矣，不可方思。

诗题中的"周南"即指周代南部的汉中，"汉"则是指汉江。这样一处山林茂密葱郁、河水清澈荡漾、女子美若天仙的地方就是汉中。

汉中位于陕西西南部，与四川、甘肃相邻。北依秦岭，南屏巴山，环列众山如巨掌拱围，指缝间有细流涓涓涌出，汇入碧波荡漾的一脉汉江。盆地中央的汉水曲折东流，穿峡越滩，直奔浩瀚的长江而去。由于在三省边界，许多人匆匆路过，便忽略了这块物产丰饶，有着"鱼米之乡"和"天府之国"美誉的风水宝地。

历史上，汉中曾是中华文明的发祥地和战略要地之一。这里有一百二十万年前的梁山龙岗寺古人类遗址，这里是上古夏商周三代的属地，春秋、战国时曾先后被蜀、楚、秦反复争夺，至公元前312年为秦所有，始置汉中郡。汉高祖刘邦在霸王项羽分封时曾不愿屈就汉中，萧何以"语曰天汉，其称甚美"说之，刘邦才打消了顾虑赴任。后来刘邦励精图治，筑坛拜将，用韩信计"明修栈道，暗度陈仓"逐鹿中原，终于建立了大汉基业。从此，汉朝、汉人、汉语、汉字就有了出处，并源远流长，生生不息。

其后的历史风烟中，张良、张骞、李固、蔡伦在这里生活过，张鲁、曹操、刘备于此建立过政权，诸葛亮、魏延、姜维以汉中为根据地屯兵北伐，唐僖宗流亡到此避难，明朝瑞王在此长居韬光养晦。历代文人骚客也曾盘桓于汉，如李白、岑参、元稹、文同、陆游、王士祯等在此留下诸多诗文，至于金石碑刻书画墨宝更是不胜枚举。

21世纪初，见多识广的著名学者余秋雨来到汉中后由衷感叹：这儿的山水全都成了历史，而且这些历史已经成为我们全民族的故事。所以汉中这样的地方不能不来，不来就非常遗憾了。此言非虚，如若不信，你来过就知晓了。

来汉中的路有多重选择。古代由北向南可翻越巍峨秦岭的子午道、傥骆道、褒斜道、陈仓道而来，自南往北可跋涉雄浑巴山的荔枝道、米仓道、金牛道而至。如沿汉江谷地而行，向西可上溯甘陇，向东顺流可达荆楚。现代的超级工程——西汉高速、十天高速、宝巴高速、西成高铁先后投入运营，还有多条航线把汉中与多地的重要枢纽连接，使汉中的交通更加方便快捷。

因地处南北东西的过渡地带，汉中历史上曾有过多次民族大融合。尤其在元代与清末，受秦晋鲁豫南迁、湖广西入、巴蜀南来、甘宁东移的人口流动影响，至近代又有全国"三线建设"的支援，因而形成了颇具特色的地域文化。这里的民俗民风与外界同异并存，这儿的人既直率豪爽又敦厚朴实。来到汉中，你能听到除本地话外的南腔北调，可以观看南路秦腔——汉调桄桄及民间的端公戏（一种傩戏）。逢年过节，舞狮耍龙、高跷、旱船等也会纷纷助兴。地方上的椅子、箱子、席子、刺绣、麦秆画等手工制品，常以竹、藤、棕、麻、秸秆、老布为原料。而丰富的土特产，比如茶叶、木耳、香菇、黑米、腊肉等远近闻名。

当然，最吸引人的要属地方特色小吃，有面皮、粉皮、菜豆腐、梆梆面、核桃馍、麻辣鸡、罐罐茶等。大快朵颐后去古汉台、拜将坛、武侯墓祠、古栈道等遗址游览，再去南湖、龙头山、樱桃沟赏景，或去褒河、华阳、黎坪森林公园观山看水，幸运的话，还可一见朱鹮、羚牛、金丝猴、大熊猫的真容。近年，紧邻市区的天汉湿地公园建成了，茶余饭后，逍遥漫步江畔，欣赏汉水朝晖夕阴、浮光跃金、桨声欸乃、鸟翔鱼跃的万千气象，慢慢享受一江两岸的美景，岂不乐哉！

除此之外，汉中最驰名的当属一年一度的油菜花节，那应是你一生不容错过的美景。

来吧，朋友！时令正好，来汉中看油菜花海吧，你定会不虚此行。我曾去过青海，青海湖的水美，但低矮散布的油菜花没有汉中的连绵壮观；我也曾到过云南的罗平，其高低起伏的油菜田没有汉中的气势磅礴。看到汉中几百万亩的油菜花，你将浑身为之一震——那是真正的花海，是大地的花魁，是自然的恩赐，更受万众的青睐。

来吧，惊蛰已临，春雷唤醒了汉中的山山水水。春阳温煦，春雨柔细，春风拂面，正是到汉中游玩的最佳时节。

来吧，在汉中盆地宽敞温暖的怀抱里，春水微澜，春林染绿，春花绽放，正是踏青的好时候。

当你站在高处远望汉中盆地，你看到的将是一个神工编织成的巨型花篮，怒放的油菜花会令你目不暇接；当你步入这片土地，就仿佛游进了花的海洋，被那无边无际的金色花儿包围着。路两旁是延绵不断的油菜花，城乡周边是油菜花，农舍阡陌淹没在浩荡的油菜花海里。怡然四顾，原野平畴是油菜与麦苗分割出的一块块斑斓锦绣，丘陵坡地是一层层盘旋而上的油菜梯田。波光粼粼的塘库映衬着油菜花，水里湛蓝的天空也绽放着油菜花的笑颜。田垄沟畔桃红柳绿，莺歌燕舞，夹杂着羊咩狗吠，徐徐和风中袅袅炊烟飘于村庄树梢。身边环绕着油菜花，眼前蜜蜂蝴蝶上下翻飞，阵阵清新的花香袭来。陶醉其中，恍若置身如梦似幻的世外桃源，你也许会忘了时间呢。

三月的汉中，无处不在的油菜花竞相争艳，灿然若金，汇流成海，那是汉中奉献给季节的最美礼物，是献给大地的绝妙诗画，是返璞归真、活灵活现的人间仙境。

汉中已获得国家历史文化名城、国家卫生城市、国家园林城市、中国优秀旅游城市的称号。古老的汉中、年轻的汉中、开放的汉中正焕发着蓬勃的生机。

时下，庚子疫情已基本被控制，汉中无恙，百姓平安，山水依然。

你好，汉中，走过沧桑，走向未来，愿你永远美丽吉祥！

但愿人长久

七夕,我恐怕要一个人过了。

一

前几日,孩子报名参加外地的夏令营,妻也想借此休年假陪同前往。好,去吧。家里只剩下我,一下变得清静许多,倒有足够的时间可供消遣。

熟人说,教师难得的暑假,何不出去放松游玩?我却不愿:一嫌热,二怕路上折腾,三还想趁暑假时间充裕做点自己喜欢的事情。

白天炎热,除了吃饭、休息、读读写写外,傍晚才出门去。我不愿挤进嘈杂的商场吹免费空调,也不爱去喧哗热闹的地方。我出了门,要么薄暮时溜达到就近的莲花池凭栏观鱼,与友人品茗闲谈;要么碰巧在广场遇到三五业余艺人拉着二胡,或坐或立,唱一段秦腔或汉调桄桄;要么黄昏后沿汉江两岸长堤信步,眺望晚霞里掠水飞翔的白鹭,或轻轻走到那些在拂堤柳丝下专注的垂钓者身边,驻足端详鱼儿咬钩后,他们挑起鱼竿的那股高兴劲儿。

留在江边,天黑后可以欣赏五光十色的卧波长桥,惟妙惟肖的火树银花灯，还有观者如蚁、气势恢宏的音乐喷泉。靠近亲水平台，桨声欸乃中，可以看到在水面穿梭的游艇画舫及舱内影影绰绰的红男绿女，他们愉悦的说笑声引得江面也波动三分。

此外，抛开这些去处，选择一个安静优雅的书屋，挑一本心仪的书，走过霓虹璀璨的街道，走过无眠多情的娱乐场所，伴着温馨的路灯回家再慢慢品读，亦算快哉！

都市的夜生活与景色是迷人的，但天天如此亦觉寡味。我不喜打牌上网，也厌烦电视里的肥皂剧，独处之时，便难免枯燥孤寂。于是在七夕这一天，我决定去郊区乡下的亲戚那儿小住。

二

堂兄家新修了房子，院墙边种着几畦蔬菜，这个季节里常吃的豇豆、茄子、辣椒、黄瓜、西红柿皆有。房前屋后的核桃、李子、枇杷、石榴相互掩映，葡萄藤上已有一串一串的果实，探头探脑地挤在一起。

大门正对面的路一侧是条清幽的水渠，渠旁有粮食晒场和石磨盘，那儿曾是我儿时与小伙伴们玩水和嬉戏的乐园。记得小时候在晒场看露天电影，天未黑，早早端着凳子排队。如去晚了，还得转到银幕后方去观看。那时，不太懂什么是七夕，只知牛郎和织女这晚在天上相会。不过，那好像是大人们感兴趣的事情。

早晨登上了郁郁葱葱的虎头崖，在镜子似的月儿湾水库游过泳,回到村里,与堂兄一家吃罢晚饭,在院子里摇着蒲扇纳凉,品着自家种的西瓜说着陈年旧事,夜幕便悄悄降临了。

此时,树上知了的聒噪刚刚停息,院墙里外的蛐蛐就急着开始奏乐,夜莺也匆匆地登场演唱了。

我放下茶杯走出门外,仰望苍穹,月亮如披了一袭婉约的薄纱,娇羞而朦胧。海洋般深邃的天幕缀满了星星,或明或暗,或大或小,宛若无数结在宇宙之树上的奇珍异宝,缤纷闪烁,神秘莫测。

它们是射手、猎户、巨蟹、天鹅星座……那两颗闪亮耀眼,深情款款对望的星星就是牛郎和织女吧?还有那么多数不清不知名的星星、星云、星系,远远近近、高高低低地在为牛郎和织女喝彩捧场。

它们是美丽的传说故事,那不计其数的神秘图案,只有在黑夜降临时才能让我们一睹真容,才能让我们的思绪插上翅膀,飞向遥远的天边。

这些天上的朋友,微笑着在宁静的夜空等候我们,给大地万物,给其他隐藏在宇宙深处的神灵搭建背景。它们热情洋溢地邀请我们去观看宇宙之夜缤纷多彩的盛大演出。

浩瀚的夜空,偶有流星箭矢般划过天幕,拖着金色的火焰,似乎要将那些擦身而过的星星点燃。

循着田间弯窄的小路,来到一片荷塘前,水面上氤氲着荷花和泥土的气息。俯身,荷叶上还停留着午后骤降的雨珠,在轻风中微微滚动,反射着钻石般的点点光芒。

与荷塘相邻的是绵延的稻田,侧耳可聆听到水稻灌浆的细声低语,俯身下去,鼻翼翕动间能嗅到一丝淡淡的清香。

一群萤火虫摇曳着尾部的绿灯笼,很有秩序地首尾衔接,幽灵般忽闪着,自眼前画着圈地飞过。

脚步跟进,几只青蛙"扑通扑通"忙乱地从田坎跳入水田。受到惊吓的蛙叫得更起劲了,一阵一阵,似潮水汹涌,似战鼓擂动,此起彼伏,高低错落,仿佛要淹没一切异响。但蛙声间歇处,其他虫儿也竭力争鸣,不愿错过这夏夜的美好时光。

头顶星辉,聆听着夏夜美妙的天籁,转身回到村口。坐在那盘早已废弃的光溜溜的石磨上,再次虔敬地仰望那广漠而静谧的夜空,久久不动,与闪闪烁烁富有灵性的星星在心里对话交流。

那瑰丽神秘、摄人心魄的无限星空中,美丽的星星是结在宇宙之树上的累累果实吗?它们形状不同,气味各异,色彩斑斓。也许每一颗星星都有一个悠久的传说,一个动人的故事哩……

一只狗忽地从路边蹿过,打断了我的遐思,那狗跑进了前方一间亮着灯的小茶馆,茶馆里的人还在喝茶、打牌、聊天。同时,我瞥见一只猫头鹰如出膛的炮弹从茶馆侧后高大的皂角树上射出,准确地逮住了一只仓皇出逃的老鼠,然后如武功卓绝的游侠一般抓着战利品飞回树上。

当然,我也瞅到一对青年男女情意绵绵手牵手,悄悄走到了晒谷场堆得小山似的秸秆后面。如此美丽的夜晚,他们才不会辜负这迷人的时光呢。

看着夜色掩盖下一幕幕蒙太奇似的画面，让人不由得心旌摇荡，浮想联翩……

起身，伸开双臂，身形便投影在那光滑如镜的石磨盘上，一种久违的冲动如电流袭来，我恍然觉得腋下生翼，足底生风，离开地面就要去赴那绮丽星空的盛宴……天界的琼浆玉液让我沉醉，尘世的人间烟火让我迷恋。我纵情驰骋于天地之间，与万物生灵共享夏夜这慷慨的恩赐。

无边的夜色笼罩着一切，这里没人与你争夺方寸之地，没谁打搅你的肆意观赏与好梦，不管是朴素静谧的乡村，还是繁华喧嚣的都市。宇宙之夜对一切都是公平的、温柔的。它大度地包容你的思念、欲望、躁动、疲惫、困乏，原谅你白天的失落，报答你白天的付出。

在安宁的夜里，你可以是闲适、自然、率性、生动的，不需要修饰伪装，不必要刻意矫情。你只管跟风情万种、温柔迷人的夜色拥抱，让你的梦想与行动一如孩童般赤裸裸地奔跑，宛若星空下诗意的河流走过山山水水、乡村城镇，自由自在地静静流淌、流淌……

三

夜渐深，一弯上弦月如美人撩开羞涩的面纱，脉脉凝视人间。这时手机响了，妻在那头欣喜地说旅程已结束，快到家了，还说和孩子要尽力赶回与我共度"七夕"哩。

一股暖流涌上心田，合眼，脑海立现一帧帧过往的温馨画面。

与爱妻邂逅、相识、携手走过的风风雨雨……

陪伴孩子,满怀希望地看他一路成长……

还有,与朋友、知己的惺惺相惜、心心相印……

星月辉映天地情,夜色阑珊令人醉。我在夜色中徜徉、遐思,纵享挥霍这美妙的时光,竟差点乐而忘返呢。

四

跟堂兄道别,发动引擎,我和车子一同扑进"七夕"的迷人夜色里,朝家的方向驰去。

良宵苦短,唯愿长此相伴。

过敏记

一到美丽的春天,我就心生恐惧。

花儿绽放,草树抽芽。在处处姹紫嫣红,芬芳香气流动时,我就不幸过敏了。

先是鼻子痒、打喷嚏,接着眼睛红肿、充血,继之鼻涕、眼泪随喷嚏越来越多。喉咙开始疼痛,痰也多起来。不知情者以为我感冒了,关切之下又怕被传染。严重时白天头昏脑涨,晚上痰壅呼吸不畅,睡不安稳。真是痛苦、难受至极。

不请自来的过敏折磨我好几年了。开始不重视,在小诊所当感冒治,吃一堆药,效果不明显,拖到五月天气渐热,身体就自愈了。可第二年进入春季又犯,那些症状又回来了。只得去市医院看大夫,哪儿不舒服看哪儿,看眼科、鼻喉科、呼吸内科。大夫说是结膜炎、鼻窦炎、喉炎,各开一些药,内服外用的都有。但用过只是稍稍缓解,并没有药到病除。亲戚中有从医的,推测说我可能是过敏,不可忽视,应查过敏源。于是我去皮肤科,但本地医院当时查不了过敏源,推荐去西安的西京医院查。那得请几天假才行。踌躇中,有同事云:熟人得此种病,注射抗生素与地塞米松就好了。闻言,觉着大老远去查过敏源麻烦,我便悄悄去诊所打吊针。打过几天针,病情大为减轻，眼鼻喉确实清爽利索了。心下窃喜，以为过敏离我而去了。

夏、秋、冬无事。花开飞絮的春天里，我的过敏又如约而至。因怕折腾，我下班后就直接去打吊针，几天后轻松了许多。可好转停药不到十日，那些毛病又重现了。心里犯疑，不敢麻痹大意了。我不再打激素，觉得那样像是饮鸩止渴，去问大医院的医生，他们也不建议继续用激素，说那样会破坏身体免疫力，主张来年提前预防。熬过痛苦的一季之后，爱人陪我去西京医院查过敏源。庞大而拥挤的医院，排队叫号，人头攒动中好不容易轮到我。大夫问诊后开了抽血单子，第二天去取检验报告，在所查的数百个项目里居然没有发现过敏源！医生说现在是夏天，花粉少，最好在春天过敏时再查，并说，就算找到过敏源，目前也没有特别有效的办法。医生叮嘱我应注意预防，注意饮食调整，平时多锻炼，提高自身抵抗力。我闻言无语，但心里还是感谢医生的善意提醒。

春去春来，时光荏苒。今年三月里没犯，我还暗自庆幸解脱了，可进入四月，"过敏君"又姗姗来访了。戴口罩也挡不住它，它不打招呼，悄无声息地潜入我的眼睛、鼻子、喉咙，熟门熟路地上演那些戏法，持续影响我的工作与生活。有时正与人谈话，有时正上班讲课，突然控制不住来一个，甚至连续几个响亮的喷嚏，眼泪鼻涕霎时涌出，那情景真叫人尴尬！眼红流泪，嗓子痛哑，话也不想多说。无奈，家人又硬拉我去复查过敏源。

这次做点刺，两只胳膊扎了许多试剂的取血点。结果出来，多种树、草、花都过敏，组胺三个"+"！结果既在意料之中又在意料之外。春游踏青不能去，得躲着无限春光，新鲜水果也不能吃（吃了喉咙不舒服）。小护士笑说，去个不开花的地方嘛。可春天哪里没有花？像候鸟一样自由迁徙没有时间，去季节相反的南半球咱又没条件，在哪儿又能逃离春天呢？

对于过敏，苦闷之余我已有点习以为常。我一边尝试服用一些据说可以减轻症状和增强免疫力的中西药，一边放松心情，与过敏做顽强的斗争。我想：身体里每年会来一个不速之客，要折腾我一番。不管它是魔鬼还是朋友，都要把它当客人对待，住过春天，它就会自行离去的。不过，难受或空闲时我会跟它对话，让它与我和平共处，或用潜意识"调动"身体的健康细胞与它交战。当然繁忙时，我就尽量将它遗忘。

过敏期间，有些事让我感动着。

有几天夜里，鼻塞、咳痰，睡不着觉。遂起床披衣看书消磨时间。妻子起夜发现，大惊，端来温水让我服下扑尔敏，默默陪我待一会儿。妻子把我的病情发到手机亲友群里，立时引起亲友们不断的暖心问候。

办公室爱美喜花的女士见我花粉过敏，立马将那些栽在盆里、插在瓶里的艳丽的鲜花搬出室外。课堂上时有打喷嚏、咳嗽发生，我不好意思打断讲课，有学生悄悄把纸巾盒放到讲台上。

那天，远在外地上大学的儿子得悉了情况，立马打来电话详问。一向内敛的他随后又发来短信，除了收集了许多对付过敏的措施外,特意给我强调:"先把手头事放下,安心抗敏,儿子身在千里之外,但心在你身边!"读之,热泪一下盈满我的眼眶,顿觉病好了一半。

记得那天从医院出来,一路触景生情,而后豁然释怀,在心里吟就一首小诗:

> 步出医院
> 阳光扑面
> 道旁树草竞相争绿
> 花儿携手微笑
> 鸟儿自由欢唱
> 安步当车奔行在路上
> 爱人跟随身边
> 亲人的问候春风般温暖
> 忽然觉得自己如此幸福
> 坦然赴约吧
> 无论生命召唤
> 还是病魔纠缠

今春不知不觉又过去了,阳光依然灿烂。饱受过敏煎熬的我如蛹化蝶,将可以自由自在地破茧而出,摘掉口罩,随心所欲地呼吸空气了。

病去如抽丝。"过敏君"依依不舍地与我的身体拜拜。我心想:快走吧,明年,你还来吗?

观云烟

午时，连续读书眼酸，抬头眺望窗外的雨后晴空，白棉花般的云无穷无尽变化着，在蓝天上铺陈出一幅幅画卷。

孤独的云朵，庞大的云岛，慢慢腾腾地飘移而来，似乎被什么驱赶着，离我越来越近。它们性格独特，尽显温柔与粗犷，也许经过大洋群山草原，挟带着海浪的潮气和森林的清新，云间仿佛隐隐传来动物们散漫的脚步声和快乐的吟唱声。

遥对一片羽毛状的云儿招手，请驾临我的窗台，来歇会儿脚吧。我给你们准备了干净的稿纸，最好能随意描绘几笔，引导我攀登那巍峨的云霄宫殿。这样我就可以随你飞举升腾，触摸苍穹之梦，聆听天外之音，与你一起想象多维空间，探讨未知奥秘。

精灵般的云儿，姗姗走到我恭敬整齐列队的书海丛林，循着幽幽墨香，出入一册册典籍，并游进我冥想的大脑丘壑，共同解读那些耐人寻味的故事。

褒姒委屈道：周幽王烽火戏诸侯，凭啥赖到我的身上？孟姜女长城恸哭，惊动了秦始皇，他怒曰：不修长城怎么防御匈奴的袭扰？刘玄德在白帝城托孤，流泪唏嘘：干吗要意气用事自毁宏图！咱们为何内讧，不攥起拳头一致对外？隋炀帝更加愤愤不平：凭什么忽视开拓者的功绩，污蔑我是荒淫暴君？风雅绝伦的宋徽宗后悔莫及：靖康之祸，行耻辱的牵羊礼，忘记忧患的代价也太大了！打进京城的李自成悲催吟哦：一时享乐疏忽，竟断送了到手的锦绣江山。云儿继续翻阅其他书籍文字……拿破仑在滑铁卢浩叹：援军如能早到半天，何至余生流放荒凉海岛？阿基米德临死前，也许还在狂想：那撬动地球的支点杠杆，是否有人能完美地创造出来？

云儿似乎在感叹：仰望浩瀚无垠的宇宙吧，你们以及太阳系，不过是沧海一粟。擦亮眼睛，抓紧赶路，多少野蛮和文明都已成了过眼烟云。

凝望高远辽阔的天空发呆，影影绰绰、熙来攘往的众生都在忙着传发各自的密码，蜂拥而至又转瞬消散。

天上的云，在窗外随意舒卷聚散。一缕烟，忽而幻作奇异的虫子，咬破厚厚的书页，从百年千年万年的时空隧道里爬出来，然后，它打了一个响亮的喷嚏，飞走了。

隐隐传来一阵耳语：历史，不只一声叹息；现实，不光为了苟且；未来，尚需一点梦想。

槐花香来

春末,当百花缤纷亮相后,有一种花儿悄悄登场了。

外出散步,沿途袭来淡淡的清香,丝丝缕缕,若有若无,深吸一口,恬淡而含蓄,是那种独特而隽永的味道。

循味顾盼,郁郁葱葱的行道树中,只见其中几棵静立临风、香气四溢,繁茂的青枝绿叶间悬挂着一嘟噜一嘟噜的白花,像用金线连起的一串串绢花。不!比绢花更水灵、更莹润。望去,白如雪,洁如云,原来是槐花!

继续往前走,又看到独自或三三两两并肩站在一起的槐树。满树花儿宛若美人高耸云髻上缀着的珍珠。有的是未开的花苞,有的是绽放的花瓣,密密匝匝拥挤在一起,好不热闹。那已开的花儿如无数玉蝴蝶栖息在枝头,微风轻拂,带来阵阵特殊的香味,溜入喉咙,钻进肺腑,融入身体的每个细胞。

暮春将尽浑不觉,一路清甜香似梦。看着,嗅着,竟不觉醉了。

想起儿时在乡村的那段光阴。蓝天如镜,白云悠然,碧波荡漾的月牙湾水库一侧和缓起伏的山岗上,一到春末夏初时节,成片的槐花就开了。与小伙伴在水库里捉过鱼,扯几条岸边的柔软柳条编个帽子戴头上,就撒开腿跑进树林里,踩着芊芊青草，仰头瞧那诱人的槐花，如同观看天上的花市。随即挽起裤管，往手心里唾口唾沫，便与伙伴们争先恐后，各自嗖嗖地爬上树去。骑在枝杈上，挑那种将开未开的白生生、粉嘟嘟的槐花，捋下来送入口中狂嚼。那滋味，悦享每个味蕾，兴奋每根神经。云雀在空中自由翻飞，金龟子在枝头悄悄爬行。树上玩够了，溜下地接着在树林里追逐打闹。那样的举动，进城后再没有过。那情景，恍惚只在梦里出现了。

离开乡村，弹指三十余载。学习、工作，忙于生计，很少见到那生于青山绿水、天然成林的槐树。而城区一般在某些路旁或公园的一角才能见到。纯正甜香的槐花蜜也不多见。近年来，倒是周围的一些人在这个时节嚷嚷着采槐花，用偷偷摘来的或去农贸市场买来的槐花做吃的。

槐花蜜甜香清淡，解毒润燥。以槐花为原料加工的食物美味可口，不但好吃，还有凉血止血、清肝泻热、调节血压及解酒的功效。

槐花的吃法有很多。一般选那种未全开的槐花，要清新鲜嫩，摘去花梗和杂叶，清洗干净。洗净的槐花可做清炒槐花，锅内倒少量油烧热，放入槐花快速煸炒，加适量盐和醋，翻炒出锅；可做凉拌槐花，轻轻焯水，捞出，沥干水，加适量盐和橄榄油拌匀即成；还可做槐花炒蛋，将槐花与鸡蛋搅在一起，加盐搅匀，油热后倒入搅好的蛋液，用筷子快速划散出锅盛盘。当然，最多的是蒸槐花麦饭，给洗净的槐花分几次撒上面粉（一般按槐花和面粉2∶1的比例混合）搅拌均匀，上锅大火蒸二十分钟，用蒜泥、油泼辣子、香油、少许水调成汁后，趁热浇在槐花麦饭里拌匀，即可开吃。

　　当然，各地的做法也不尽相同。常做的还有槐花煎蛋饼，在槐花中加入鸡蛋、面粉、盐、胡椒粉，搅拌均匀，不粘锅中加油，倒入搅好的槐花糊，用勺子抹平，煎至两面金黄酥脆。此外，还能做槐花包子、槐花饺子、槐花馒头等。有的地方还拿槐花腌槐花酱，密封放入冰箱保存，可当果脯。至于将槐花晾干后收藏，冲泡热饮，就更常见了。

　　不过，如今在城里，槐花绽放飘香只算是普通景观。人们心知，妩媚的春天将过去，热情的夏天快来了。

　　许是出于对春的留恋吧，也有镜头记录它，也有男女老少怜惜它，谁还会为了自己的口腹私欲去随意采摘，糟蹋这道暮春时节的亮丽风景呢？

　　再次经过，心里念道：

　　　　不随众芳争美艳，只于路旁娴静开。
　　　　一缕暗香入骨髓，洗尽铅华韵自来。

　　但愿身旁能多一些质朴的槐树，多一丝记忆深处的可爱清新的回味。

寻找秋韵

进入九月,秋意渐浓了。

阳台上的一盆矢车菊悄悄开了,淡蓝花瓣,嫩黄花心,嗅之香气清幽。

难得秋阳温暖,趁周末出去随便走走。

刚上街就闻到阵阵浓郁的香味,丝丝缕缕直冲口鼻,沁人心脾,原来是从道旁的一排排桂花树上散发出来的。近瞧,藏在枝叶里的桂花有金黄、粉白、橙红等颜色,热闹绽放,其浓郁的香气弥漫了整个街道。

身上沾着桂花香,来到滨江路。登上堤岸,往日丰盈的江水消瘦了许多。细长的垂柳枝条在空中懒懒飘摆,少了江水滔滔的映衬有点孤寂。多亏前几日秋雨的滋润,路旁的草还透着几分倔强的绿意。

走下台阶,步入临江公园,远远的一行银杏树排列等候,清风中缓缓飘来一柄精致的"伞",旋转着落在人的脸上、身上、脚边。随手接住一柄黄色的"伞",如拿着一件精良的工艺品,叶脉清晰。哦,地面上都是黄灿灿的银杏叶,已铺了厚厚的一层。游人倚着树或坐卧在地上照相,摆出各种姿势,享受着大自然的惠赠。

公园里最多的是菊花，有雍容华贵的金菊，有热情洋溢的红菊，有清新淡雅的白菊，还有神秘少见的墨菊。造型也各异，看介绍有"银丝串珠""珠帘飞瀑""飞黄腾达""绿衣红裳""人面桃花"等，令人目不暇接。堤边的秋海棠也开得正盛，粉红、月白、淡绿、紫红等深浅不一，艳丽柔媚。近旁立着几丛美人蕉，叶片碧绿修长，掩映着娇艳欲滴的花朵，宛若众星捧月的娉婷仙子。

曲径通幽，边走边看，恰逢周末，亲水平台人流不息，男女老少笑语盈盈。堤边柔软的草地上，健身器材旁活跃着路人运动的身影。这个时节不冷不热，人们抓紧时间锻炼着。那些大大小小的狗儿跑来跑去撒欢，也活蹦乱跳地跟着凑趣。

转悠着，遇见熟人互相寒暄。边聊天边乘兴在健身器械上活动一番，微出点汗，浑身舒泰。

"看，大雁！"有小孩大叫。仰头，果见一列"人"字形的雁阵在高远的蓝天飞翔，扇动的羽翅间闪烁着太阳的点点光芒。"乡书何处达，归雁洛阳边。"它们是去南方报信吧？同时也在进行一年一度的回归。秋雨若来，便又会梦见"何当共剪西窗烛，却话巴山夜雨时"的别后思念与重逢温馨了。

刘禹锡诗云："自古逢秋悲寂寥，我言秋日胜春朝。晴空一鹤排云上，便引诗情到碧霄。"此公别出心裁，不落窠臼，可谓深谙秋之意蕴也。

日月行天，江河流地。夏去秋来，又继之冬眠春生。物候迁徙，草木荣枯，不过是此消彼长。生命何其珍贵，又何其短暂。沧海一粟处其间，有何悲欢得失可言？唯时光公正，淡淡见证过往矣。

一路溜达着，不觉过了桥涵，到了上游。这里正持续开发建设滨江新区。道路宽敞绿化漂亮，亭台楼阁点缀其间，高大的摩天轮，两岸鳞次栉比的建筑群，远远地倒映在江面，充溢着现代时尚的元素。

环顾四周，不少人工移植的景观树上挂着营养针，艰难地活着，个别已气息奄奄。干净的步行栈道，美丽的草坪花丛及雕塑旁，却有宠物排泄污秽，主人熟视无睹，竟不收拾。路人皱眉掩鼻，匆匆而过。

这个时节的河畔，总觉得缺少点什么。往前，出现一片茂密的水杉、红树、杨树、桑树、槐树等混合的杂交林，踩着匍匐于地的巴根草、牛筋草，再穿过葳蕤的灌木，我的眼前一亮，看到了河湾处一溜久违而熟悉的芦苇。芦苇沿岸边曲曲弯弯分散着，虽然长得参差不齐，但芦花悄然而热烈地盛开着，银色的、米白的、浅紫的，温情的秋日给它们镀上一层亮丽的光晕。芦苇在微风中摇曳着，跳着曼妙的舞步，细叶如流苏轻摆。毛茸茸的花儿依依不舍地离开花穗，轻轻地飞起来，飘到林中，滑向江面，落到小船上，跟河水诉说着柔情，静静地流向远方。

我的头发和手上也沾上了飘来的芦花，我将它们收集到一起捧住，坐下来凝视着它们。靠河的一侧，芦苇苗条的身姿投影在水里，一群小鱼儿游来游去，漾起层层涟漪。我想到年少时与小伙伴们在河里玩水，累了光屁股躺在沙滩上晒太阳，然后在芦苇荡里捉迷藏摸鱼儿，在芦苇丛间嬉戏打闹。有次结伙赶兔子，不料竟逮住了一只仓皇出逃的狗獾。那时的芦苇真多啊，从堤脚延伸到河里，上下望不到边。风起时满河芦花飞舞，恍若雪花飘飘洒洒。

平静的河面，乍现游移的倩影。抬头巡视，空中一只白鹤在优雅地盘旋。忽而，白鹤箭似的扎进水中，一瞬间水淋淋腾空而起，嘴里已叼着一尾闪亮的鱼儿。两只螃蟹可能受到惊吓，惶恐地爬到岸边，挥动大螯，瞪着溜圆的眼睛东张西望。我轻声与它们低语：赶紧回水里去吧，菊黄蟹肥，当下正值吃你们的时节呢。

微微呵口气，手掌里的芦花轻盈地悬浮起来，在眼前留恋地旋转几圈，随后像个梦的精灵，渐飞渐远了。

久久凝视，我的眼开始迷离。耳畔，回响起二千多年前，从秦风里传来的一首歌：

　　蒹葭苍苍，白露为霜。所谓伊人，在水一方。
　　溯洄从之，道阻且长。溯游从之，宛在水中央。

芦花飞扬，河水汤汤，苍茫的水天之间，似有伊人款款走来。

光阴流转，记起那个秋夜，白居易江头送客，枫叶荻花秋瑟瑟。他如醉如痴听着琵琶曲，感慨万千，写下了"同是天涯沦落人，相逢何必曾相识"的千古绝唱。江流船横，明月辉映枫叶荻花，大诗人泪湿青衫，应还记得"此时无声胜有声"的意境。

啪的一声，一块石子落进河里。回首，几个青年男女在比试打水漂。看我起身走出，他们猛然也瞧见了这一片隐蔽的芦苇，欢呼着像发现了宝藏似的冲过去，簇拥依偎在芦花旁，惊喜地又喊又跳。

江水汤汤流了亿万年，到了现代，还有当初的清澈、明净、丰润吗？怎么污染越来越严重，越发消瘦甚至干涸，像个贫血的病人？也许芦荻仍默默开花，但还有当初的"苍苍、萋萋、采采"的景象吗？现在已很难寻到，孩子们偶然一见，竟会欣喜若狂。

登上大堤，滨江路车水马龙，人流熙来攘往。路旁新开发的商住区骄傲延伸，钢筋水泥的建筑森林傲然矗立。但它冷冰冰的，走近它，或想拥有它，都会感到一种无形的压力和憋闷。

人们用现代手段把自己层层包裹起来，人和人之间也渐渐有了隔膜。人们大多时间处在蜂巢似的单元格子里，虽然享受着先进时尚的东西，但装备的"科技铠甲"带来开放便利的同时，也将人们封闭起来，就像现在我们时刻离不开手机和网络一般。我们的内心其实是向往自由自在的，甚至是渴望返璞归真的。应当为身心留一处天然干净的、信马由缰的乐园，就像在秋天的大画框里，出现一丛芦苇才有趣！

惬意返回。沿途，这时节里成熟的板栗、柿子、大枣、苹果、梨、葡萄、柑橘等水果，还有新鲜的地瓜、韭菜、莲藕、秋葵等蔬菜摆在路边。摊主们热情地叫卖着，招呼你停下来瞧瞧，大方地让你品尝、任你挑选。停下，称几斤咧嘴笑的石榴带回家。

逛至十字路口，见一窈窕女子笑吟吟地卖花。身侧三轮车上放了许多时令花卉，芬芳四溢，遂挑了一盆淡紫色的勿忘我。

回　归

　　学校坐落于城郊的一片田野之中，距汤汤东流的汉江不远。

　　环绕校园的不是钢筋水泥的现代建筑森林，而是围墙外轮番登场的美景：春天的油菜豌豆、夏季的荷花小麦以及秋季的玉米稻谷。它们在季节时序里自然地成熟。琦和师生们就在这美丽而幽静的校园学习生活，校门前柏油路通向前方的国道，方便师生来回进出。

　　琦在这条路上一晃已走过了十几年。当年分到该校教书时他还是个血气方刚的小伙子，如今即将迈入不惑之年。他教过除数理化外的很多课，日日清脆的铃声伴随他上课下课，如准时出操的士兵风雨无阻。

　　这是个以农村生源为主的学校，学生的条件虽然不如城里的孩子，甚至还有一些贫困生，但他们大多纯朴善良。其实当初琦并不热衷于教书，和许多的同龄人一样，他也做过许多热血沸腾的梦……他一度离开学校，与人风风火火地合伙经营过生意，可就在他人将琦渐渐淡忘的时候，琦又悄然回到了学校。旁人说："在外好好发展，赚大钱，回来干啥？教书匠起早贪黑，成天过着周而复始的单调乏味生活。"琦不想辩解，也不点头摇头。其实,他是厌倦了外面嘈杂喧闹的世界。这里没有灯红酒绿,没有纸醉金迷,没有尔虞我诈,让他感到平静而充实。所有的一切还是那么亲切熟悉,新老同事,男女学生,红瓦白墙的校舍,旋转扶梯的教学楼,绿草茵茵的操场,高低错落的树木,青石铺就的小路……琦又开始上课下课,面对那些清纯可爱的娃娃脸,他仿佛进入神圣的教堂,专注而虔诚。看着那些渴望的眼神,他彻底忘记了围墙外的尘世喧嚣,一种宁静安详之感弥漫在他的心中。

哲人讲,人不能两次踏进同一条河流。这是譬喻运动和静止的关系,其实也涵盖着自然与社会的辩证关系。现实中,虽然时光似水流逝,而命运到底可不可以重演,则在于如何抉择和把握。这如同一堂课结束就该进入另一堂的内容,得抛弃杂念,准备上好下一堂课。当初,与他一起分来工作的同事,有的早已跳槽转行了,也有调走的,还有做官经商的。琦下海早,可他试过水的深浅冷暖,觉得不太适合自己的理念与气质,遂又掉头上岸了,这让一些人大发感慨。琦比较执拗,认准的事也不后悔。他遵从自己的天性意愿,说回来就回来了。即使在校外那广阔又芜杂的天地,在那些忙忙碌碌的日子里,琦也要抽空看点书,即兴写点东西,也会偶尔想起潜藏在灵魂深处的一方净土,留恋曾经的难忘时光……

学生喜欢上琦的课,琦也喜欢他的学生。他与学生们真诚相待,并视他们为朋友。他寓教于乐,不墨守成规,风趣幽默的教学常常引起学生们的热烈响应。琦称赞弟子们用功学习,也鼓励他们多阅读、观察、感悟、锻炼,培养健康的兴趣爱好，树立正确的人生观价值观。为此，他积极开展课内外活动，课余主编校刊，主持文学社团，关注教学前沿新动态，拓宽师生的视野，倡导知行合一、学以致用的理念。他自己也勤于读写，撰写教学论文课例，与学生一起写作。多年来，他本人及指导的学生在许多大赛中摘奖夺冠。

　　返校后的十几年来，他私下悄悄资助过六个家庭贫困的学生，除了生活上的帮扶，更注重精神方面的慰勉，其中三个已考上大学。另外，有的节假日，他带学生和自己的孩子去福利院等公益机构做义工，以实际行动践行中国的仁义礼智信的传统文化。

　　平日闲暇，琦爱去校园外散步，有时独自一人，有时就和学生一块儿行动。他们在田野阡陌上边走边看，向庄稼问好，朝果实点头，跟野草握手，与蟋蟀交谈，对蝴蝶花儿微笑，模仿鸟雀鸣叫，目送蜻蜓蜜蜂飞来飞去……有时他们会席地而坐与老农聊天，有时他们会沿着校门前的路一直走到波光粼粼的河边。这儿位于汉江盆地的上游，一线清波流泻，秦岭与巴山余脉隔河相望，武侯祠、马超墓、万寿塔、阳平关等古文化遗址如珠分布，有很多历史名人在此留下了足迹。漫步河滩，倚柳观芦苇摇曳，远眺夕阳如熟透的橙子慢悠悠落山，缤纷的晚霞浮跃在浩渺的烟波里，看鹭鸶、朱鹮在水面沙洲上自由地飞翔。此时琦常常会和他的学生忘情地吟唱，要么就静静地或坐或躺在柔软的沙滩草甸上，在脑海里回放历史和现实交错的故事镜头，任思绪随一片悠悠白云飘忽，任想象随一江碧水流淌……之后，他领着学子们背诵着优美的诗文，再一路奔回校园。

黄昏过后，温柔的夜色弥漫开来，教学楼的那些灯便亮起来了。师生们走进教室，在这片干净的圣地辛勤耕作，孕育缤纷的梦想。翌晨，晓风吹拂，新的一天来临，琅琅书声又回荡在如诗如画、活力四射的校园。

或许人一生集中精力只能做好一两件事，若分心太多或许将一事无成哩。走自己的路，让别人去说吧！认清自己的路，就坚持走下去。

琦这样想着，贪婪地吸一口清新的空气，夹着书走进了他熟悉的教室。

年　味

农历新年一天天临近了。

回家过年唱响了恢宏的主旋律。自春运启动以来，繁忙的机场、车站、码头，把在外奔波忙碌的人们送往祖国各地。什么也阻挡不了人们回家过年的执念与热情。长城内外，大江南北，匆匆的身影和脚步都朝向家乡，如雁阵回归、鱼群洄游，构成中华民族一道独特而壮观的景象。

过年是深植于血脉的寻根行为。不管钱袋鼓与瘪，不论酸甜苦辣味如何，撇下一年来的恩怨得失，先回家与亲人团聚过年，在故土温暖的港湾里适时松绑、休整一下。如此，紧张的身体和漂泊的灵魂就找到了安放之处。

过年得像个样子，打起精神来。扫灰除尘，干干净净迎新年；置办年货，大大方方庆新年；丢掉忧愁，振作起来，欢欢喜喜过新年。走过春夏秋冬，有什么放不下、想不通的呢？总结过往，及早谋篇布局，争取有个好兆头。

过年是赏心悦目的。乡下，宰鸡杀猪，炖肉煲汤，敲着锣鼓家什赶排喜庆的节目。城里，一盏盏灯笼挂起来了，一树树彩灯亮起来了。广场、公园及街道摆上了美丽的花篮，还有迎喜纳福的吉祥物。走街串巷，随处可见家家户户的窗栏吊挂着熏腌的鸡鸭鱼肉、灌制的香肠，商城、超市一派红红火火。

过年有宗教一般的虔诚仪式。腊八喝粥，小年祭灶。大年三十这天，许多地方的习俗需要祭祀祖先，缅怀祈福。然后千家万户欢聚一堂，喜气洋洋吃团圆饭，一边看除夕春晚，一边守岁拉家常。只说吉利话，不做扫兴事。一家人尽享天伦之乐，幸福满满，其乐融融。到子时，鞭炮噼里啪啦炸响，焰火绚烂映亮夜空。人们欢欣鼓舞、辞旧迎新的心情达到高潮。从正月初一到元宵节，神州大地和他的子民都淹没在春节无比欢乐的海洋里。

过年是多姿多彩的。在儿时的记忆里，小娃是期盼过年的。帮大人贴春联、贴年画。不光能得到压岁钱、穿上新衣服，还有比平时丰盛的好吃的。除糖果糕点、饺子汤圆以外，当然鸡（吉利）鱼（年年有余）要有的，生菜（生财）腐竹（富足）也应有的，图个吉祥如意而已。好玩的莫过放鞭炮、滚铁环、猜灯谜，还有一个划甘蔗的游戏，说来倒挺有意思。将甘蔗竖直立于地上，待立端的当儿，持刀迅疾下剖，谁甘蔗皮划掉的长则赢，反之则输。此外，小孩跟着大人走亲戚、逛庙会、游花市。我们挤进人群，饶有兴致地观看那打扮得花花绿绿、粗眉红腮的表演者舞狮子、耍龙灯、踩高跷、跑旱船、扭秧歌等。至今回想起来依然觉得暖意盈怀，充满温馨。

过年就是过心情，整理思绪迎新年。无忧无虑的孩子们因增长一岁而高兴，成年人为诸事顺遂而筹划，老人因添加寿龄而难免惆怅。不过，春节恰在岁首，气象更新，人们都希冀新的一年时来运转,开年大吉。沉浸在欢天喜地的节日氛围里,大家春风拂面,怀揣梦想,无不对未来抱有美好的愿景。

春节是中国最古老和隆重的节日,盛大而热烈,乡情、亲情、祭拜、礼乐、庆祝等交织融汇,犹如民族文化之图腾,历久而弥新。经过忙碌的一年,值此辞旧迎新之际,人们趁此良机敬天法祖,固本思源,体现出中华民族悠久的历史文化内涵。人们借此佳节走亲访友,嘘寒问暖,渗透着礼仪之邦深厚的人文精神。欢度春节之时而不忘本,全民齐心同乐是中华民族大家庭的美德。我们崇尚慎终追远、礼尚往来的遗风,是独特而伟大的华夏文明的光辉,也是炎黄子孙的血脉得以生生不息的根本和源泉。

在普天同庆的佳节里,为了大家的安宁和幸福,还有不少站岗的士兵、加班的工人、执勤的人员,让我们向他们致敬。我一位同事的丈夫在西藏部队驻守,不能回家过年,她便带着孩子毅然赴藏与其团聚。正因为有了许许多多为了大家的欢乐而默默付出的奉献者,我们的节日才愉快祥和。

历添新岁月,春满旧山河。时光荏苒,经过几十年改革开放,现在生活水平大大提高,就物质方面春节与平时已相差无几。过年已不再是简单地胡吃海喝、滥娱狂欢,而是变为休闲放松或携亲出游的好时机。除了怡享丰富多彩的春节传统文化,更应提倡文明、理性、健康的过节方式。

年味醇厚,日月常新,新年令人快乐,更加催人奋进。

风雨人生

一

人都不愿生病，可总是无法避免。

住院几天，疼痛炎症渐消。本以为可以出院了，主管医生却严肃地对我说："你现在的病情，需要手术治疗。"

其实，六年前单位组织体检时就查出一些问题。尤其发现我的胆囊息肉达零点八厘米，医生叮嘱得注意复查。平常虽偶有恶心胃胀等毛病，但我并没真正放在心上。今年初突然发作过一次，胸口不舒服，一种从未有过的莫名钝痛袭来，去医院咨询检查，检查结果是胆囊炎引起的，而息肉已增至一点五厘米，且还有结石。肝胆外科的大夫建议尽快手术，以摆脱折磨，消除可能的癌变隐患。

当时我有点恐慌，开始多方搜寻资料。保胆手术是最先关注的，有几家北京、上海的民营医院声称能做，但国内正规的三甲医院并不主张。还有患者试过无数中西药，甚至吃了几十斤鸡内金也不见效。当然，也有医生建议密切观察，改变不良生活方式，如病情继续发展再行手术亦可。经反复斟酌，我觉得胆囊虽小，却是人体重要的脏器之一，不到万不得已则不切除。

工作一忙就忘了旧疾。倏忽大半年过去了,直到上周一讲课忽觉右上腹不适,午后改作业时胸部隐痛,连带肩背疼痛。硬是坚持上完一节课,胸肋越来越痛,犹如刀绞,我急忙请假赶到医院。

这次,面对病情与医生的郑重提议,我和家人心里倾向于手术,杨大夫如实告知手术可能出现的意外情况,比如:麻醉或导致心脏骤停,或术中临时改变方案扩大范围,或术后感染等。因为每个人的体质状况不一样,所以要有充分的心理准备。如同意,家属及本人得在手术协议书上签字。看着那些白纸黑字的冰冷条款,妻子和我心里都有些忐忑。到底做不做呢?我心脏不是太好,今年又带着毕业班,令人关注的职称评审又即将开始。一时,我又陷入了踌躇之中。

二

"你这个病已经拖得很久了。手术做了少了病痛折磨,也断绝了隐患。利害轻重你要好好把握。"主管医生杨瑞虽比较年轻,但说话条理严谨,逻辑清晰,显得很是老到。

肝胆科主任李涛依旧平和亲切。上一次住院联系过,本来他及时安排了手术,是我打了退堂鼓。可他没有因我"二进宫"而"冷落"我,仍然关注我的身体现状。

"王老师,你的病情目前完全符合手术指征,应尽早下决心,避免夜长梦多哦。"他温和地说道,"这个手术很成熟,绝大部分病患恢复良好,你不必顾虑太多。"揣摩着他的话,我心里那道迈不过的"坎"在动摇。

主刀大夫是唐寒秋副主任,他沉静而干练。术前我们有一次难忘的谈话。他刚做完手术回到办公室,端着咖啡杯直视着我说:"王老师,看得出来你还很纠结。"

我点点头:"毕竟要摘除一个脏器,还得再考虑考虑。"

"你是个理智的人。"唐主任平静地说,"你爱惜自己的身体,顾虑手头工作,但人更应珍爱自己的生命。"他目光炯炯地说:"给你讲个真实的事情吧。"他喝口咖啡,身体仰在椅子上。"我曾有个故交,患胆囊息肉多年了,按症状早该手术了。其间我劝过他,可因为平时没有大碍就疏忽大意,一直拖着。"他稍顿一下继续道,"直到今年春天突感不适来就诊,他才做了手术,但病检结果已发生癌变转移。人一下就崩溃了,回去不到半年就……"唐主任双手伏案,停止了讲述,而我的心却怦怦跳将起来。

"怎么会这样……"我喃喃道。

"生命只有一次,活着比什么都重要。"他轻叹一声补充,眼光睿智地看着我。我站起身,内心已受到极大震动,几乎瞬间就拿定了主意。

回到病房,病友老林依然躺在床上。老林比我早三天住院,因胆管结石阻塞引起急性胰腺炎,输了一周液,不能吃喝东西,插着胃管鼻饲,还吸着氧。他瓮声瓮气地说,等胰腺炎好了,隔段时间才能手术,他后悔没早点切除胆囊,以致遭受现在的痛苦。

隔壁今天出院一个农村病人,胸腔积水,查明肝组织纤维化，切除了半个肝，花费了九万多元，已花光了所有积蓄和借的钱，人已瘦得皮包骨头，悽悽惶惶地勉强出院了。

走廊及过道都加的有临时病床，不少人还在等待诊治与手术。现在生活条件大大改善了，可得病的人怎么感觉反而增加了呢？

我能住进带空调、电视、卫生间的两人病房，又得到及时检查治疗。一个事关自己身体健康的手术，怎么还瞻前顾后，思虑重重呢？

我随即决定做手术，与爱人在手术通知书上签了字。

三

签过字，心情反倒平静下来。没有了杂念，只是想着去通过人生路上的一次考试那样。

杨大夫告知：手术安排在星期一上午。护士说："好好休息，你的是当天第一台手术。"

周日晚上八点以后就禁止吃喝东西了，护士给我测了血压，量了体温，在手臂上预埋了针头。洗漱完，我倚在床上习惯性地拿起书阅读。邻床老林还在输液，他睡着了，鼾声如雷，旁边的氧气机也咕噜咕噜地响着。十二点，困意终于袭来，合上书睡觉。五点多醒来了，换上住院服；我个子高，上衣紧，裤子短，显得有点滑稽。下床看着十八楼窗外的天空一点点变亮，熹微的晨光反射在玻璃上，渐渐地，天上的云彩变得瑰丽神秘起来。

10月15日，这是深秋一个难得的好日子。我站在窗前呼吸着清新的空气，舒展一下筋骨，等待那个时刻的到来。

七点半，爱人和儿子来医院陪我。八点，手术室的医生来接人。这是个面容慈祥的大夫，他核对我的床号、姓名，带着我和另两个病号去十楼手术室。我坦然走向电梯，身后紧跟着妻儿。

到十楼，手术室外已有数人等候。有关科室将做手术的人都在这儿等待，有躺在病床上推进来的，有自己缓步走过来的。陪同家属都被挡在门外，神情凝重地张望。换拖鞋，戴上兜头发的简易帽子，病患大都既安静又忐忑不安地等着，也有人紧张地问一些情况。有个八十多岁的老头一边呻吟着，一边嘟囔着"咋还不麻利开始呢"。渐渐有人被叫号领进各个手术室。

"十五号，王××，十号手术室。"叫号声传来，医务人员让我取下眼镜，牵着近视的我走进手术室，并再次核对姓名及手环上的信息，然后示意我躺在手术台上。手术室很静，穿着浅色苹果绿工作服、戴着口罩的医生和护士轻轻走动着，有条不紊地准备着有关事项。量血压、体温，接上心电监护仪，挂上吊瓶，给我盖上被子。过一会儿，有大夫问我体重，我意识到也许快注射麻醉药了。

静谧中，什么都在想，又似乎什么都没想。听护士说八点半了，他们停下来，准备就绪，好像在等主刀医生。我静静地躺着，出奇地镇定，心想：若在平时，这个时间已在操场升完国旗，下早读，该准备进教室上课了。又过一会儿，我感到头顶的无影灯好像亮了，然后失去了知觉，仿佛进入了一个失去记忆的时间隧道,在另一个维度里,恍惚有奇异而温柔的手向我伸来。

不知过了多久,不知这期间发生了些什么。终于,有轻微的响动传入耳中,我使劲睁开沉重的眼皮,看见戴着口罩的人影在我眼前晃动。一张脸靠近我说:"醒来了?你的手术已做完了。"我迷迷糊糊记起点什么,心里只有一个念头:我闯过关了,还活着。但来不及多想,我脑袋发木,浑身软绵绵的,困乏的眼皮又合在了一起。随后,我听见了更大的响动,有医生、护士的声音,还有熟悉的妻儿的声音。我努力睁开眼睛,寻找亲人的身影,这时不知道疼,只觉得极度疲乏。隐隐约约感到自己被转移出手术室,推到电梯间,推向走廊。

再次醒来,我已在病房里,吸着氧,输着液。妻儿在身旁,兄弟姊妹们也围在旁边。他们亲切地看着我,说:"放心吧,手术一切顺利。"

知道他们为我担惊受怕许久,我的眼眶不禁潮湿起来。

四

此刻是中午十二点。身体还不能动,清醒后我感到了来自胸腹伤口钻心地疼。这个手术正常一两个小时就完了,我的却差不多用了两倍的时间。原来,在我胆囊摘除后,要等待息肉冰冻切片检验,又延长了麻醉,所以手术做完后苏醒得较慢。医生说必须把病人唤醒,等没有危险后再送回病房。

点滴从中午一直吊到深夜。醒一会儿,睡一会儿,一动伤口就疼。不能下床,不能吃东西,但输的液多,总得排泄。在床上小便很麻烦，可护士说得力争解出来，不然插尿管就更难受了，还容易感染，我只好憋着劲慢慢尿到便壶里。护士说，不能久躺不动，否则可能造成肠子粘连，通气了，才可以吃东西。自己动不了，妻儿就帮助我翻身，定时左翻右翻。护士还交代，要尽力早点下床活动。但起坐还疼，下地谈何容易。不过，第二天下午，在妻儿的鼓励帮助下，我的双脚终于能下地了，忍着疼，弯着腰，在室内慢慢走了几步。接着，休息，再咬牙坚持走。腹侧有引流管和袋子，行动不太方便，但得克服困难。渐渐地我可以走到卫生间、走到过道了，肚子也通气了。

大姐送来亲手熬的稀粥，米烂菜香，软糯可口。二姐端水送饭，还把水果削好喂我。哥姐们慈爱地照顾我，在他们眼里，作为老幺的我永远是小弟。这几天，妻子和儿子一直陪在我身边。妻子请了假照顾我，跑前跑后办手续，关注着我每一刻的变化和需要。准备考研的儿子也从紧张的学习中抽身来陪我，给我翻身、擦身，穿衣盖被。我能下地后，他接了热水给我洗脚，细心地把我的脚放他腿上按摩，拉着我走路，扶我上下床。他抽空看书，晚上还要坚持陪我。真是个懂事孝顺的孩子！

五

取掉引流管后，身体轻松了一些。虽然行动还受局限，但疼痛在慢慢地减轻。

出院前一天，杨大夫送来了检验单，报告显示胆囊腺瘤，有增生，伴有低级上皮内瘤。他感慨道："王老师，多亏你这次做了……再拖的话，可能就是另一种情况了。"真是不幸中的万幸。我明白医生话里的含义，激动地握住了他的手。

"一周后来拆线。饮食以清淡为主。"他拍拍我的手叮嘱。

唐寒秋副主任微笑着说："王老师，祝你早日康复。"

心底涌起感动的波澜。我想起来，那天手术签字时，我说："希望我还能回到学校，还能教书写作。"此时，良医帮我渡过了难关，现在看来，这个愿望快要实现了。此刻，我又想起了所带的学生，中途多次发来问候，还牵挂着我呢。

告别病友和医生护士，亲人陪我出院。凝视医院电梯上下、大门里外熙来攘往的人流，我衷心祝愿他们平安康宁。

六

是夜，倚窗而立，万籁俱寂，星海苍茫。我深切感到承载我们生活的地球是浩瀚宇宙的一分子，人类只是其中更小的一分子。作为渺小的几十亿分之一的个体，生存何其幸也，当珍惜每一天，善待每一刻，尽力去做无愧于天地、无愧于世道人心的事才好。

佛家主张善恶报应、因果轮回，道家崇尚无为、天人合一，基督倡导救赎、信仰博爱。这些教义宗旨，犹如人生药典，指引我们去感悟、前进。上苍有好生之德，生命亦不可自轻自贱。尤其当失意、徘徊、误解、麻烦、意外跟随时，我们要学会如何去抉择和把握。人生如行舟汪洋，远眺彼岸，每一次生死劫难，或许都是一次化险为夷的际遇，都是一次刻骨铭心的精神涅槃。

近来偏逢多事之秋，慈祥仁爱的岳母猝然离世，我与晋升职称的机会在莫名的套路里失之交臂。虽不免伤怀郁闷，但诸多过往让人洞若观火，思绪明晰。身处纷纷扰扰的尘世，安之若素而能闲庭信步，也是一种境界。就算不慎跌倒，爬起来拍拍灰，喘口气，认定目标，也可以照样前行。如教书育人，凭学识良心而为，默默耕耘灌溉，岂为那些患得患失的名利浮云所累？当然，谁也不会忘了那些真诚干净的目光，在前行中拉你一把的温暖之手。

其实，人来世间走一趟也不易，经生老病死，尝酸甜苦辣，历悲欢离合。谁都想顺顺利利，可谁也无法预知祸福，就如人免不了生病，一旦严重，有的能治愈，有的没奈何，也有的被吓死。除了药石之力、技术之功，人的心态也很重要。生又何欢，死又何悲？无论遭遇何种境况，好的心态应当是医治身体，乃至灵魂的无上良药。

念此，抬头忽见小区里的银杏、梧桐，挺拔的树枝伸到六楼窗前。望去，一棵曾被砍过旁脉斜枝，一棵主干上缠结着树瘤裂纹。可它们依然风采不减，于冬日披一身黄红袈裟，如禅僧倔立寒风，直面苍穹。树犹人乎？我不由得吟道：

　　草木不言知冷暖，静对云霓晓阴晴。
　　挺立何须折腰板，横渡风雨亦从容。

病中杂记，聊以自慰。

拜 佛

　　走进甘南藏族自治州夏河县，一座规模宏大的寺院呈现在眼前。

　　佛门圣地似乎并不宁静。道路两侧和接待中心外停满了密密麻麻的各地牌号车辆，前往拉卜楞寺的人流熙来攘往，如赶集市。作为国内驰名的藏传佛教格鲁派寺院之一，拉卜楞寺自1709年至今已有三百多年的悠久历史。该寺依山傍水而建，环境优美，也是当地的政教中心。据导引的喇嘛介绍，拉卜楞寺占地近九十万平方米，设有六大学院。远远望去，佛殿、经坛、佛塔、僧舍等错落有致，布列严整。

　　经幡飘飘，宝相赫赫。红黄黑白的寺院建筑群落，吸引着一颗颗激动的心儿和拥挤的脚步。游客们争先恐后在佛前许愿，添香跪拜。佛门重重如迷宫，我没有逐一进入那些殿宇。参观过大经堂、佛塔之后，我就抽身走到外面，坐在道旁干净的木椅上，缓解旅途奔波的疲乏，静静地享受佛光瑞气的氤氲浸润。

　　围绕拉卜楞寺的是世界最长的经筒走廊，逾三公里。转完大大小小的二千多个经筒约需一小时。每一个经过者都自觉排队，虔诚地伸手转动那些经筒，有僧侣、藏民、游客，虽然穿着、肤色不同，但一概神态恭敬。他们或口中念念有词，或心中默默祈祷，依次转着经筒缓步而行。

森森寺院透着肃穆，穿梭着礼佛、拜佛的男男女女。无论之前怎么浮躁不安，怎么心事重重，怎么胡思乱想，此时都可以置之不理。平静下来，忘记一切尘世烦扰，扔掉平时的装模作样，接受一次庄严的灵魂洗礼。来，转山转水转经筒，诵经诵幡诵真言。人生就是一场漫长的修行，品尝酸甜苦辣，经历喜怒哀乐，谁不想实现自己的夙愿呢？但佛度有缘人，唯有一心向佛，不断加持慈善仁德，方可换取身心安宁。

藏族是全体信教的民族。在生老病死的相伴中，佛是他们心中的长明灯，佛教是神圣不可动摇的信仰。寺院内外，确实见到了令人感动的朝拜者。他们磕着等身长头，神情庄重，意志坚定，匍匐在去往圣殿或神山的路上。没有什么可以阻挡他们，哪怕渴死、饿死，精疲力竭倒毙在途中。信仰是漫漫征途的指南针，是行路者的精神源泉，能支撑他们义无反顾走下去。

炽烈的阳光下，佛殿上的法轮、幡幢、宝瓶、阴阳兽等历历在目，塔尖金顶熠熠生辉。拉卜楞寺学院师徒众多，年轻的红衣喇嘛与年长的黄衣喇嘛，一群一行，上课下课进出经堂、法苑，谈论着走过曲折的台阶和回廊，继承坚守并弘扬着一方土地的佛事香火。

瞧着长长的经筒走廊，以及别具特色的藏传佛教唐卡，目光被那些神秘斑斓的图案所吸引，天地万物好像聚集其中，无数故事浓缩在里面。思绪如漫天蝴蝶飞舞，身体仿佛不由自主地跟随佛旨而去,于香烟袅袅中,如沐浴甘霖而心生法喜。

"唵嘛呢叭咪吽,唵嘛呢叭咪吽……"寺院里传来缥缈的梵音。

斑驳的棕红围墙边,瞥见一位举止优雅的女士款款而行,轻声吟诵着仓央嘉措那动人心扉的诗句:"谁/执我之手/敛我半世癫狂;谁/吻我之眸/遮我半世流离……"侧耳倾听,眼前恍惚浮现那个忧伤的雪域之王逆着时光行走的孤独背影。那拉长的影子里,还映出拉卜楞寺的创建者第一世嘉木样活佛慧眼独具、筚路蓝缕、开辟一方宝刹的勇毅之举。

"世间安得双全法,不负如来不负卿。"红尘诱惑,青灯孤洁。从来出世入世,想进来的,想出去的,混合着太多的爱恨与慨叹、得失与无奈。乔达摩·悉达多舍弃尊贵王位而苦修觉悟,摩诃萨青心怀悲悯以身饲虎,鸠摩罗什颠沛流离执着传道,玄奘跋山涉水西天取经,鉴真历尽劫数东渡扶桑……他们是天生慧根的智者,也是意志如钢的僧人。

看过弘一法师的故事,当他突然抛下家室决然遁入空门后,他的中国夫人表现平静,而痴情追随的日本妻子遍寻庙宇找到他,急切呼唤:"叔同!叔同!"

他回曰:"请叫我弘一。"

"弘一法师,请告诉我什么是爱?"

"爱,就是慈悲。"

"慈悲对世人,何以独伤我?"

每读此,思如潮涌,沉默良久……这问答穿透佛界,响彻尘俗,有没有完美的诠释?小爱大爱,有舍有得,半醒半醉,太过肤浅了吧？生死来去本就是谜，几人能看透，几人能彻悟？不过，历史上的这些得道高僧聊以自慰的是，他们身后跟着众多的皈依者、崇拜者。因此，数信徒的魂魄有了安顿寄托之所，这应是一件无上的功德。

信佛当礼佛，礼佛当敬佛，敬佛当怀万物平等心，众生慈悯心。司空见惯的拜佛，不能只停留在亦步亦趋的表面。行走世间，看淡轮回，以慈悲之心待生死，以慈善之行对天地，也许就自带佛光了。

活着到底为了什么？谁能送我一禅偈！也许生命旅程里注入了宗教般的虔诚，人生才会有点意义。

掸尘洗心鉴明镜，拈花一笑说菩提。树上蝉鸣声声，树下脚步匆匆。

钟声回荡，凝望幽长的寺院通道，一丛丛美丽的格桑花在路旁倔强盛开着。

向麻雀致敬

在大自然的王国里,麻雀虽是再普通不过的小鸟,却是人类司空见惯而又无法征服的贞节"义士"。

麻雀是地球上数量最多、分布最广的鸟类。不管山地与平原,还是乡村和城镇,有人居住的地方就有麻雀的身影。它栖息活动在房顶、屋檐、墙洞或石穴、草丛、树上,自由地觅食,自在地啁啾,自发地组建群体,自然地生儿育女,鲜少与他类有矛盾冲突。

人们大多喜欢外表漂亮的鸟儿,定不会关注平庸的麻雀。它灰不溜秋的,又常叽叽喳喳,没有尖锐的喙,没有锋利的爪,没有强健的翅膀,也没有漂亮的羽毛。然而,天敌(包括人类)却不能奴役它,也不能从精神上彻底消灭它。

先前见人做过试验,我从旁仔细观察过。麻雀从被捕获的那刻起,便开始绝食。或昂首向天,或闭目不语,一动不动,毫不屈服。即使有美味在旁,它也视而不见,不屑一顾,哪怕饿死。这确实有点匪夷所思!它也许是因为觅食,因为饥饿才落入陷阱的啊!可一旦它身陷囹圄便不再妥协,不再盲从,愤然开始抗争,直到对方打消一切威胁利诱的企图,放弃一切软硬兼施的办法。徒劳之余,在无奈叹息中给它一扇敞开的窗户，一缕新鲜的空气，一片明媚的阳光，它才会扑棱翅膀，飞向无拘无束的天空。

这对某些自以为是的"强者"来说真乃莫大的讽刺。

麻雀是与邻友善、爱好和平共处的。它时常出入社区民居和乡村田野，跟班似的追随着人们的活动。可它不是家养的雀儿，从无小鸟依人的媚态。这既吃昆虫，也偶尔吃点谷类的小精灵，一直以来没少遭受人们的恐吓、诱惑和捕杀。据古代医书秘方所传，雀肉大补、雀脑壮阳，便有人试图通过饲养将它们变成源源不断的鲜活美味。这听来真是残忍，倒人胃口。

让这活泼的生灵、勤快的身影陪伴我们左右，难道不好吗？

麻雀早起鸣叫，暮归静宿。它不贪珍馐美味，虫子、菜叶，甚至人们遗落的一点残羹剩饭就可以满足它的胃口。它不恋繁华热闹，只需方寸之地的一根树枝、一窝杂草或一段破壁断垣就可以安居。只要不强夺它向往自由的意愿，扭曲它单纯质朴的生存法则，一角天地便足矣。每天，麻雀以它欢快的叫声，迎送着升起来又落下去的日月。它按时作息，毫不起眼地融入周围，春吟花开，夏赞叶青，秋颂果香。尤其在寒冷的隆冬时节，冰天雪地，其他的鸟都销声匿迹了，唯有麻雀一如既往地活力无限，在洁白的雪地上闲庭信步，愉悦地跳跃写画，在凛冽的寒风中呼朋引伴，歌唱快乐自由的时光。

麻雀是不能忍受压迫屈辱的。想起那天在会议室，一只麻雀由窗缝误闯了进来，四周俱是墙壁和玻璃，它飞来飞去试探了很久也无法脱身。有伸手想捉住它的，有嘘声想吓唬它的，有拿烟头纸团投向它的。它仓皇突围,后来,也许它以为进了囚笼,也许它努力逃脱不成绝望了,也许它愤怒于人们轻慢的哄笑与蔑视。这只麻雀突然箭一般冲向前方,自杀似的砰的一声撞在透亮的玻璃上,它跌落地上昏死了过去,嘴角渗出血来。这小小生灵的坚毅果敢之举,令当时在场的目击者都哑然震惊了。我小心翼翼地接近抽搐的麻雀,捧起它,走出去把它放在宽敞的阳台上。看着它细腿蜷缩全身抖动的可怜样,心里默默祈祷它能苏醒过来,最终它还是羽化而去。

平时,最常见的鸟是麻雀。它经常飞到阳台上,停在栏杆,跃上花盆,游走在墙头树根,蹦跶在道沿路面,甚至会大胆地落在人跟前,跳到我们身边来。可它很聪明机警,看似漫不经心,可一旦发觉有对它的不良意图时就敏捷离开,轻巧地飞走了。

据考证,地球上除了南北两极皆有麻雀广布。其适应环境的强大生存能力与精神,确有许多令我们肃然起敬的地方。

人们可以驯服虎豹豺狼,可以豢养猪狗牛马,可以使骄傲的鹰隼听命,可以使乖巧的鹦鹉学舌,甚至能够移山填海、改天换地,造出毁灭地球的武器,但不能使平民般的麻雀——这一貌似卑微的小鸟臣服。即便你能够恃强凌弱,捕获并杀死它,却不能改变它坚贞不屈的意志。历史上它曾因种群庞大、繁殖力强而被当作"四害"之一遭围剿,但即使在蒙受"奇冤"后,依然能顽强生存繁衍而不改初衷。它自爱但不自矜,自尊而不自卑,绝不因利害要挟出卖底线。它情愿赴死,也绝不丧失准则去做交易,牺牲本真去换取苟且,从而糟践自己取悦他人。

耐心观察后,你会发觉:与邻睦,不屈从,是麻雀的性情;不自由,毋宁死,是麻雀的信仰;靠自己,不食嗟来之食,是麻雀的品格。这天真、可贵、倔强的精灵,它生活的态度和追求,或许让不少自认高等聪明的人类也要汗颜。

虽有适者生存之说,但在所有生命的需要与渴求中,唯有自由、平等才是最高的境界。

认真审视自身和周围的事物吧!

生生不息的麻雀,注定将与我们长期共存下去。

向麻雀致敬!

铭谢岁月

年终岁首，人们抚今追昔，总会生出许多感慨。

我也难以免俗。偷闲沏一壶热茗，或端一杯小酒，静坐、望远，盘点一年来的状况，顿有"回首向来萧瑟处，归去，也无风雨也无晴"之感。

岁末，单位承担的工作基本完成，只等元旦后的期末考试及寒假。自己的事还算平顺，没多大波澜。很快，全家人又将见面团聚了。

本可以保研的儿子，跨专业考研，经历了去年的挫折，痴心不改卷土重来，已参加完硕士考试。接送中，我被那些或执着或坚忍或彷徨或无奈的学子的神情所打动。几百万精锐大军激烈竞争，壮观的背后包含着多少希冀、期待、欢笑与眼泪。人生难得几回搏。我是理解孩子的，还好儿子的努力付出得到回报，终于顺利"上岸"，收到了心仪大学的录取通知书。

女儿为出国深造积极准备，也计划换专业。不省事啊，我真有点头大了。现在的孩子头脑活、主意正，有的事私下谋划好了，甚至开始行动了才告知你。不支持吧，怕孩子憋屈；赞成吧，你又担心。谁让他（她）是你的儿女呢，他们带给你希望和快乐的同时，却也让你有操不完的心，得从各方面"储蓄"着，预备他们来提取及透支。

相伴最多的还是贤惠温柔的妻子，她一如既往操持里里外外，除了单位的事还要兼顾家务。最近她又在整理东西，寻思添置之物，今儿一早去灌了香肠，为孩子们回家过年做准备。我早出晚归，每到家时，妻已将吃的用的拾掇妥当，她不让我插手"添乱"，也从不抱怨。我心里常觉亏欠着她呢。

不管时事如何变幻，我想做人做事都得踏踏实实，起码对得起良心。我是教师，也算书香世家，就需尽传道、授业、解惑的职责。为人夫、为人父，就得担当起丈夫、父亲的责任。与人处，要光明磊落，将心比心，能抱朴守拙，宽以待人。世相纷纭，喧嚣虽多，但凡事尽力，努力追求真善美，时光不语，桃李不言，自会公正记录来往身影、去留足迹。

行走世间，最好能有一点兴趣爱好，这是生活的润滑液与灵魂的安慰剂。工作之余，我喜欢读写，业余搞点创作。今年在报刊发表十四篇诗文，在网络平台发表了二十八篇文章，略逊于去年。今秋我的小说集已问世，散文集也即将付梓，春暖花开之时就可一睹新书了。

生命既在周而复始中轮回，又在不断地推陈出新。因此，无论顺境逆境，得失几何，重要的是把握好当下，不妨参照朱敦儒所填一阕《西江月·日日深杯酒满》中的情怀，以摆正心态：

  日日深杯酒满，朝朝小圃花开。自歌自舞自开怀，无拘无束无碍。
  青史几番春梦，黄泉多少奇才。不须计较与安排，领取而今现在。

岁月流转，生活不易，充溢苦辣酸甜，但人生的各个阶段却是丰富多彩的。

青春时，当怀揣梦想，"且将新火试新茶，诗酒趁年华"，无惧困难，蓬勃奋力向上。

肩挑老少两头、负重前行的中年，也可"行到水穷处，坐看云起时"，坚强沉着走出迷茫，以期峰回路转。

待到夕阳西下，依傍桑榆，看云卷云舒，还可发挥"落红不是无情物，化作春泥更护花"的余热。

人生不如意事常八九，若遭遇，别忘了"白日不到处，青春恰自来。苔花如米小，也学牡丹开"的意境。坦然浅唱低吟，耐心等待，生命也许会平静绽放。

年年岁岁花相似，岁岁年年人不同。如何把生活过得有真味呢？回首过去与展望未来，不必忐忑，当然，有时也得学会接纳、舍弃，不钻牛角尖；学会与生活和解，明白豁达则顺、平安是福的朴素道理。

天地是两面巨大的镜子，互相观照映衬，但永远平行不会相交。茫茫人海，渺渺一粟，邂逅相识、共处是多么可贵。生活就像一座洪炉，需要我们不断地添柴续水，播洒爱心，熔铸慧心，保持恒心，才能互相取暖向前。

奉上小书，感谢你们的守候与陪伴！感谢给予关注、鼓励的善良之心与温暖之手，以及那些美好的相遇和同行。

让我们真诚面对现实生活，善待过往，珍惜拥有，愉快过好每一天！

2020 年秋